J. M. Coetzee

Warten
auf die Barbaren

Roman

Aus dem Englischen von
Reinhild Böhnke

S. Fischer

Die Originalausgabe erschien 1980 bei Secker & Warburg, London
unter dem Titel ›Waiting for the Barbarians‹
Für die deutsche Ausgabe:
© 2001 S. Fischer Verlag GmbH, Frankfurt am Main
Gesamtherstellung: Clausen & Bosse, Leck
Printed in Germany
ISBN 3-10-010814-0

Für Nicolas und Gisela

I

So etwas habe ich noch nie gesehen: zwei kleine runde Glasscheiben in Drahtringen vor seinen Augen. Ist er blind? Ich könnte verstehen, wenn er blinde Augen verstecken wollte. Aber er ist nicht blind. Die Scheiben sind dunkel, von außen wirken sie undurchsichtig, aber er kann durchblicken. Er erzählt mir, das sei eine neue Erfindung. »Sie schützt die Augen vor blendender Sonne«, sagt er. »Hier draußen in der Wüste könnte Ihnen das helfen. Man braucht dann nicht mehr ständig zu blinzeln. Man hat weniger Kopfschmerzen. Sehen Sie her.« Er tippt leicht gegen seine Augenwinkel. »Keine Falten.« Er setzt die Brille wieder auf. Es stimmt. Seine Haut ist wie die eines jüngeren Mannes. »Zu Hause trägt sie jeder.«

Wir sitzen im besten Zimmer der Gastwirtschaft, zwischen uns eine bauchige Flasche und eine Schale mit Nüssen. Über den Grund seines Hierseins sprechen wir nicht. Er ist hier im Zusammenhang mit den Notstandsgesetzen, das genügt. Stattdessen sprechen wir von der Jagd. Er erzählt mir von der letzten großen Treibjagd, die er mitgemacht hat, bei der Tausende von Rehen, Wildschweinen und Bären erlegt wurden, so viele, dass ein Berg von Kadavern zurückbleiben musste, die dann verrotteten (»was schade war«). Ich erzähle ihm von den großen Schwärmen wilder Gänse und Enten, die jedes Jahr auf ihren Zügen den See aufsuchen, und von den Fangmethoden der Eingeborenen. Ich mache den Vorschlag, ihn in einem Boot der Eingeborenen nachts mit hinaus zum Fischen zu nehmen. »Das ist ein Erlebnis, das man sich nicht entgehen lassen sollte«, sage ich; »die Fischer halten brennende Fackeln hoch und trommeln über dem Wasser, um die Fische in die Netze zu treiben, die sie ausgeworfen haben.« Er nickt. Er erzählt von einem Besuch, den er einem anderen Grenzort abgestattet hat, wo die Leute bestimmte Schlangen als Delikatesse essen, und von einer besonders großen Antilope, die er geschossen hat.

Er bewegt sich unsicher zwischen dem ungewohnten Mobiliar, aber er setzt die dunkle Brille nicht ab. Er geht zeitig schlafen. Er ist hier in der Gastwirtschaft einquartiert, weil das die beste Unterkunft ist, die die Stadt zu bieten hat. Dem Personal habe ich eingeschärft, dass er ein wichtiger Besucher ist. »Oberst Joll kommt von der Abteilung III«, sage ich ihnen. »Die Abteilung III ist heute die wichtigste Einheit der Staatspolizei.« Jedenfalls schließen wir das aus dem Hauptstadtklatsch, der uns mit großer Verzögerung erreicht. Der Wirt nickt, die Mädchen ziehen die Köpfe ein. »Wir müssen einen guten Eindruck auf ihn machen.«

Ich schaffe meine Matte hinaus auf die Stadtmauer, wo der leichte Nachtwind die Hitze etwas erträglicher macht. Auf den flachen Dächern der Stadt kann ich im Mondlicht die Gestalten anderer Schläfer erkennen. Unter den Walnussbäumen auf dem Platz unterhält man sich noch immer leise, wie ich höre. In der Dunkelheit glüht eine Pfeife wie ein Leuchtkäfer, verlischt fast, glüht wieder auf. Der Sommer rollt langsam seinem Ende entgegen. Die Obstgärten stöhnen unter ihrer Last. Bei meinem letzten Besuch in der Hauptstadt war ich noch ein junger Mann.

Ich wache auf, bevor es dämmert, und schleiche auf Zehenspitzen an den Soldaten vorbei, die unruhig schlafen, seufzen und von ihren Müttern und Mädchen träumen, während ich die Treppe hinuntergehe. Vom Himmel blicken Tausende von Sternen auf uns herab. Hier sind wir wirklich auf dem Dach der Welt. Wenn man in der Nacht im Freien aufwacht, ist man geblendet.

Der Posten am Tor sitzt mit gekreuzten Beinen da und schläft fest, seine Muskete im Arm. Das Häuschen des Dienstmannes ist geschlossen, sein Karren steht draußen. Ich gehe vorbei.

»Wir haben keine Unterbringungsmöglichkeiten für Gefangene«, erkläre ich. »Hier gibt es nicht viel Kriminalität, und die Strafe besteht gewöhnlich in einer Geldbuße oder in Zwangsarbeit. Diese Hütte ist bloß eine an den Kornspeicher angebaute Vorratskammer, wie Sie sehen.« Drinnen ist es stickig, und es stinkt. Der Raum ist fensterlos. Die beiden Gefangenen liegen gefesselt auf dem Fußboden. Der Gestank kommt von ihnen, sie stinken nach altem Urin. Ich rufe den Wachsoldaten herein: »Sorge dafür, dass sich diese Männer sauber machen, und das bitte schnell.«

Ich führe meinen Besucher in das kühle Dunkel des eigentlichen Kornspeichers. »Wir rechnen dieses Jahr mit dreitausend Scheffeln vom Gemeindeland. Wir säen nur einmal jährlich aus. Das Wetter war sehr günstig für uns.« Wir sprechen von Ratten und davon, wie man sie unter Kontrolle halten kann. Als wir in die Hütte zurückkommen, riecht sie nach feuchter Asche und die Gefangenen sind fertig und knien in einer Ecke. Der eine ist ein alter Mann, der andere ein Junge. »Man hat sie vor ein paar Tagen gefasst«, sage ich. »Keine zwanzig Meilen von hier hat es einen Überfall gegeben. Das ist ungewöhnlich. Normalerweise machen sie einen großen Bogen um das Fort. Die beiden da hat man danach aufgegriffen. Sie sagen, sie hätten nichts mit dem Überfall zu tun. Ich weiß nicht. Vielleicht sagen sie die Wahrheit. Wenn Sie mit ihnen sprechen wollen, helfe ich natürlich bei der Verständigung.«

Das Gesicht des Jungen ist aufgedunsen und hat blaue Flecken, ein Auge ist zugeschwollen. Ich hocke mich vor ihn hin und klopfe ihm auf die Wange. »Hör mal, mein Junge«, sage ich im Grenzdialekt, »wir wollen mit euch reden.«

Er reagiert nicht.

»Er tut nur so«, sagt der Wachsoldat. »Er versteht uns.«

»Wer hat ihn geschlagen?«, frage ich.

»Ich nicht«, sagt er. »Er hat schon so ausgesehen, als er herkam.«

»Wer hat dich geschlagen?«, frage ich den Jungen. Er hört mir nicht zu. Er starrt über meine Schulter, nicht auf den Wachsoldaten, sondern auf Oberst Joll neben ihm.

Ich wende mich an Joll. »So was hat er wahrscheinlich noch nie gesehen.« Ich mache eine Geste. »Ich meine die Brille. Er glaubt bestimmt, dass Sie blind sind.« Aber Joll erwidert mein Lächeln nicht. Vor Gefangenen bewahrt man offenbar eine bestimmte Haltung.

Ich hocke mich vor den alten Mann. »Vater, hör zu. Wir haben euch hergebracht, weil wir euch nach einem Viehdiebstahl gefasst haben. Du weißt, das ist eine ernste Sache. Du weißt, dass ihr dafür bestraft werden könnt.«

Seine Zunge kommt hervor, um die Lippen zu befeuchten. Sein Gesicht ist grau und erschöpft.

»Vater, siehst du diesen Herrn da? Dieser Herr kommt aus der Hauptstadt zu uns. Er stattet allen Grenzforts einen Besuch ab. Seine Aufgabe ist, die Wahrheit herauszufinden. Er kümmert sich nur darum. Er findet die Wahrheit. Wenn du nicht mit mir redest, wirst du mit ihm reden müssen. Verstehst du?«

»Exzellenz«, sagt er. Er krächzt; dann räuspert er sich. »Exzellenz, wir wissen nichts von Diebstählen. Die Soldaten haben uns angehalten und gefesselt. Ohne Grund. Wir waren auf der Straße, wir waren unterwegs zum Arzt. Das ist der Junge meiner Schwester. Er hat eine Wunde, die nicht heilen will. Wir sind keine Diebe. Zeig den Exzellenzen deine Wunde.«

Geschickt entfernt der Junge mit der Hand und den Zähnen die Lumpen, die um seinen Unterarm gewickelt sind. Die letzten Lagen, mit Blut und Eiter durchtränkt, kleben fest, doch er hebt sie an, um mir den entzündeten roten Wundrand zu zeigen.

»Da«, sagt der Alte, »das will einfach nicht heilen. Ich wollte ihn zum Arzt bringen, da haben uns die Soldaten angehalten. Das ist alles.«

Ich gehe mit meinem Besucher zurück über den Platz, vorbei an drei Frauen, die mit Waschkörben auf dem Kopf vom Bewässerungsteich kommen. Sie starren uns neugierig an und halten dabei den Hals steif. Die Sonne brennt vom Himmel herab.

»Das sind die einzigen Gefangenen, die wir seit langem gemacht haben«, sage ich. »Ein Zufall – normalerweise wären gar keine Barbaren da, die wir Ihnen zeigen könnten. Dieses so genannte Banditenunwesen ist halb so schlimm. Die stehlen ein paar Schafe oder holen ein Packtier aus einer Kolonne heraus. Manchmal unternehmen wir eine Strafexpedition. Es sind hauptsächlich arme Sippen mit winzigen Herden, die am Fluss leben. Es wird zur Gewohnheit. Der Alte sagt, dass sie zum Arzt wollten. Vielleicht ist das die Wahrheit. Einen alten Mann und einen kranken Jungen hätte man doch nicht zu einem Überfall mitgenommen.«

Mir wird bewusst, dass ich für sie bitte.

»Natürlich kann man nicht sicher sein. Aber selbst wenn sie lügen, was können sie Ihnen schon nützen, solche einfachen Leute?«

Ich versuche, mir nicht anmerken zu lassen, dass

mich sein hintergründiges Schweigen reizt, das schmierenkomödiantische Geheimnis der dunklen Schutzschilder, die gesunde Augen verstecken. Wie er da geht, hat er die Hände vor der Brust gefaltet wie eine Frau.

»Trotzdem sollte ich sie verhören«, sagt er. »Heute abend, wenn's recht ist. Ich bringe meinen Assistenten mit. Dann brauche ich noch einen, der mir mit der Sprache helfen kann. Der Wachsoldat vielleicht. Beherrscht er sie?«

»Wir können uns alle verständigen. ˙ Sie möchten mich lieber nicht dabeihaben?«

»Es wäre ermüdend für Sie. Wir haben feste Prozeduren, die wir anwenden.«

Von den Schreien, die man aus dem Kornspeicher gehört haben will, bekomme ich nichts mit. Als ich an diesem Abend meinen Geschäften nachgehe, bin ich mir jeden Augenblick bewusst, was geschehen könnte, und mein Ohr ist sogar eingestimmt auf Töne menschlichen Schmerzes. Doch der Kornspeicher ist ein massives Gebäude mit dicken Türen und winzigen Fenstern; er befindet sich hinter dem Schlachthof und der Mühle im südlichen Stadtviertel. Hinzu kommt, dass der einstige Vorposten sich zu einem Grenzfort und dann zu einer Agrarsiedlung entwickelt hat, zu einer Stadt von dreitausend Seelen, in der die Geräusche des Lebens, die Geräusche von all diesen Menschen an einem warmen Sommerabend, nicht verstummen, weil irgendwo irgendjemand schreit. (An einem gewissen Punkt beginne ich mich selbst zu verteidigen.)

Als ich Oberst Joll wieder treffe, als er Zeit hat, bringe ich das Gespräch auf die Folter. »Was ist, wenn Ihr Gefangener die Wahrheit sagt«, frage ich, »aber merkt, dass ihm nicht geglaubt wird? Ist das nicht eine schreckliche Lage? Stellen Sie sich vor: man ist bereit, zu gestehen, alles zu gestehen, man hat nichts mehr zu gestehen, man ist gebrochen, aber man wird unter Druck gesetzt, mehr zu gestehen! Und was für eine Verantwortung für den Vernehmer! Wie können Sie jemals wissen, ob ein Mensch Ihnen die Wahrheit gesagt hat?«

»Da gibt es einen gewissen Ton«, sagt Joll. »In die Stimme eines Menschen kommt ein gewisser Ton, wenn er die Wahrheit sagt. Ausbildung und Erfahrung lehren uns, diesen Ton zu erkennen.«

»Den Ton der Wahrheit! Können Sie diesen Ton im alltäglichen Gespräch erkennen? Können Sie hören, ob ich die Wahrheit sage?«

Das ist der intimste Moment, den wir bisher miteinander hatten, und er verscheucht ihn mit einer Handbewegung. »Nein, Sie verstehen mich falsch. Ich spreche jetzt nur von einer speziellen Situation, ich spreche von einer Situation, in der ich nach der Wahrheit forsche, in der ich Druck ausüben muss, um sie zu finden. Sehen Sie, zuerst bekomme ich Lügen – so geht das – zuerst Lügen, dann Druck, dann noch mehr Lügen, dann mehr Druck, dann der Zusammenbruch, dann noch mehr Druck, dann die Wahrheit. So bekommt man die Wahrheit.«

Schmerz ist Wahrheit; alles andere wird angezweifelt. Das schließe ich aus meinem Gespräch mit Oberst Joll, den ich mir mit seinen spitzen Fingernägeln, den fliederfarbenen Taschentüchern und den schmalen Füßen in weichen Schuhen in der Hauptstadt vorstelle, nach der ihn offenbar so ungeduldig verlangt, wo er sich mit seinen Freunden in den Wandelgängen des Theaters zwischen den Akten leise unterhält.

(Andererseits, wer bin ich denn, dass ich behaupten könnte, ich hätte nichts mit ihm zu tun? Ich trinke mit ihm, ich esse mit ihm, ich zeige ihm die Sehenswürdigkeiten, ich gewähre ihm jede Hilfe, wie es seine Vollmacht gebietet. Das Reich verlangt nicht, dass seine Diener sich lieben, nur dass sie ihre Pflicht tun.)

Der Bericht, den er mir in meiner Eigenschaft als Magistrat liefert, ist kurz.

»Während der Vernehmung wurden Widersprüche in den Aussagen des Gefangenen deutlich. Als man ihn auf diese Widersprüche hinwies, wurde der Gefangene wütend und griff den ermittelnden Offizier tätlich an. Daraus entwickelte sich ein Handgemenge, bei dem der Gefangene stürzte und heftig gegen die Wand prallte. Wiederbelebungsversuche blieben erfolglos.«

Der Vollständigkeit halber rufe ich, wie vom Gesetz vorgeschrieben, den Wachsoldaten und fordere ihn auf auszusagen. Er sagt etwas her, und ich schreibe seine Worte auf: »Der Gefangene geriet außer Kontrolle und griff den Offizier auf Inspektionsreise an. Ich wurde hereingerufen, um ihn bändigen zu helfen. Als ich dazukam, war der Kampf schon vorbei. Der Gefangene war bewusstlos und blutete aus der Nase.« Ich zeige auf die Stelle, wo er sein Zeichen machen soll. Ehrerbietig nimmt er den Stift aus meiner Hand.

»Hat dir der Offizier gesagt, was du mir sagen sollst?«, frage ich ihn leise.

»Jawohl«, sagt er.

»Waren dem Gefangenen die Hände gebunden?«

»Ja, Herr – äh, nein, Herr.«

Ich schicke ihn fort und fülle den Begräbnisschein aus.

Aber vor dem Zubettgehen nehme ich eine Laterne, überquere den Platz und mache die Runde durch die Seitenstraßen zum Kornspeicher. An der Tür zur Hütte ist ein neuer Wachsoldat, ein anderer Bauernjunge, der in seine Decke gewickelt schläft. Eine Grille hört auf zu zirpen, als ich herankomme. Das Zurückschieben des Riegels weckt den Wachsoldaten nicht auf. Ich betrete die Hütte und halte die Laterne hoch, mir ist klar, dass ich unerlaubt auf heiliges oder unheiliges Gebiet vordringe, wenn es da einen Unterschied gibt, Reservat der Staatsgeheimnisse.

Der Junge liegt auf einem Strohlager in der Ecke, lebend, intakt. Er scheint zu schlafen, aber seine verkrampfte Haltung verrät ihn. Seine Hände sind ihm vor dem Leib gefesselt. In der anderen Ecke liegt ein langes weißes Bündel.

Ich wecke den Wachsoldaten. »Wer hat dir befohlen, die Leiche hier zu lassen? Wer hat sie eingenäht?«

Er hört den Zorn in meiner Stimme. »Der Mann, der mit der anderen Exzellenz gekommen ist, Sir. Er war hier, als ich meinen Dienst angetreten habe. Er hat zu dem Jungen gesagt, ich hab's gehört: ›Schlaf mit deinem Großvater, wärme ihn.‹ Er hat so getan, als ob er den Jungen auch in das Leichentuch einnähen will, in dasselbe Leichentuch, aber er hat's nicht getan.«

Während der Junge immer noch starr im Schlaf liegt, die Augen fest zusammengepresst, schaffen wir die Leiche hinaus. Im Hof hält der Wachsoldat die Laterne, während ich die Naht mit meiner Messerspitze finde und das Leichentuch aufreiße, es vom Kopf des Alten wegziehe.

Der graue Bart ist blutverkrustet. Die aufgeplatzten Lippen sind gefletscht, die Zähne ausgeschlagen. Das eine Auge ist nach oben gedreht, die andere Augenhöhle ist ein blutiges Loch. »Mach es zu«, sage ich. Die Wache rafft das Tuch über der Öffnung zusammen. Es fällt wieder auseinander. »Sie sagen, dass er mit dem Kopf gegen die Wand gefallen ist. Was glaubst du?« Er sieht mich an und ist auf der Hut. »Hol Bindfaden und mach es wieder zu.«

Ich halte die Laterne über den Jungen. Er hat sich nicht bewegt; aber als ich mich niederbeuge und seine Wange berühre, zuckt er zusammen und fängt an zu zittern, das Zittern läuft in langen Wellen seinen Körper hinauf und hinunter. »Hör mir zu, Junge«, sage ich, »ich werde dir nicht wehtun.« Er wälzt sich auf den Rücken und hebt die gefesselten Hände vors Gesicht. Sie sind geschwollen und blau angelaufen. Ungeschickt zerre ich an den Fesseln. Alle meine Gesten in Zusammenhang mit diesem Jungen sind ungeschickt. »Hör zu: du musst dem Offizier die Wahrheit sagen. Das ist alles, was er von dir hören will – die Wahrheit. Wenn er überzeugt ist, dass du die Wahrheit sagst, wird er dir nicht wehtun. Aber du musst ihm alles sagen, was du weißt. Du musst jede Frage, die er dir stellt, wahrheitsgemäß beantworten. Wenn es wehtut, verzweifle nicht.« An dem Knoten zupfend, habe ich schließlich den Strick gelöst. »Reibe die Hände aneinander, bis das Blut wieder fließt.« Ich massiere seine Hände in meinen. Voller Schmerzen beugt er die Finger. Ich kann nicht so tun, als wäre ich etwas Besseres als eine Mutter, die ein Kind zwischen den Wutanfällen des Vaters tröstet. Es ist mir nicht entgangen, dass ein Vernehmer zwei Masken tragen kann, mit zwei Stimmen sprechen kann, die eine hart, die andere verführerisch.

»Hat er heute Abend was zu essen bekommen?«, frage ich den Wachsoldaten.

»Weiß ich nicht.«

»Hast du was zu essen bekommen?«, frage ich den Jungen. Er schüttelt den Kopf. Mir wird das Herz schwer. Ich wollte nie mit hineingezogen werden. Wo das enden wird, weiß ich nicht. Ich wende mich an den Wachsoldaten. »Ich gehe jetzt, ich möchte aber, dass du drei Dinge tust. Erstens will ich, dass du dem Jungen wieder die Hände bindest, wenn sie besser sind, aber nicht so straff, dass sie anschwellen. Zweitens möchte ich, dass du die Leiche dort im Hof lässt, wo sie jetzt ist. Schaffe sie nicht wieder rein. Morgen früh schicke ich einen Begräbnistrupp, und du wirst die Leiche übergeben. Wenn es Fragen gibt, sage, ich habe es befohlen. Drittens möchte ich, dass du jetzt die Hütte zuschließt und mit mir kommst. Ich werde dir aus der Küche etwas für den Jungen zu essen holen, und du wirst es ihm bringen. Komm.«

Ich wollte nicht mit hineingezogen werden. Ich bin Magistrat auf dem Land, ein Verantwortung tragender Beamter im Dienst des Reichs, der an dieser trägen Grenze seines Amtes waltet und auf den Ruhestand wartet. Ich ziehe den Zehnten und die Steuern ein, verwalte das Gemeindeland, kümmere mich um die Versorgung der Garnison, beaufsichtige die rangniederen Offiziere, nur solche sind hier stationiert, habe ein Auge auf den Handel, leite zweimal wöchentlich Gerichtsverhandlungen. Im Übrigen schaue ich zu, wie die Sonne auf- und untergeht, esse und schlafe und bin zufrieden. Wenn ich aus dem Leben scheide, hoffe ich, mir drei Zeilen Kleingedrucktes im Reichsblatt verdient zu haben. Ich wollte nie mehr als ein ruhiges Leben in ruhigen Zeiten.

Doch vergangenes Jahr drangen aus der Hauptstadt Geschichten von Unruhen unter den Barbaren zu uns. Handelsleute, die auf sicheren Straßen reisten, waren angegriffen und ausgeraubt worden. Viehdiebstähle waren häufiger und dreister geworden. Eine Gruppe der Beamten, die mit der Volkszählung befasst waren, wurde vermisst, und bald darauf fand man die verscharrten Leichen. Während der Inspektionstour eines Provinzgouverneurs wurde auf ihn geschossen. Es hat

Zusammenstöße mit Grenzpatrouillen gegeben. Die Barbarenstämme bewaffneten sich, munkelte man; das Reich müsse Vorsorge treffen, denn es würde bestimmt Krieg geben.

Von diesen Unruhen habe ich selbst nichts mitbekommen. Mein Eindruck ist, dass es garantiert in jeder Generation eine gewisse Zeit der hysterischen Angst vor den Barbaren gibt. Keine Grenzbewohnerin, die nicht schon einmal geträumt hat, unter ihrem Bett käme eine dunkle Hand hervor und griffe nach ihr, kein Grenzbewohner, der sich nicht angstvoll ausgemalt hätte, wie die Barbaren in seinem Haus zechten, sein Geschirr zerschlügen, die Gardinen anzündeten und seine Töchter schändeten. Diese Träume entstehen durch zu viel Muße. Zeig mir eine Barbarenarmee, und ich glaube, dass es sie gibt.

In der Hauptstadt befürchtete man, dass die Barbarenstämme des Nordens und des Westens schließlich gemeinsame Sache machen könnten. Offiziere des Generalstabs wurden zu Grenzinspektionen abkommandiert. Einige Garnisonen wurden verstärkt. Auf Verlangen bekamen Handelsreisende Geleitschutz. Und zum ersten Mal bekam man Offiziere der Abteilung III der Staatspolizei an der Grenze zu sehen, Staatsschützer, Spezialisten für geheime aufrührerische Aktivitäten, Wahrheitsfanatiker, Verhörexperten. Anscheinend ist es nun bald vorbei mit meinen bequemen Jahren, als ich ruhigen Herzens schlafen konnte, in der Gewissheit, dass die Welt stetig ihren Gang geht, man brauchte nur hier und da ein klein wenig nachzuhelfen. Hätte ich doch bloß diese beiden lächerlichen Gefangenen dem Oberst übergeben, geht mir durch den Sinn – »Hier, Oberst, Sie sind der Fachmann, sehen Sie zu, was Sie mit ihnen anfangen können!« Wenn ich ein paar Tage auf die Jagd gegangen wäre, wie ich's eigentlich hätte tun sollen, eine Reise flussaufwärts vielleicht, und dann zurückgekommen wäre und mein Siegel auf diesen Bericht gedrückt hätte, ohne ihn zu lesen oder nachdem ich ihn mit gleichgültigem Blick überflogen hätte, ohne mich darum zu scheren, was das Wort *Ermittlungen* bedeutete, was dahinter versteckt war wie ein böser Geist hinter einem Stein – wenn ich mich klug verhalten hätte, dann könnte ich vielleicht jetzt zu meiner Jagd und Falkenbeize und zu meinen stillen Sinnesfreuden zurückkehren und abwarten, bis die Provokationen aufhören und die Erschütterungen an der Grenze verebben. Aber ach, ich bin nicht weggeritten – eine Weile lang verschloss ich meine Ohren vor den Geräuschen, die aus der Hütte beim Kornspeicher drangen, wo man die Werkzeuge aufbewahrt, dann nahm ich nachts eine Laterne und ging selbst nachschauen.

Von Horizont zu Horizont ist die Erde weiß von Schnee. Er fällt aus einem Himmel, an dem die Lichtquelle diffus und allgegenwärtig ist, als hätte sich die Sonne in Nebel aufgelöst und wäre zur Aura geworden. Im Traum gehe ich durch das Kasernentor, am kahlen Fahnenmast vorbei. Vor mir liegt der Platz, der an den

Rändern mit dem leuchtenden Himmel verschmilzt. Mauern, Bäume, Häuser sind geschrumpft, haben ihre Solidität verloren, haben sich über den Rand der Welt zurückgezogen.

Während ich über den Platz gleite, treten dunkle Gestalten aus all dem Weiß hervor, spielende Kinder, die eine Schneeburg bauen, auf die sie eine kleine rote Fahne gepflanzt haben. Sie haben Handschuhe und Stiefel an, haben sich gegen die Kälte vermummt. Sie schaffen eine Handvoll Schnee nach der anderen heran, pappen sie an die Mauern ihrer Burg, glätten sie. Ihr Atem entweicht in weißen Wölkchen. Die Mauer um die Burg herum ist halb fertig. Ich lausche angestrengt, um das seltsam dahinfließende Gebrabbel ihrer Stimmen zu durchdringen, doch ich kann nichts verstehen.

Ich bin mir bewusst, wie massig meine Gestalt und wie mächtig mein Schatten ist, deshalb erstaunt es mich nicht, dass die Kinder zu beiden Seiten dahinschmelzen, als ich näher komme. Alle außer einem Mädchen. Es ist älter als die anderen, vielleicht gar kein Kind mehr, es sitzt im Schnee und dreht mir den Rücken mit der Kapuze zu und arbeitet am Tor der Burg, seine Beine sind gespreizt, es höhlt aus, klopft fest, formt. Ich stehe hinter ihm und schaue zu. Es dreht sich nicht um. Ich versuche mir sein Gesicht unter der Kapuze vorzustellen, doch es gelingt mir nicht.

Der Junge liegt auf dem Rücken, nackt, schlafend, er atmet schnell und flach. Seine Haut glänzt vor Schweiß. Zum ersten Mal ist sein Arm ohne Verband, und ich sehe die entzündete offene Wunde, die darunter versteckt war. Ich komme näher heran mit der Laterne. Sein Bauch und seine Lenden sind übersät mit kleinen Grinden und blauen Flecken und Schnittwunden, einige durch Blutgerinnsel markiert.

»Was haben sie mit ihm angestellt?«, frage ich flüsternd den Wachsoldaten, den jungen Mann von gestern Nacht.

»Ein Messer«, flüstert er zurück. »Bloß ein kleines Messer, so lang.« Er spreizt Daumen und Zeigefinger. Er packt das kleine Messer aus Luft und sticht damit kurz und heftig in den Körper des schlafenden Jungen und dreht das Messer vorsichtig, wie einen Schlüssel, erst nach links, dann nach rechts. Dann zieht er es heraus, seine Hand kehrt an seine Seite zurück, er steht wartend da.

Ich knie mich über den Jungen, leuchte ihm ins Gesicht und schüttele ihn. Matt öffnen sich seine Augen und schließen sich wieder. Er seufzt, sein schnelles Atmen wird langsamer. »Hör zu!«, sage ich zu ihm. »Du hast einen schlimmen Traum gehabt. Du musst aufwachen.« Er öffnet die Augen und blinzelt mich am Licht vorbei an.

Der Wachsoldat kommt mit einem Topf Wasser. »Kann er sitzen?«, frage ich. Die Wache schüttelt den Kopf. Er richtet den Jungen auf und hilft ihm beim Trinken.

»Hör zu«, sage ich. »Man hat mir erzählt, dass du ein Geständnis gemacht hast. Man sagt, du hast zugegeben, dass du und der alte Mann und andere Männer von eurem Stamm Schafe und Pferde gestohlen haben. Du hast gesagt, dass die Männer deines Stammes sich bewaffnen, dass ihr alle im Frühjahr an einem großen Krieg gegen das Reich teilnehmen werdet. Sagst du die Wahrheit? Begreifst du, was dieses Geständnis von dir bedeutet? Begreifst du das?« Ich mache eine Pause; als Antwort auf diese ganze heftige Rede blickt er leer vor sich hin, wie einer, der nach einem langen, langen Lauf erschöpft ist. »Es bedeutet, dass die Soldaten gegen deine Leute losziehen werden. Es wird getötet werden. Verwandte von dir werden sterben, vielleicht sogar deine Eltern, deine Geschwister. Willst du das wirklich?« Er antwortet nicht. Ich packe ihn bei der Schulter und schüttele ihn, ich klopfe ihn auf die Wange. Er zuckt nicht; es ist, als klopfe man gegen totes Fleisch. »Ich glaube, er ist sehr krank«, flüstert der Wachsoldat hinter mir, »schlimm verletzt und sehr krank.« Der Junge vor mir schließt die Augen.

Ich rufe den einzigen Arzt, den wir haben, einen alten Mann, der seinen Lebensunterhalt mit dem Ziehen von Zähnen und der Herstellung von Aphrodisiaka aus Knochenmehl und Eidechsenblut verdient. Er macht einen Tonerdeumschlag auf die Wunde und bestreicht die Hunderte kleiner Stiche mit Salbe. In einer Woche kann der Junge wieder laufen, verspricht er. Er empfiehlt nahrhaftes Essen und verschwindet schleunigst. Er fragt nicht, wie der Junge zu seinen Verletzungen gekommen ist.

Aber der Oberst ist ungeduldig. Sein Plan ist, die Nomaden blitzartig zu überfallen und noch mehr Gefangene zu machen. Er will den Jungen als Führer mitnehmen. Er verlangt von mir, dreißig Mann von der vierzigköpfigen Garnison für ihn abzukommandieren und Reittiere zu besorgen.

Ich versuche, ihn davon abzubringen. »Bei allem Respekt, Oberst«, sage ich, »aber Sie sind kein Berufssoldat, Sie mussten nie in dieser unwirtlichen Gegend einen Feldzug führen. Sie werden keinen Führer haben außer einem Kind, das schreckliche Angst vor Ihnen hat, das alles sagen wird, was ihm einfällt, um Sie zufrieden zu stellen, das sowieso nicht reisefähig ist. Auf die Soldaten können Sie sich nicht verlassen, es sind nur Bauern, die man zum Militärdienst eingezogen hat und von denen die meisten sich nie weiter als fünf Meilen von der Siedlung entfernt haben. Die Barbaren, die Sie jagen, werden Ihr Kommen riechen und in die Wüste verschwinden, wenn Sie noch einen Tagesmarsch entfernt sind. Sie waren schon immer hier, sie kennen das Land. Wir beide sind Fremde – Sie noch mehr als ich. Ich rate Ihnen ernstlich, nicht loszuziehen.«

Er wartet, bis ich fertig bin, lockt mich sogar ein wenig aus der Reserve (das ist mein Gefühl). Ich bin sicher, dass er dieses Gespräch hinterher aufschreibt und mit dem Kommentar versieht, dass ich »unzuverlässig« bin. Als er genug gehört hat, weist er meine Einsprüche zurück: »Ich habe einen Auftrag zu erfüllen, Magistrat. Ich allein kann beurteilen, wann meine Arbeit erledigt ist.« Und er fährt mit seinen Vorbereitungen fort.

Er reist in seiner schwarzen, zweirädrigen Kutsche, Feldbett und Klapptisch sind auf dem Dach festgezurrt. Ich beschaffe Pferde, Wagen, Futter und Proviant für drei Wochen. Ein jüngerer Leutnant der Garnison begleitet ihn. Ich rede im Vertrauen mit ihm: »Verlassen Sie sich nicht auf den Führer. Er ist schwach und total verängstigt. Behalten Sie das Wetter im Auge. Orientieren Sie sich an auffallenden Punkten in der Landschaft. Ihre oberste Pflicht ist, unseren Gast gesund zurückzubringen.« Er verbeugt sich.

Ich trete erneut an Joll heran und versuche, in groben Zügen seine Absichten zu erkunden.

»Ja«, sagt er. »Natürlich möchte ich mich nicht von vornherein auf eine Vorgehensweise festlegen. Aber allgemein gesprochen werden wir das Lager dieser Nomaden aufspüren und dann weiter vordringen, wie es die Situation erfordert.«

»Ich frage nur«, fahre ich fort, »weil es, wenn Sie sich verirren, unsere Aufgabe sein wird, Sie zu finden und wieder in die Zivilisation zurückzubringen.« Wir schweigen und genießen von unseren verschiedenen Positionen aus die Ironie, die in dem Wort liegt.

»Ja, natürlich«, sagt er. »Aber das ist unwahrscheinlich. Wir haben ja glücklicherweise die hervorragenden Karten der Region, die Sie selbst geliefert haben.«

»Diese Karten basieren auf kaum mehr als bloßem Hörensagen, Oberst. Ich habe sie nach Berichten von

Reisenden über einen Zeitraum von zehn oder zwanzig Jahren zusammengestückelt. Ich selbst bin nie dort gewesen, wo Sie hin wollen. Ich möchte Sie nur warnen.«

Vom zweiten Tag seines Hierseins an hat mich seine Anwesenheit zu sehr beunruhigt, als dass ich mich ihm gegenüber anders als rein korrekt verhalten hätte. Ich vermute, dass er wie der wandernde Scharfrichter gewohnt ist, dass man ihn meidet. (Oder hält man nur noch in der Provinz Scharfrichter und Folterer für unrein?) Wenn ich ihn ansehe, frage ich mich, wie er sich wohl das erste Mal gefühlt hat: ob er, als Anlernling aufgefordert, die Zange zu gebrauchen oder die Schraube zu drehen oder was sie sonst so machen, auch nur ein bisschen geschaudert hat, weil er wusste, dass er sich in diesem Augenblick auf verbotenes Gebiet vorwagte? Ich mache mir auch meine Gedanken darüber, ob er ein privates Reinigungsritual hat, hinter verschlossenen Türen vollzogen, damit er in die Gesellschaft anderer Menschen zurückkehren und mit ihnen das Brot brechen kann. Wäscht er sich vielleicht sehr gründlich die Hände oder zieht er sich völlig um; oder hat die Abteilung III neue Menschen geschaffen, die ohne innere Unruhe zwischen dem unreinen und dem reinen Bereich wechseln können?

Bis spät in die Nacht hinein höre ich das Orchester unter den alten Walnussbäumen auf der anderen Seite des Platzes fiedeln und trommeln. In der Luft ist ein rosiger Widerschein vom großen Glutbett, über dem die Soldaten ganze Schafe rösten, ein Geschenk der »Exzellenz«. Sie werden bis in die frühen Morgenstunden trinken und sich dann bei Tagesanbruch in Marsch setzen.

Ich begebe mich durch die Seitenstraßen zum Kornspeicher. Der Wachsoldat ist nicht auf seinem Posten, die Tür zur Hütte steht offen. Ich will gerade hineingehen, als ich drinnen Tuscheln und Kichern höre.

Ich starre in die Pechfinsternis. »Wer ist da?«, frage ich.

Ein scharrendes Geräusch, dann stolpert der junge Wachposten gegen mich. »Entschuldigung, Herr«, sagt er. Ich rieche seinen Schnapsatem. »Der Gefangene hat mich gerufen, und ich habe versucht, ihm zu helfen.« Aus der Dunkelheit dringt prustendes Gelächter.

Ich schlafe, wache bei einer neuen Runde Tanzmusik vom Platz auf, schlafe wieder ein und träume von einem auf dem Rücken ausgestreckten Körper, üppiges Schamhaar glänzt schwarz und golden quer über dem Bauch, die Lenden hinauf und wie ein Pfeil hinunter in die Furche der Beine. Als ich die Hand ausstrecke, um über das Haar zu streichen, beginnt es sich zu bewegen. Es ist kein Haar, es sind Bienen, dicht gedrängt eine über der anderen – honigbestäubt, klebrig, kriechen sie aus der Furche und bewegen die Flügel.

Meine letzte höfliche Geste besteht darin, mit dem Oberst bis zur Stelle zu reiten, wo sich die Straße am Seeufer nach Nordwesten wendet. Die Sonne ist aufgegangen und gleißt so grell auf der Wasserfläche, dass ich meine Augen schützen muss. Die Männer, müde und unwohl nach der durchzechten Nacht, trotten hinter uns her. In der Mitte des Zugs, gestützt von einem Wachsoldaten, der neben ihm reitet, kommt der Gefangene. Sein Gesicht ist leichenblass, er sitzt unbequem auf dem Pferd, seine Wunden bereiten ihm offensichtlich noch Schmerzen. Zuletzt folgen die Packpferde und die Wagen mit Wasserfässern, Proviant und der schwereren Ausrüstung: Lanzen, Musketen, Munition, Zelte. Das Ganze ist kein erhebender Anblick: der Zug reitet ungeordnet, einige der Männer haben keine Kopfbedeckung, andere tragen den schweren Kavalleriehelm mit Federbusch, wieder andere die einfache lederne Sturmhaube. Sie haben den Blick abgewendet vom gleißenden Wasser, alle außer einem, der sich einen rußgeschwärzten Glasstreifen, der an einem Stock befestigt ist, vor die Augen hält und unerschütterlich geradeaus schaut, so seinen Führer imitierend. Wie weit wird sich dieses lächerlich affektierte Verhalten ausbreiten?

Wir reiten schweigend. Als wir vorüberziehen, unterbrechen die Schnitter ihre Arbeit, die sie schon vor Sonnenaufgang auf den Feldern begonnen haben, und winken uns zu. An der Wegbiegung zügele ich mein Pferd und verabschiede mich. »Ich wünsche Ihnen eine gesunde Rückkehr, Oberst«, sage ich. Vom Fenster seiner Kutsche eingerahmt, neigt er mit undurchdringlicher Miene den Kopf.

So reite ich also zurück, von meiner Last befreit und glücklich, in einer Welt, die ich kenne und verstehe, wieder allein zu sein. Ich steige auf die Mauern, um zu beobachten, wie sich die kleine Kolonne auf der gewundenen Nordweststraße langsam entfernt und dem fernen grünen Fleck nähert, wo der Fluss in den See mündet und die Vegetation sich im Hitzeschleier der Wüste verliert. Die Sonne hängt noch immer bronzen und schwer über dem Wasser. Südlich des Sees breiten sich Sümpfe und Salztonebenen aus, und dahinter erhebt sich eine kahle blaugraue Bergkette. Auf den Wiesen beladen die Bauern die mächtigen alten Heuwagen. Über uns kreist ein Schwarm Stockenten und gleitet zum Wasser hinunter. Spätsommer – eine Zeit des Friedens und der Fülle. Ich glaube an den Frieden, vielleicht sogar Frieden um jeden Preis.

Zwei Meilen südlich vor der Stadt ragen dicht an dicht Dünen aus der sandigen Ebene. Die beliebtesten Sommerfreuden der Kinder sind, Frösche in den Sümpfen zu fangen und auf gewachsten hölzernen Schlitten die Dünenhänge hinunterzufahren, das eine morgens, das andere abends, wenn die Sonne im Untergehen begriffen ist und der Sand allmählich abkühlt. Obwohl der Wind zu allen Jahreszeiten weht, sind die Dünen stabil, weil sie oben von einer dünnen Grasnarbe zusammengehalten werden, und auch von Holzskeletten, wie ich zufällig vor ein paar Jahren entdeckt habe. Denn die Dünen bedecken die Ruinen von Häusern, die aus einer Zeit lange vor der Annexion der Westprovinzen und der Errichtung des Forts stammen.

Die Ausgrabung dieser Ruinen ist eins meiner Hobbys gewesen. Wenn es an den Bewässerungsanlagen nichts auszubessern gibt, verurteile ich Bagatellstraftäter dazu, ein paar Tage in den Dünen zu graben; Soldaten werden zur Strafe hierher abkommandiert; und als meine Begeisterung auf dem Höhepunkt war, bezahlte ich Gelegenheitsarbeiter sogar aus eigener Tasche. Die Arbeit ist unbeliebt, denn die Ausgräber sind bei ihrer Plackerei der brennenden Sonne oder dem scharfen Wind schutzlos ausgeliefert, und überall fliegt Sand umher. Sie arbeiten halbherzig, weil sie mein Interesse nicht teilen (das sie als Spleen ansehen), und die Geschwindigkeit, mit der alles wieder vom Sand zugedeckt wird, entmutigt sie. Aber im Verlaufe von ein paar Jahren ist es mir gelungen, einige der größeren Bauwerke bis zum Fundament freizulegen. Das zuletzt ausgegrabene ragt wie ein Schiffswrack in der Wüste auf und ist sogar von den Stadtmauern aus zu sehen. Von diesem Bauwerk, vielleicht ein öffentliches Gebäude oder ein Tempel, habe ich den schweren Türsturz aus Pappelholz, verziert mit einem verschlungenen Schnitzwerk springender Fische, geborgen, und er hängt jetzt über meinem Kamin. Unter dem Fußboden vergraben fand ich in einem Säckchen, das bei Berührung zu Staub zerfiel, Holztäfelchen versteckt, auf denen Buchstaben einer Schrift gemalt sind, wie ich sie noch nie gesehen hatte. Wir hatten solche Täfelchen schon früher gefunden, wie Wäscheklammern in den Ruinen verstreut, doch die meisten waren durch den Sand so abgeschmirgelt, dass die Schrift unleserlich war. Die Buchstaben auf den neu entdeckten Täfelchen sind so deutlich wie am Tag, als sie geschrieben wurden. In der Hoffnung, die Schrift entziffern zu können, habe ich angefangen, so viel Täfelchen wie möglich zu sammeln, und die Kinder, die hier spielen, habe ich wissen lassen, dass sie sich mit gefundenen Täfelchen jederzeit einen Groschen verdienen können.

Die Balken, die wir ausgraben, sind trocken und morsch. Viele hat nur der Sand, von dem sie umgeben sind, zusammengehalten, und freigelegt zerbröckeln sie. Andere brechen beim leichtesten Druck. Wie alt das Holz ist, weiß ich nicht. Die Barbaren, die Viehzüchter, Nomaden, Zeltbewohner sind, erwähnen in ihren Legenden keine feste Siedlung beim See. In den Ruinen gibt es keine menschlichen Überreste. Wenn ein Friedhof existiert, haben wir ihn nicht entdeckt. Die Häuser enthalten keine Möbelstücke. In einem Aschenhaufen habe ich sonnengehärtete Tonscherben gefunden und etwas Braunes, was einmal ein Lederschuh oder eine Lederkappe gewesen sein könnte, aber vor meinen Augen zerfiel. Ich weiß nicht, woher das Holz stammt, das man zum Bau dieser Häuser verwendet hat. Vielleicht sind in vergangenen Tagen Verbrecher, Sklaven, Soldaten die zwölf Meilen zum Fluss marschiert und haben Pappeln gefällt, haben sie zu Balken zersägt und glatt gehobelt und dann in Karren an diesen öden Platz gebracht, haben Häuser und meinetwegen auch ein Fort gebaut und sind irgendwann gestorben, und das alles, damit ihre Herren, ihre Statthalter und Magistrate und Hauptleute morgens und abends auf die Dächer und Türme steigen konnten, um die Welt von Horizont zu Horizont nach Spuren der Barbaren abzusuchen. Vielleicht habe ich bei meinen Ausgrabearbeiten lediglich die oberste Schicht bewegt. Vielleicht liegen zehn Fuß unter dem Boden die Ruinen eines anderen Forts, das von den Barbaren dem Erdboden gleichgemacht worden ist, bevölkert mit Skeletten von Menschen, die hinter hohen Mauern Schutz zu finden glaubten. Wenn ich hier auf dem Fundament des Gerichtsgebäudes stehe, wenn es eines ist, dann stehe ich vielleicht auf dem Kopf eines Magistrats, wie ich einer bin, einem anderen grauhaarigen Diener des Reichs, der in seinem eigenen Machtbereich gefallen ist, als er schließlich dem Barbaren Aug in Auge gegenüberstand. Wie soll ich das je wissen? Soll ich mich wie ein Kaninchen in die Erde wühlen? Wird es mir die Schrift auf den Täfelchen eines Tages verraten? In dem Beutel befanden sich zweihundertundsechsundfünfzig Täfelchen. Sollte ihre Zahl zufällig vollständig sein? Nachdem ich sie zum ersten Mal gezählt hatte, machte ich den Fußboden meines Amtszimmers frei und legte sie aus, zunächst in einem großen Quadrat, dann in sechzehn kleineren Quadraten, dann in anderen Kombinationen, weil ich glaubte, was ich bisher für Zeichen in einem Silbenalphabet gehalten hatte, könnten tatsächlich Fragmente eines Bildes sein, dessen Umrisse sich mir plötzlich offenbaren würden, wenn ich zufällig die richtige Anordnung fände: eine Karte vom Land der Barbaren aus alten Zeiten oder die Darstellung eines verschwundenen Pantheons. Ich ertappte mich sogar dabei, wie ich die Täfelchen in einem Spiegel betrachtete oder eins aufs andere legte oder ein halbes Täfelchen an ein anderes halbes fügte.

Eines Abends blieb ich in den Ruinen zurück, nachdem die Kinder zum Abendbrot heimgelaufen waren, durch die violette Dämmerung unter den ersten Sternen – nach dem Volksglauben die Stunde, in der Geister erwachen. Wie mich die Kinder gelehrt hatten, legte ich das Ohr auf den Boden, um zu hören, was sie hören: Poltern und Stöhnen unter der Erde, tiefen, unregelmäßigen Trommelschlag. An meiner Wange spürte ich den Sand rieseln, der von nirgendwo nach nirgendwo über die Einöde trieb. Das letzte Licht schwand dahin, die Mauern standen dunkel vor dem Himmel und lösten sich in der Finsternis auf. Eine Stunde lang wartete ich in meinen Mantel gewickelt, gegen den Eckpfosten eines Hauses gelehnt, in dem einst Menschen geredet, gegessen und musiziert haben mussten. Ich saß und sah den Mond aufgehen, öffnete meine Sinne für die Nacht und wartete auf ein Zeichen, das mir sagen sollte: um mich herum und unter meinen Füßen waren nicht nur Sand, zu Staub zerfallene Knochen, Rostschuppen, Scherben, Asche. Das Zeichen kam nicht. Mich durchschauerte keine Gespensterfurcht. Mein Nest im Sand war warm. Bald schon ertappte ich mich beim Einnicken.

Ich erhob mich und streckte mich; dann trottete ich durch die weiche Dunkelheit heim und orientierte mich dabei am matten Widerschein der häuslichen Feuer am Himmel. Wie albern, dachte ich – ein Graubart sitzt im Dunkeln und wartet darauf, dass Geister von den Nebenschauplätzen der Geschichte zu ihm sprechen, bis er dann nach Hause geht zu seinem

Armee-Eintopf und seinem bequemen Bett. Der Raum um uns herum ist nur Raum, nicht unbedeutender oder großartiger als der Raum über den Hütten und Mietshäusern, den Tempeln und Geschäftshäusern der Hauptstadt. Raum ist Raum, Leben ist Leben, überall gleich. Aber ich, der ich mich von der Arbeit anderer ernähre und keine Laster kultiviere, mit denen ich mir die Zeit vertreiben kann, hätschele meine Melancholie und versuche, in der Leere der Wüste eine besondere historische Wehmut zu entdecken. Umsonst, vergeblich, unsinnig! Wie gut, dass keiner mich sieht!

Heute, nur vier Tage nachdem sich die Expedition auf den Weg gemacht hat, treffen die ersten Gefangenen des Obersten ein. Von meinem Fenster aus sehe ich sie zwischen den berittenen Wachsoldaten über den Platz gehen, staubig, erschöpft, schon zurückschreckend vor den Gaffern, die sich um sie sammeln, den hüpfenden Kindern, den bellenden Hunden. Im Schatten der Kasernenmauer steigen die Soldaten ab; sofort hocken sich die Gefangenen hin, um sich auszuruhen, nur ein kleiner Junge steht auf einem Bein, den Arm auf Mutters Schulter, und starrt seinerseits neugierig die Zuschauer an. Jemand bringt einen Eimer Wasser und eine Schöpfkelle. Durstig trinken sie, während die Menge wächst und sich so eng um sie zusammendrängt, dass ich nichts mehr sehen kann. Ungeduldig warte ich auf den Wachsoldaten, der sich jetzt seinen Weg durch die Meute bahnt und quer über den Kasernenhof kommt.

»Was soll das bedeuten?«, schreie ich ihn an. Er senkt den Kopf und sucht in seinen Taschen. »Das sind Fischer! Wie könnt ihr die hierher bringen?«

Er hält mir einen Brief hin. Ich erbreche das Siegel und lese: »Bitte halten Sie diese und noch folgende Verhaftete abgesondert in Gewahrsam, bis ich zurückkehre.« Auf seine Unterschrift folgt noch einmal das Siegel, das Siegel der Abteilung III, das er in die Wüste mitgenommen hat und das ich, sollte er umkommen, wohl von einer zweiten Expedition suchen lassen müsste.

»Der Mann ist lächerlich!«, schreie ich. Ich stürme durchs Zimmer. Über Offiziere sollte man vor den Untergebenen nie verächtlich reden, genauso wenig wie über Väter vor den Kindern, aber diesem Mann fühle ich mich im Innern nicht verpflichtet. »Hat ihm denn keiner gesagt, dass das Fischer sind? Es ist Zeitverschwendung, sie herzubringen! Ihr sollt ihm helfen, Diebe und Banditen aufzuspüren, Leute, die ins Reich einfallen! Sehen diese Leute aus, als würden sie das Reich bedrohen?« Ich schleudere den Brief gegen das Fenster.

Die Menge teilt sich vor mir, bis ich in ihrer Mitte vor dem Dutzend kläglicher Gefangener stehe. Sie schrecken vor meinem Zorn zurück, und der kleine Junge flüchtet sich in die Arme seiner Mutter. Ich gebe den Soldaten zu verstehen: »Macht den Weg frei und schafft diese Leute in den Kasernenhof!« Sie treiben die Gefangenen dorthin; das Kasernentor schließt sich hinter uns. »Nun heraus mit der Sprache«, sage ich, »hat ihm keiner den Unterschied zwischen Fischern mit Netzen und wilden Nomadenreitern mit Bogen erklärt? Hat ihm keiner erklärt, dass sie nicht mal dieselbe Sprache sprechen?«

Einer der Soldaten bringt zur Rechtfertigung vor: »Als sie uns kommen sahen, wollten sie sich im Schilf verstecken. Sie haben Reiter gesehen, deshalb wollten sie sich verstecken. Darum hat der Offizier, Seine Exzellenz, uns befohlen, sie gefangen zu nehmen. Weil sie sich versteckt haben.«

Ich hätte vor Ärger fluchen können. Ein Polizist! Die Logik eines Polizisten! »Hat Seine Exzellenz gesagt, warum er wollte, dass man sie hierher bringt? Hat er gesagt, warum er sie nicht dort draußen befragen konnte?«

»Keiner von uns spricht ihre Sprache, Sir.«

Natürlich nicht! Diese Flussleute sind Ureinwohner, älter noch als die Nomaden. Zwei oder drei Familien leben zusammen in Siedlungen an den Flussufern, sie fischen den größten Teil des Jahres und stellen Fallen, im Herbst paddeln sie zu den fernen südlichen Gestaden des Sees, um rötliche Regenwürmer zu fangen und sie zu trocknen, sie errichten notdürftige Schilfhütten, ertragen stöhnend die Kälte im Winter und kleiden sich in Tierhäute. Sie leben in Furcht vor jedermann, drücken sich im Schilf herum; was sollen die schon wissen von einem großen Plan, den die Barbaren gegen das Reich geschmiedet haben?

Ich schicke einen der Männer in die Küche zum Essenholen. Er kommt mit einem Brot von gestern zurück, das er dem ältesten Gefangenen hinhält. Der Alte nimmt das Brot ehrerbietig mit beiden Händen, riecht daran, bricht es und verteilt die Stücke. Sie stopfen sich dieses Manna in den Mund, kauen schnell, schauen nicht auf. Eine Frau spuckt Brotbrei in ihre Hand und füttert ihr Baby. Ich lasse mehr Brot bringen. Wir stehen da und sehen ihnen beim Essen zu, als wären es seltene Tiere.

»Lasst sie hier im Hof«, sage ich zu den Wachsoldaten. »Das ist zwar unbequem für uns, aber wo sollen sie sonst hin. Wenn es heute Nacht kalt wird, werde ich mich um etwas anderes kümmern. Sorgt dafür, dass sie zu essen bekommen. Gebt ihnen was zu tun, damit sie beschäftigt sind. Haltet das Tor geschlossen. Sie werden nicht weglaufen, aber ich möchte nicht, dass Faulpelze kommen und sie angaffen.«

So zügele ich meinen Ärger und befolge die Weisungen des Obersten: ich halte sie für ihn »abgesondert in Gewahrsam«. Und in ein, zwei Tagen haben diese Wilden offenbar vergessen, dass sie je woanders zu Hause waren. Gänzlich verführt vom freien, reichlichen Essen, vor allem vom Brot, entspannen sie sich, lächeln alle an, begeben sich im Kasernenhof von einem schattigen Fleck zum nächsten, sie dösen und wachen, werden munter, wenn die Mahlzeiten heranrücken. Ihre Gewohnheiten sind ungezwungen und schmutzig. Eine Hofecke ist zur Latrine geworden, wo sich Männer und Frauen in der Öffentlichkeit hinhocken und wo den ganzen Tag ein Fliegenschwarm surrt. (»Gebt ihnen einen Spaten!«, befehle ich den Wachsoldaten; doch sie benutzen ihn nicht.) Der kleine Junge hat alle Furcht verloren und sucht die Küche heim, bettelt die Mägde um Zucker an. Neben dem Brot sind auch Zucker und Tee für sie etwas ganz Neues. Jeden Morgen bekommen sie einen kleinen Block gepresster Teeblätter, die sie in einem großen Eimer auf einem Dreifuß über einem Feuer kochen. Sie sind glücklich hier; ja, wenn wir sie nicht fortjagen, bleiben sie vielleicht für immer bei uns, so wenig hat es offenbar gebraucht, um sie aus ihrem Naturzustand herauszulocken. Stunden verbringe ich damit, sie vom Fenster im oberen Stock aus zu beobachten (andere Faulpelze müssen durch das Tor schauen). Ich sehe den Frauen beim Läusesuchen zu, beobachte, wie sie sich gegenseitig das lange schwarze Haar kämmen und flechten. Einige von ihnen werden von heftigen trockenen Hustenanfällen heimgesucht. Es fällt auf, dass zu der Gruppe außer dem Baby und dem kleinen Jungen keine Kinder gehören. Ist es einigen von ihnen, den Flinken, Wachsamen, doch gelungen, vor den Soldaten zu fliehen? Ich hoffe es. Ich hoffe, dass sie ihren Nachbarn viele unwahrscheinliche Geschichten zu erzählen haben, wenn wir sie in ihre Behausungen am Fluss zurückbringen. Ich hoffe, dass die Geschichte ihrer Gefangenschaft in ihre Sagen eingeht, von Großvater zu Enkel weitergereicht. Doch ich hoffe ebenso, dass die Erinnerung an die Stadt mit ihrem leichten Leben und den exotischen Nahrungsmitteln nicht stark genug ist, sie wieder herzulocken. Ich will keine Kaste von Bettlern auf dem Hals haben.

Ein paar Tage lang sind die Fischersleute eine Abwechslung, mit ihrem seltsamen Gebrabbel, ihrem Riesenhunger, ihrer animalischen Schamlosigkeit, ihrer Sprunghaftigkeit. Die Soldaten lungern in den Türen herum, sehen ihnen zu und machen obszöne Bemerkungen, die sie nicht verstehen, und lachen; am Tor stehen immer Kinder und drücken ihre Gesichter an die Gitterstäbe; und ich starre von meinem Fenster auf sie hinab und bin hinter der Scheibe nicht zu sehen.

Dann verlieren wir alle auf einmal das Mitleid mit ihnen. Der Dreck, der Gestank, ihr lautes Gezänk und Gehuste werden zu viel. Es gibt einen unangenehmen Zwischenfall: ein Soldat versucht, eine ihrer Frauen ins Haus zu ziehen, vielleicht nur im Scherz, wer weiß, und wird mit Steinen beworfen. Es geht das Gerücht, dass sie krank sind, dass sie eine Seuche in die Stadt einschleppen. Obwohl ich sie dazu bringe, eine Grube in der Hofecke auszuheben und den Unrat der Nacht zu entsorgen, weigert sich das Küchenpersonal, ihnen Geräte zu geben, und sie fangen an, ihnen das Essen von der Tür aus zuzuwerfen, als wären sie wirklich Tiere. Die Soldaten verschließen die Tür zum Kasernensaal, die Kinder kommen nicht mehr zum Tor. Einer wirft nachts eine tote Katze über die Mauer und verursacht einen Tumult. Während der langen heißen Tage hocken sie im leeren Hof herum. Das Baby schreit und hustet, schreit und hustet, bis ich mich im hintersten Winkel meiner Wohnung verkrieche. Ich schreibe einen wütenden Brief an die Abteilung III, rastloser Wächter des Reichs, und beschwere mich über die Unfähigkeit eines ihrer Agenten. »Warum schicken Sie nicht Leute, die sich im Grenzdistrikt auskennen, zur Untersuchung von Grenzunruhen?«, schreibe ich. Klugerweise zerreiße ich den Brief. Wenn ich das Tor in tiefster Nacht aufschlösse, würden sich die Fischersleute dann davonstehlen?, frage ich mich. Doch ich unternehme nichts. Dann bemerke ich eines Tages, dass das Geschrei des Babys verstummt ist. Als ich aus dem Fenster schaue, kann ich das Kind nirgends entdecken. Ich schicke einen Soldaten auf die Suche, und er findet den kleinen Leichnam unter der Kleidung der Mutter. Sie will ihn nicht herausgeben, wir müssen ihn ihr mit Gewalt wegnehmen. Danach hockt sie den ganzen Tag lang allein da, hat das Gesicht verhüllt und verweigert die Nahrung. Ihre Leute scheinen sie zu meiden. Haben wir irgendeinen ihrer Bräuche missachtet, als wir ihr das Kind weggenommen und es begraben haben? Ich verfluche Oberst Joll für den ganzen Ärger, den er mir eingebrockt hat, und auch für die Scham, die ich fühle.

Dann kommt er mitten in der Nacht zurück. Hornsignale von den Stadtmauern dringen in meinen Schlaf, im Kasernensaal bricht Tumult aus, als die Soldaten hektisch nach ihren Waffen suchen. Ich bin ganz durcheinander, das Ankleiden dauert; als ich dann auf dem Platz auftauche, rückt die Kolonne schon durch das Tor ein, einige der Männer reiten, andere führen ihre Pferde am Zügel. Ich halte mich zurück, während die Zuschauer sich herzudrängen, die Soldaten berühren und umarmen, aufgeregt lachen (»Alle gesund!«, ruft einer), bis ich in der Mitte der Kolonne herankommen sehe, was ich befürchtet habe: die schwarze Kutsche, dann die schlurfende Gruppe der Gefangenen, mit Stricken um den Hals aneinander gebunden, formlose Gestalten in Schaffellmänteln unter dem silbernen Mondlicht, ihnen folgen die letzten Soldaten, welche die Pferdewagen und die Packpferde führen. Während immer mehr Menschen herbeigeeilt kommen, einige mit brennenden Fackeln, und das Gemurmel immer lauter wird, kehre ich dem Triumph des Obersten den Rücken und ziehe mich wieder in meine Räume zurück. Nun beginne ich die Nachteile der geräumigen Wohnung über den Lagerräumen und der Küche zu sehen. Sie war eigentlich für den Militärkommandanten bestimmt, den wir jahrelang nicht gehabt haben, doch ich hatte sie der attraktiven Villa mit Geranien vor den Fenstern vorgezogen, die eigentlich dem Magistrat zugedacht war. Gern würde ich meine Ohren vor den Geräuschen verschließen, die aus dem Hof unten kommen, der jetzt offenbar dauerhaft zum Gefängnishof geworden ist. Ich fühle mich alt und müde, ich möchte schlafen. Ich schlafe jetzt immer, wenn ich kann, und wenn ich aufwache, tue ich es widerstrebend. Der Schlaf ist nicht länger ein Heilbad, eine Erholung der Lebenskräfte, sondern ein Vergessen, eine nächtliche Berührung mit der Vernichtung. Der Aufenthalt in dieser Wohnung bekommt mir inzwischen schlecht, denke ich; aber nicht nur das. Wenn ich in der Magistratsvilla in der ruhigsten Straße unserer Stadt wohnte, montags und donnerstags Gerichtsverhandlungen leitete, jeden Morgen zur Jagd ginge, mich an den Abenden mit den

Klassikern beschäftigte, meine Ohren verschlösse vor den Umtrieben dieses Emporkömmlings von Polizisten, wenn ich den Entschluss fasste, die schlechten Zeiten zu überstehen, indem ich meine Meinung für mich behielte, würde ich mich vielleicht nicht mehr wie ein Mann fühlen, der, von einem Sog erfasst, den Kampf aufgibt, zu schwimmen aufhört und sein Gesicht der offenen See und dem Tod zuwendet. Aber das Wissen darum, wie zufällig mein Unbehagen ist, wie abhängig von einem Baby, das an einem Tag unter meinem Fenster schreit und am nächsten Tag nicht mehr schreit, beschämt mich zutiefst und lässt mich der Vernichtung gegenüber äußerst gleichgültig. Ich weiß zu viel; und von diesem Wissen, wenn man einmal damit angesteckt wurde, gibt es keine Genesung. Ich hätte niemals meine Laterne nehmen und nachschauen sollen, was in der Hütte beim Kornspeicher vorging. Andererseits war es unmöglich, die Laterne, die ich einmal ergriffen hatte, wieder wegzustellen. Der Knoten schürzt sich; ich kann das Ende nicht finden.

Den ganzen darauf folgenden Tag schläft der Oberst auf seinem Zimmer in der Gastwirtschaft, und das Personal muss bei der Arbeit auf Zehenspitzen schleichen. Ich versuche, den neuen Gefangenentrupp im Hof nicht zu beachten. Zu dumm, dass alle Türen der Kasernengebäude ebenso wie die Treppe zu meiner Wohnung auf den Hof hinausgehen. Im frühen Morgenlicht mache ich mich auf den Weg, beschäftige mich den ganzen Tag mit Pachtzinsen, esse abends mit Freunden. Auf dem Nachhauseweg treffe ich den jungen Leutnant, der Oberst Joll in die Wüste begleitet hat, und beglückwünsche ihn zu seiner gesunden Rückkehr. »Aber warum haben Sie dem Oberst nicht klargemacht, dass die Fischersleute ihm bei seinen Untersuchungen wirklich nicht weiterhelfen können?« Er wirkt verlegen. »Ich habe mit ihm gesprochen«, sagt er mir, »aber er hat nur gesagt: ›Gefangene sind Gefangene‹. Ich bin zum Schluss gekommen, dass es mir nicht zustand, ihm zu widersprechen.«

Am nächsten Tag fängt der Oberst mit seinen Verhören an. Ich habe ihn einmal für faul gehalten, für wenig mehr als einen Bürokraten mit Geschmack an Brutalitäten. Jetzt erkenne ich, wie unrecht ich hatte. In seiner Suche nach der Wahrheit ist er unermüdlich. Die Verhöre beginnen am frühen Morgen und sind noch nicht zu Ende, wenn ich nach Einbruch der Dunkelheit heimkomme. Er hat sich der Hilfe eines Jägers versichert, der sein ganzes Leben lang flussauf, flussab Schweine geschossen hat und an die hundert Wörter in der Sprache der Fischer kennt. Einer nach dem anderen werden die Fischersleute in den Raum gebracht, wo der Oberst sich eingerichtet hat, und dort werden sie ausgefragt, ob sie Bewegungen fremder Reiter gesehen haben. Sogar das Kind wird befragt: »Haben fremde Männer deinen Vater nachts besucht?« (Ich kann mir natürlich denken, was in dem Raum vor sich geht, kann mir die Angst vorstellen, die Verwirrung, die Erniedrigung.) Die Gefangenen werden nicht wieder in den Hof gebracht, sondern in den Hauptsaal der Kaserne – die Soldaten hat man ausquartiert, in der

Stadt untergebracht. Bei geschlossenen Fenstern sitze ich in meiner Wohnung, in der Schwüle eines windstillen Abends, versuche zu lesen, spitze die Ohren, um Laute zu hören oder nicht zu hören, die von Gewalt künden. Um Mitternacht enden schließlich die Verhöre, es gibt kein Türeschlagen oder Getrampel mehr, der Hof liegt still im Mondlicht, und ich kann nun schlafen.

Die Freude ist aus meinem Leben verschwunden. Tagsüber spiele ich mit Registern und Zahlen, halte mich an kleinen Aufgaben fest, um die Stunden auszufüllen. Abends esse ich in der Gastwirtschaft; und weil ich noch nicht heim will, gehe ich dann die Treppe hinauf zum Labyrinth aus Verschlägen und unterteilten Zimmern, wo die Stallknechte schlafen und die Mädchen Freunde empfangen.

Ich schlafe wie ein Toter. Als ich im schwachen Licht des frühen Morgens aufwache, liegt das Mädchen zusammengerollt auf dem Fußboden. Ich lege meine Hand auf ihren Arm: »Warum schläfst du da?«

Sie lächelt mich an. »Ist schon gut. Ich liege bequem.« (Das stimmt: auf der weichen Schaffellmatte dehnt sie sich und gähnt, ihr hübscher kleiner Körper hat dort reichlich Platz.) »Du hast dich im Schlaf hin- und hergewälzt, mach dich fort, hast du gesagt, da habe ich lieber hier geschlafen.«

»Mach dich fort, habe ich gesagt?«

»Ja – im Schlaf. Reg dich nicht auf.« Sie kriecht neben mir ins Bett. Ich umarme sie voll Dankbarkeit, ohne Verlangen.

»Ich möchte heute Nacht gern wieder hier schlafen«, sage ich. Sie kuschelt sich an meine Brust. Mir scheint, alles, was ich ihr sagen möchte, würde mit Sympathie, mit Freundlichkeit angehört werden. Aber was kann ich denn sagen? »Schreckliche Dinge geschehen in der Nacht, während wir beide schlafen«? Der Schakal reißt dem Hasen die Gedärme heraus, doch die Erde dreht sich weiter.

Noch einen Tag und noch eine Nacht verbringe ich abseits des Reichs der Schmerzen. In den Armen des Mädchens schlafe ich ein. Am Morgen liegt sie wieder auf dem Fußboden. Sie lacht über meine Bestürzung: »Du hast mich mit Händen und Füßen hinausgestoßen. Bitte reg dich nicht auf. Wir können nichts für unsere Träume oder für das, was wir im Schlaf tun.« Ich stöhne und wende das Gesicht ab. Ich kenne sie seit einem Jahr und besuche sie manchmal zweimal in der Woche hier in diesem Zimmer. Die ruhige Zuneigung, die ich ihr entgegenbringe, ist vielleicht das Beste, was zwischen einem alternden Mann und einer Zwanzigjährigen stattfinden kann; gewiss besser als eine besitzergreifende Leidenschaft. Ich habe mit dem Gedanken gespielt, sie zu bitten, mit mir zusammenzuleben. Ich versuche mich zu erinnern, welcher Alptraum mich gefangen gehalten hat, als ich sie weggestoßen habe, aber es gelingt mir nicht. »Wenn ich das nochmal mache, dann musst du mich aufwecken, versprich mir das«, sage ich ihr.

Dann wird mir in meiner Amtsstube im Gerichtsgebäude ein Besucher gemeldet. Oberst Joll, der seine dunklen Augengläser auch hier drinnen trägt, tritt ein und setzt sich mir gegenüber. Ich biete ihm Tee an und bin überrascht, wie ruhig meine Hand ist. Er reise ab, sagt er. Soll ich meine Freude zu verbergen suchen? Er schlürft seinen Tee, bemüht aufrecht sitzend und den Raum musternd, die vielen Regalfächer voller Akten, mit Strick zusammengebunden, der Nachweis von jahrzehntelanger eintöniger Verwaltungsarbeit, den kleinen Bücherschrank mit juristischen Texten, den unordentlichen Schreibtisch. Er habe seine Untersuchungen vorläufig abgeschlossen, sagt er, und habe es nun eilig, in die Hauptstadt zurückzukehren und Bericht zu erstatten. Er triumphiert auf streng kontrollierte Art. Ich nicke verständnisvoll. »Wenn ich etwas tun kann, um Ihnen die Reise zu erleichtern ...«, sage ich. Es entsteht eine Pause. Dann lasse ich meine Frage in die Stille fallen wie einen Stein in einen Teich.

»Und Ihre Befragungen der Nomaden und Ureinwohner, Oberst Joll – sind sie so erfolgreich gewesen, wie Sie es sich vorgestellt hatten?«

Er legt die Fingerspitzen aneinander, bevor er antwortet. Ich habe das Gefühl, er weiß, wie sehr mich seine affektierten Angewohnheiten irritieren. »Ja, Magistrat, ich kann wohl sagen, dass wir einigen Erfolg gehabt haben. Besonders wenn Sie in Betracht ziehen, dass ähnliche Befragungen an anderen Grenzorten in koordinierter Form durchgeführt werden.«

»Das ist gut. Und können Sie uns sagen, ob wir etwas zu befürchten haben? Können wir nachts ruhig schlafen?«

Sein Mundwinkel verzieht sich zu einem kleinen Lächeln. Dann erhebt er sich, verbeugt sich, dreht sich um und geht. Am nächsten Morgen reist er früh ab, begleitet von seiner kleinen Eskorte schlägt er die lange Ostroute zur Hauptstadt zurück ein. Eine gewisse anstrengende Zeit lang ist es uns gelungen, wie zivilisierte Leute miteinander umzugehen. Mein ganzes Leben lang ist mir zivilisiertes Benehmen wichtig gewesen; diesmal aber kann ich nicht leugnen, dass mir bei der Erinnerung daran übel wird.

Als allererstes besuche ich die Gefangenen. Ich schließe den Kasernensaal auf, der ihr Gefängnis gewesen ist, und meine Sinne revoltieren schon bei dem widerlichen Geruch nach Schweiß und Qual, und ich reiße die Türen weit auf. »Schafft sie hier raus!«, schreie ich die nur halb bekleideten Soldaten an, die herumstehen und mich beobachten, während sie ihre Grütze essen. Aus der Dunkelheit drinnen starren die Gefangenen apathisch zurück. »Geht da rein und macht sauber!«, schreie ich. »Ich will, dass alles sauber gemacht wird! Her mit Seife und Wasser! Ich will, dass alles wieder wird wie vorher!« Die Soldaten beeilen sich zu gehorchen; aber warum richtet sich mein Zorn gegen sie, müssen sie sich fragen. Ins Tageslicht hinaus treten die Gefangenen, blinzelnd, die Augen beschirmend. Einer Frau muss geholfen werden. Sie zittert ununterbrochen wie eine alte Frau, obwohl sie jung ist. Einige sind zu krank, um aufzustehen.

Das letzte Mal habe ich sie vor fünf Tagen gesehen (wenn ich überhaupt sagen kann, dass ich sie gesehen habe, wenn ich mehr getan habe, als meinen Blick abwesend und widerstrebend über sie hingleiten zu lassen). Was sie in diesen fünf Tagen durchgemacht haben, weiß ich nicht. Nun von ihren Wächtern zusammengetrieben, stehen sie in einem hoffnungslosen Grüppchen im Winkel des Hofs, Nomaden und Fischer beisammen, krank, ausgehungert, verletzt, verängstigt. Es wäre das Beste, wenn dieses dunkle Kapitel der Weltgeschichte sofort beendet würde, wenn diese häßlichen Menschen vom Angesicht der Erde beseitigt würden und wir geloben würden, einen neuen Anfang zu machen und ein Reich zu gründen, in dem es keine Ungerechtigkeit, keinen Schmerz mehr gäbe. Es würde wenig kosten, sie hinaus in die Wüste marschieren zu lassen (nachdem man ihnen zunächst eine Mahlzeit verabreicht hätte, um den Marsch zu ermöglichen), sie dazu zu bringen, mit ihrer letzten Kraft eine Grube auszuheben, groß genug, damit alle darin Platz fänden, (oder die Grube sogar für sie auszuheben!) und sie dort begraben sein zu lassen für alle Ewigkeit, um dann zur ummauerten Stadt zurückzukehren voller neuer Vorhaben, neuer Vorsätze. Aber das ist nicht meine Art. Die neuen Männer des Reichs sind es, die an einen neuen Anfang glauben, an ein neues Kapitel, an unbeschriebene Seiten; ich mühe mich weiter mit der alten Geschichte ab und hoffe, dass sie mir, noch ehe sie zu Ende ist, offenbaren wird, warum ich geglaubt habe, das Ganze sei der Mühe wert. So kommt es also, dass ich nun, wo die Sorge für Recht und Ordnung hierzulande heute wieder an mich übergegangen ist, den

Befehl erteile, dass die Gefangenen zu essen bekommen, dass der Arzt gerufen wird, damit er tut, was er kann, dass die Kaserne wieder zur Kaserne wird, dass man Vorkehrungen trifft, um die Gefangenen ihrem früherem Leben wieder zurückzugeben, sobald das möglich ist, soweit das möglich ist.

II

Sie kniet im Schatten der Kasernenmauer ein paar Schritte vom Tor entfernt, in einen Mantel gewickelt, der zu groß für sie ist, auf dem Boden vor ihr eine Pelzmütze mit der Öffnung nach oben. Sie hat die geraden schwarzen Brauen und das glänzend-schwarze Haar der Barbaren. Wieso bettelt eine Barbarenfrau hier in der Stadt? In der Mütze liegen nur ein paar Pfennige.

Noch zweimal komme ich an diesem Tag an ihr vorbei. Jedes Mal ist ihre Reaktion auf mich seltsam – sie starrt stur vor sich hin, bis ich herangekommen bin, dann wendet sie ganz langsam den Kopf weg. Beim zweiten Mal werfe ich eine Münze in ihre Mütze. »Es ist kalt und spät für den Aufenthalt im Freien«, sage ich. Sie nickt. Die Sonne geht hinter einem schwarzen Wolkenstreifen unter; der Nordwind lässt schon Schnee ahnen; der Platz ist menschenleer; ich gehe weiter.

Am darauf folgenden Tag ist sie nicht dort. Ich spreche mit dem Pförtner: »Dort drüben hat den ganzen Tag lang eine Frau gesessen und gebettelt. Wo kommt sie her?« Die Frau sei blind, antwortet er. Sie gehöre zu den Barbaren, die der Oberst hergebracht habe. Man habe sie zurückgelassen.

Ein paar Tage später sehe ich sie über den Platz gehen, langsam und unsicher an zwei Stöcken, der Schaffellmantel schleift hinter ihr im Staub. Ich gebe Befehle; sie wird in mein Quartier gebracht, wo sie auf ihre Stöcke gestützt vor mir steht. »Nimm deine Mütze ab«, sage ich. Der Soldat, der sie hereingebracht hat, nimmt ihr die Mütze vom Kopf. Es ist dasselbe Mädchen, dasselbe schwarze Haar, über der Stirn zum Pony geschnitten, derselbe breite Mund, die schwarzen Augen, die durch mich hindurch und an mir vorbei schauen.

»Man erzählt mir, dass du blind bist.«

»Ich kann sehen«, sagt sie. Ihre Augen gleiten von meinem Gesicht und fixieren etwas rechts hinter mir.

»Wo kommst du her?« Ohne nachzudenken blicke ich über meine Schulter: sie starrt auf nichts als die leere Wand. Ihr Blick ist stier. Ich wiederhole meine Frage, deren Antwort ich schon kenne. Sie schweigt darauf.

Ich schicke den Soldaten fort. Wir sind allein.

»Ich weiß, wer du bist«, sage ich. »Bitte setz dich.« Ich nehme ihr die Stöcke ab und helfe ihr auf einen Stuhl. Unter dem Mantel trägt sie weite Leinenunterhosen, die in Stiefel mit schweren Sohlen gestopft sind. Sie riecht nach Rauch, nach muffigen Sachen, nach Fisch. Ihre Hände sind schwielig.

»Verdienst du deinen Unterhalt mit Betteln?«, frage ich. »Du weißt, dass du eigentlich nicht in der Stadt sein darfst. Wir könnten dich jederzeit ausweisen und dich zu deinen Leuten zurückschicken.«

Sie sitzt da und starrt gespenstisch vor sich hin.

»Sieh mich an«, sage ich.

»Das mache ich ja. So sehe ich eben.«

Ich bewege meine Hand vor ihren Augen. Sie blinzelt. Ich bringe mein Gesicht näher an ihres und blicke ihr prüfend in die Augen. Sie wendet den Blick von der Wand ab auf mich. Ihre schwarze Iris hebt sich vom Milchweißen im Auge ab, das rein wie bei einem Kind ist. Ich berühre ihre Wange – sie zuckt zusammen.

»Ich habe gefragt, womit du deinen Lebensunterhalt verdienst.«

Sie zuckt mit den Schultern. »Ich wasche.«

»Wo lebst du?«

»Ich lebe.«

»Wir dulden keine Landstreicher in der Stadt. Der Winter ist fast da. Du musst irgendwo unterkommen. Sonst musst du zurück zu deinen Leuten.«

Sie sitzt verstockt da. Ich weiß, dass ich um den heißen Brei herumrede.

»Ich kann dir Arbeit anbieten. Ich brauche jemanden, der diese Räume sauber hält, der sich um meine Wäsche kümmert. Ich bin unzufrieden mit der Frau, die das jetzt macht.«

Sie versteht, was ich anbiete. Sie sitzt sehr steif, die Hände im Schoß.

»Bist du allein? Antworte bitte.«

»Ja.« Ihre Stimme ist ein Flüstern. Sie räuspert sich. »Ja.«

»Mein Angebot ist, dass du herkommst und hier arbeitest. Du darfst nicht auf den Straßen betteln. Das kann ich nicht gestatten. Du musst auch einen Wohnsitz haben. Wenn du hier arbeitest, kannst du bei der Köchin wohnen.«

»Du verstehst nicht. Eine wie mich willst du doch nicht.« Sie tastet nach ihren Stöcken. Ich weiß, dass sie nichts sieht. »Ich bin ...« – sie reckt ihren Zeigefinger in die Höhe, packt ihn, verdreht ihn. Ich habe keine Ahnung, was diese Geste bedeuten soll. »Kann ich gehen?« Sie sucht sich ihren Weg allein bis zur Treppe, dann muss sie warten, dass ich ihr hinunterhelfe.

Ein Tag vergeht. Ich starre auf den Platz hinaus, wo der Wind Staub aufwirbelt. Zwei kleine Jungen spielen mit einem Reifen. Sie treiben ihn gegen den Wind. Er rollt vorwärts, wird langsamer, taumelt, rollt zurück, fällt um. Die Jungen laufen ihm nach und recken die Nase in den Wind, der ihnen die Haare aus der glatten Stirn weht.

Ich finde das Mädchen und baue mich vor ihr auf. Sie sitzt mit dem Rücken an den Stamm eines der großen Nussbäume gelehnt; schwer zu sagen, ob sie überhaupt wach ist. »Komm«, sage ich und lege ihr die Hand auf die Schulter. Sie schüttelt den Kopf. »Komm«, sage ich, »alle sind drinnen.« Ich klopfe den Staub aus ihrer Mütze und reiche sie ihr, helfe ihr auf, gehe langsam neben ihr über den Platz, der jetzt leer ist bis auf den Pförtner, der die Augen beschattet, um uns anzustarren.

Das Feuer brennt. Ich ziehe die Vorhänge zu, zünde die Lampe an. Sie lehnt den Hocker ab, lässt sich aber die Stöcke abnehmen und kniet sich mitten auf den Teppich.

»Es ist nicht so, wie du denkst«, sage ich. Die Worte kommen zögernd. Habe ich wirklich vor, mich zu entschuldigen? Ihre Lippen sind fest verschlossen, bestimmt auch die Ohren, sie will nichts mit alten Männern und ihrem jammervollen Gewissen zu tun haben. Ich schleiche um sie herum, rede von unseren Verordnungen gegen Landstreicherei, und finde mich selbst zum Kotzen. In der Wärme des geschlossenen Raumes beginnt ihre Haut zu glühen. Sie zerrt an ihrem Mantel, macht ihren Hals frei für das Kaminfeuer. Zwischen mir und ihren Peinigern gibt es kaum einen Unterschied, erkenne ich; mich schaudert.

»Zeige mir deine Füße«, sage ich mit der neuen belegten Stimme, die jetzt die meine zu sein scheint. »Zeig mir, was sie mit deinen Füßen gemacht haben.«

Weder hilft sie mir, noch hindert sie mich. Ich mache mir an den Lederriemen und Ösen ihres Mantels zu schaffen, öffne ihn, ziehe ihr die Stiefel aus. Es sind Männerstiefel, viel zu groß für sie. Ihre Füße sind bandagiert, unförmig.

»Lass mich sehen«, sage ich.

Sie wickelt die schmutzigen Bandagen ab. Ich verlasse das Zimmer, gehe in die Küche hinunter, komme mit einer Schüssel und einem Krug voll warmem Wasser zurück. Sie sitzt wartend, mit bloßen Füßen, auf dem Teppich. Ihre Füße sind breit, die Zehen kurz und dick, die Nägel mit Dreck verkrustet.

Sie fährt mit einem Finger außen am Knöchel entlang. »Hier war er gebrochen. Der andere auch.« Sie stützt sich hinten auf ihre Hände und streckt die Beine aus.

»Tut es weh?«, frage ich. Ich fahre mit dem Finger über die Linie und spüre nichts.

»Nicht mehr. Es ist geheilt. Aber vielleicht wenn die Kälte kommt.«

»Setz dich besser hin«, sage ich. Ich helfe ihr den Mantel ausziehen, setze sie auf den Hocker, gieße das Wasser in die Schüssel und fange an, ihr die Füße zu waschen. Eine Weile lang bleiben ihre Beine angespannt; dann entspannen sie sich.

Ich wasche langsam, mache Seifenschaum, packe ihre festen Waden, bearbeite die Knochen und Sehnen ihrer Füße, fahre mit den Fingern zwischen ihre Zehen. Ich verändere meine Stellung, um nicht vor ihr, sondern neben ihr zu knien, damit ich, wenn ich ein Bein zwischen Ellbogen und meiner Seite halte, den Fuß mit beiden Händen streicheln kann.

Ich gebe mich ganz dem Rhythmus meines Tuns hin. Ich vergesse das Mädchen selbst. Es gibt eine Zeitspanne, die leer für mich ist: vielleicht bin ich nicht einmal bei mir. Als ich zu Bewusstsein komme, haben sich meine Finger gelöst, der Fuß ruht in der Schüssel, der Kopf ist mir auf die Brust gesunken.

Ich trockne den rechten Fuß ab, rutsche zur anderen Seite, schiebe ihr das Bein der weiten Unterhosen übers Knie hinauf und, immer gegen den Schlaf ankämpfend, fange ich an, den linken Fuß zu waschen. »Manchmal wird es im Zimmer hier sehr heiß«, sage ich. Der Druck ihres Beins gegen meine Seite lässt nicht nach. Ich mache weiter. »Ich werde saubere Bandagen für deine Füße besorgen«, sage ich, »aber nicht jetzt.« Ich schiebe die Schüssel beiseite und trockne den Fuß ab. Ich merke, wie das Mädchen aufzustehen versucht; aber jetzt muss sie sich selbst helfen, denke ich. Meine Augen fallen zu. Es tut mir unendlich gut, sie geschlossen zu lassen, das selige Schwindelgefühl zu genießen. Ich strecke mich auf dem Teppich aus. Auf der Stelle bin ich eingeschlafen. Mitten in der Nacht wache ich auf und bin kalt und steif. Das Feuer ist erloschen, das Mädchen ist verschwunden.

Ich sehe ihr beim Essen zu. Sie isst wie eine Blinde, sie schaut in die Ferne und orientiert sich mit dem Tastsinn. Sie hat einen guten Appetit, den Appetit einer robusten jungen Bäuerin.

»Ich glaube nicht, dass du sehen kannst«, sage ich.

»Doch, ich kann sehen. Wenn ich geradeaus schaue, ist da nichts, da ist –« (sie macht Handbewegungen in der Luft vor sich, als putze sie ein Fenster).

»Ein Fleck«, sage ich.

»Da ist ein Fleck. Aber ich kann aus den Augenwinkeln sehen. Das linke Auge ist besser als das rechte. Wie könnte ich mich zurechtfinden, wenn ich nichts sehen würde?«

»Haben sie dir das angetan?«

»Ja.«

»Was haben sie gemacht?«

Sie zuckt mit den Schultern und schweigt. Ihr Teller ist leer. Ich tue ihr mehr von dem Bohneneintopf auf, den sie so gern zu essen scheint. Sie isst zu schnell, rülpst hinter vorgehaltener Hand, lächelt. »Bei Bohnen muss man pupsen«, sagt sie. Das Zimmer ist warm, ihr Mantel hängt in einer Ecke, die Schuhe stehen darunter, sie hat nur den weißen Kittel und die Unterhosen an. Wenn sie mich nicht direkt anschaut, bin ich eine graue Gestalt, die sich unberechenbar am Rande ihres Gesichtsfeldes bewegt. Wenn sie mich anschaut, bin ich ein Fleck, eine Stimme, ein Geruch, ein Energiezentrum, das an dem einen Tag einschläft, während es ihr die Füße wäscht, und sie am nächsten Tag mit Bohneneintopf füttert und am darauf folgenden Tag – sie weiß es nicht.

Ich lasse sie Platz nehmen, fülle die Schüssel, rolle die langen Unterhosen über die Knie hinauf. Jetzt, wo beide Füße nebeneinander im Wasser stehen, erkenne ich, dass der linke stärker nach innen abgeknickt ist als der rechte, dass sie auf den Außenkanten der Füße stehen muss, wenn sie steht. Ihre Knöchel sind breit, geschwollen, unförmig, die Haut ist violett vernarbt.

Ich fange an, sie zu waschen. Sie hebt für mich abwechselnd die Füße. Ich knete und massiere die entspannten Zehen durch das weiche milchige Seifenwasser. Bald fallen mir die Augen zu, sinkt mir der Kopf auf die Brust. Es ist Verzückung oder etwas Ähnliches.

Als ich mit dem Füßewaschen fertig bin, fange ich an, ihre Beine zu waschen. Dazu muss sie sich in die Schüssel stellen und sich auf meine Schulter stützen. Meine Hände fahren an ihren Beinen vom Knöchel zum Knie hinauf und hinab, hin und zurück, ich drücke, streichle, forme. Ihre Beine sind kurz und stämmig, ihre Waden kräftig. Manchmal fahren meine Finger in ihre Kniekehlen, ertasten die Sehnen, drücken sich in die Höhlen zwischen ihnen. Federleicht irren sie zu ihren Schenkeln hinauf.

Ich helfe ihr ins Bett und trockne sie mit einem warmen Handtuch ab. Ich fange an, ihre Zehennägel zu schneiden und zu säubern; doch schon laufen Wellen der Schläfrigkeit über mich hin. Ich ertappe mich dabei, wie mein Kopf auf die Brust sinkt, mein Körper steif vornüber sinkt. Vorsichtig lege ich die Schere beiseite. Dann strecke ich mich mit meinem Kopf an ihren Füßen voll angezogen neben ihr aus. Ich umschlinge ihre Beine mit den Armen, bette meinen Kopf darauf und bin im Handumdrehen eingeschlafen.

Ich wache im Dunkeln auf. Die Lampe brennt nicht mehr, es riecht nach verbranntem Docht. Ich erhebe mich und ziehe die Vorhänge auf. Das Mädchen liegt zusammengekrümmt da und schläft, die Knie bis zur Brust hochgezogen. Als ich sie anfasse, stöhnt sie und krümmt sich noch mehr zusammen. »Du wirst frieren«, sage ich, aber sie hört nichts. Ich breite eine Decke über sie, und dann noch eine.

Zuerst kommt das Ritual der Waschung, für das sie jetzt nackt ist. Wie früher schon wasche ich ihr die Füße, die Beine, den Hintern. Meine eingeseifte Hand wandert zwischen ihre Schenkel, ohne Neugier, stelle ich fest. Sie hebt die Arme, während ich ihre Achselhöhlen wasche. Ich wasche ihren Bauch, ihre Brüste. Ich schiebe das Haar beiseite und wasche ihr den Nacken, die Kehle. Sie ist geduldig. Ich spüle sie ab und trockne sie ab.

Sie liegt auf dem Bett, und ich reibe sie mit Mandelöl ein. Ich schließe die Augen und gebe mich ganz dem Rhythmus des Einreibens hin, während das Feuer, hochaufgeschichtet, im Kamin prasselt.

Ich spüre kein Verlangen, in diesen stämmigen kleinen Körper einzudringen, der jetzt im Schein des Feuers glänzt. Eine Woche ist vergangen, seit die ersten Worte zwischen uns gewechselt wurden. Ich gebe ihr zu essen und Unterkunft, benutze ihren Körper – wenn man das, was ich tue, so nennen kann – auf diese seltsame Weise. Es hat Momente gegeben, wo sie bei bestimmten Intimitäten erstarrte; aber nun gibt ihr Körper nach, wenn ich mein Gesicht an ihren Bauch schmiege oder ihre Füße zwischen meine Schenkel klemme. Sie ergibt sich in alles. Manchmal gleitet sie in den Schlaf, noch ehe ich fertig bin. Sie schläft tief wie ein Kind.

Und was mich angeht, so kann ich mich unter ihrem blinden Blick in der drückenden Wärme des Zimmers ohne Verlegenheit entkleiden, meine dünnen Beine, meine schlaffen Genitalien, mein Bäuchlein, die wabblige Brust eines alten Mannes, den Truthahnhals entblößen. Ich ertappe mich, wie ich in dieser Nacktheit umhergehe, ohne mir etwas zu denken, manchmal bleibe ich vor dem Feuer stehen und aale mich, wenn das Mädchen schon eingeschlafen ist, oder ich sitze auf einem Stuhl und lese.

Doch viel häufiger überkommt mich während der Liebkosungen der Schlaf, er übermannt mich, auf ihrem Körper ausgestreckt vergesse ich alles um mich her und wache ein oder zwei Stunden später schwindlig, verwirrt, durstig auf. Diese traumlosen Abschnitte sind für mich wie der Tod, oder wie eine Verzauberung, leer, außerhalb der Zeit.

An einem Abend, als ich ihre Kopfhaut mit Öl einreibe und ihr Schläfen und Stirn massiere, bemerke ich in einem Augenwinkel ein graues Gekräusel, als läge dort ein Wurm mit dem Kopf unter dem Lid und fräße.

»Was ist das?«, frage ich und zeichne den Wurm mit meinem Fingernagel nach.

»Da haben sie mich berührt«, sagt sie und stößt meine Hand fort.

»Tut es weh?«

Sie schüttelt den Kopf.

»Lass mich mal sehen.«

Es ist mir nach und nach klar geworden, ehe ich nicht die Zeichen auf dem Körper dieses Mädchens entziffert und verstanden habe, kann ich nicht von ihr lassen. Mit Daumen und Zeigefinger schiebe ich ihre Lider auseinander. Der Wurm endet ohne Kopf am rötlichen Innenrand des Lides. Ein anderes Zeichen ist nicht zu sehen. Das Auge ist unverletzt.

Ich schaue in das Auge. Soll ich etwa glauben, dass sie zurückschaut und nichts sieht – vielleicht meine Füße, etwas vom Zimmer, einen verschwommenen Lichtkreis, aber im Zentrum, wo ich bin, nur einen Fleck, eine leere Stelle? Langsam bewege ich die Hand vor ihrem Gesicht und beobachte ihre Pupillen. Ich kann keine Bewegung erkennen. Sie zwinkert nicht. Doch sie lächelt: »Warum tust du das? Glaubst du, ich kann nicht sehen?« Braune Augen, so braun, dass sie schwarz erscheinen.

Mit den Lippen berühre ich ihre Stirn. »Was haben sie dir angetan?«, murmele ich. Meine Zunge ist langsam, vor Erschöpfung schwanke ich. »Warum willst du es mir nicht erzählen?«

Sie schüttelt den Kopf. Am Rande des Vergessens fällt mir ein, dass meine Finger, als sie über ihr Gesäß glitten, unter der Haut eingebildete kreuz und quer verlaufende Wülste spürten. »Nichts ist schlimmer als das, was wir uns vorstellen können«, murmele ich. Sie gibt nicht zu erkennen, dass sie mich überhaupt gehört hat. Ich lasse mich auf das Sofa fallen und ziehe sie neben mich und gähne. »Erzähl es mir«, möchte ich sagen, »mach kein Geheimnis daraus, Schmerz ist nur Schmerz«; aber ich finde keine Worte. Mein Arm schlingt sich um sie, meine Lippen sind an ihrer Ohrmuschel, ich ringe nach Worten; dann sinkt Finsternis herab.

Ich habe sie erlöst von der Schande, betteln zu müssen, und habe sie in der Kasernenküche als Hilfskraft untergebracht. »Von der Küche in das Bett des Magistrats in sechzehn einfachen Stufen« – so reden die Soldaten über die Küchenhilfen. Ein anderer ihrer Sprüche ist: »Was macht der Magistrat als Letztes, wenn er morgens aus dem Haus geht? – Er steckt sein neustes Mädchen in den Backofen.« Je kleiner eine Stadt ist, desto heftiger wird darin geklatscht. Hier gibt es keine Privatsphäre. Klatsch ist die Luft, die wir atmen.

Einen Teil des Tages wäscht sie das Geschirr ab, schält Gemüse, hilft beim Brotbacken und bei der Zubereitung der eintönigen Speisenfolge von Grütze, Suppe und Eintopf, womit die Soldaten ernährt werden. Außer ihr ist da noch die alte Frau, die fast so lange das Regiment in der Küche geführt hat, wie ich Magistrat bin, und zwei Mädchen, von denen die jüngere die sechzehn Stufen im vergangenen Jahr ein- oder zweimal erklommen hat. Zunächst bin ich besorgt, dass sich diese beiden gegen sie verbünden könnten; aber nein, sie freunden sich offenbar schnell miteinander an. Wenn ich auf dem Weg nach draußen an der Küchentür vorbeikomme, höre ich, gedämpft von der dunstigen Wärme, Stimmen, leises Schwatzen, Kichern. Es belustigt mich, dass ich bei mir einen ganz schwachen Stich der Eifersucht wahrnehme.

»Macht dir die Arbeit etwas aus?«, frage ich sie.

»Ich mag die anderen Mädchen. Sie sind nett.«

»Es ist jedenfalls besser als zu betteln, was?«

»Ja.«

Die drei Mädchen schlafen gemeinsam in einem kleinen Zimmer nicht weit von der Küche, wenn sie nicht gerade woanders schlafen. Zu diesem Zimmer tastet sie sich im Dunkeln zurück, wenn ich sie in der Nacht oder früh am Morgen wegschicke. Bestimmt haben ihre Freundinnen diese Schäferstündchen von ihr durchgehechelt, und die Einzelheiten werden auf dem Markt gehandelt. Je älter ein Mann ist, desto grotesker kommt den Leuten sein Paarungsverhalten vor, wie die Zuckungen eines sterbenden Tieres. Ich kann nicht die Rolle eines stahlharten Mannes oder die eines frommen Witwers spielen. Boshaftes Kichern, Witze, viel sagende Blicke – das ist der Preis, den ich zu zahlen bereit bin.

»Gefällt dir das Leben in einer Stadt?«, frage ich sie vorsichtig.

»Meist gefällt es mir. Es ist mehr los.«

»Gibt es etwas, das du vermisst?«

»Ich vermisse meine Schwester.«

»Wenn du wirklich zurückwillst«, sage ich, »lasse ich dich hinbringen.«

»Wohin?«, fragt sie. Sie liegt auf dem Rücken, die Hände ruhen auf ihrer Brust. Ich liege neben ihr und rede leise. Hier entsteht immer eine Pause. Hier wird meine Hand, die ihren Bauch streichelt, so ungeschickt wie nur möglich. Der erotische Drang, wenn es den gegeben hat, verebbt; erstaunt sehe ich mich an dieses phlegmatische Mädchen klammern und kann mich nicht erinnern, was ich je an ihr begehrt habe, bin zornig auf mich, weil ich sie will und nicht will.

Sie selbst bekommt meine Stimmungsumschwünge nicht mit. Ihr Tagesablauf ist inzwischen regelmäßig, und sie scheint zufrieden damit. Wenn ich morgens aus dem Haus gegangen bin, kommt sie und kehrt und wischt Staub in der Wohnung. Dann hilft sie in der Küche bei der Zubereitung des Mittagessens. Die Nachmittage gehören meist ihr. Nach dem Abendessen, wenn alle Töpfe und Pfannen gescheuert sind, der Fußboden gewischt und das Herdfeuer gelöscht ist, verlässt sie ihre Kameradinnen und tastet sich die Treppe hinauf zu mir. Sie zieht sich aus und legt sich hin, in Erwartung meiner unerklärlichen Aufmerksamkeiten. Vielleicht sitze ich neben ihr und streichle ihren Körper, warte auf ein Aufwallen des Blutes, das nie so richtig kommt. Vielleicht lösche ich nur die Lampe und lege mich zu ihr. Im Dunkeln vergisst sie mich schnell und schläft ein. Ich liege also neben diesem gesunden jungen Körper, während er sich im Schlaf zu noch robusterer Gesundheit verhilft und sogar dort still arbeitet, wo er irreparabel beschädigt ist, an den Augen, den Füßen, damit er wieder heil wird.

Ich versetze mich in die Vergangenheit, versuche ein Bild von ihr heraufzubeschwören, wie sie vorher gewesen ist. Es muss wohl so sein, dass ich sie an dem Tag gesehen habe, als sie und die anderen gefangenen Barbaren mit Stricken am Hals aneinandergefesselt von den Soldaten hergebracht wurden. Ich weiß, dass mein Blick über sie hingegangen sein muss, als sie mit den anderen im Kasernenhof gesessen hat in Erwartung dessen, was geschehen sollte. Mein Blick ist über sie hingegangen; doch ich kann mich nicht daran erinnern. An jenem Tag war sie noch nicht gezeichnet; doch ich muss es einfach glauben, dass sie noch nicht gezeichnet war, wie ich glauben muss, dass sie einst ein Kind gewesen ist, ein kleines Mädchen mit Rattenschwänzen, das hinter seinem Lämmchen herlief in einem Universum, in dem ich weit weg von ihr im besten Mannesalter herumspazierte. So sehr ich mich auch anstrenge, mein erstes Bild bleibt das von dem knieenden Bettlermädchen.

Ich bin nicht in sie eingedrungen. Von Anfang an hat mein Verlangen nicht diese Richtung genommen, ist nicht darauf ausgerichtet gewesen. Bei dem Gedanken, mein trockenes Altmännerglied in diese blutwarme Scheide zu stecken, muss ich an Säure in Milch denken, an Asche in Honig, an Kreide in Brot. Wenn ich ihren nackten Körper und meinen eigenen anschaue, kann ich unmöglich glauben, dass ich mir einst die menschliche Gestalt vorgestellt habe als eine Blüte, die strahlenförmig von einem Kern in den Lenden ausgeht. Diese Körper, der ihre und der meine, sind gestaltlos, gasförmig, ohne Zentrum, in einem Moment um einen Strudel hier kreisend, im nächsten an anderer Stelle gerinnend und sich verdickend; doch häufig auch flach, leer. Ich weiß genauso wenig, was ich mit ihr tun soll, wie eine Wolke am Himmel weiß, was sie mit einer anderen tun soll.

Ich sehe ihr beim Ausziehen zu und hoffe, dass ich in ihren Bewegungen eine Andeutung ihres alten freien Zustands erkenne. Aber sogar die Bewegung, mit der sie das Hemd über den Kopf zieht und es beiseite wirft, ist lustlos, defensiv, gezügelt, als hätte sie Angst, an ungesehene Hindernisse zu stoßen. Ihr Gesicht hat den Ausdruck eines Menschen, der sich beobachtet weiß.

Einem Trapper habe ich einen kleinen Silberfuchswelpen abgekauft. Er ist nur ein paar Monate alt, kaum entwöhnt, mit Zähnen wie ein feines Sägeblatt. Als sie ihn am ersten Tag mit in die Küche nahm, machten ihm das Feuer und der Lärm Angst, deshalb behalte ich ihn jetzt oben, wo er sich den ganzen Tag unter den Möbeln versteckt. Nachts höre ich manchmal das Klicken seiner Pfoten auf den Dielenbrettern, wenn er umherstrolcht. Er schlappt Milch aus einer Untertasse und isst gekochte Fleischbröckchen. Es gelingt nicht, ihn stubenrein zu machen; die Zimmer stinken allmählich nach seinem Kot; aber es ist noch zu früh, um ihn im Hof frei herumlaufen zu lassen. Alle paar Tage rufe ich den Enkel der Köchin und lasse ihn hinter den Schrank und unter die Sessel kriechen, um den Unrat fortzuschaffen.

»Es ist ein hübsches Tierchen«, sage ich.

Sie zuckt mit den Schultern. »Tiere gehören ins Freie.«

»Möchtest du, dass ich ihn zum See bringe und freilasse?«

»Das kannst du nicht machen, er ist zu jung, er würde verhungern oder die Hunde würden ihn fangen.«

Der Fuchswelpe bleibt also. Manchmal sehe ich seine spitze Schnauze aus einem dunklen Winkel vorgucken. Sonst ist er nur ein Geräusch in der Nacht und ein durchdringender Uringeruch, während ich darauf warte, dass er groß genug wird, um ihn loszuwerden.

»Die Leute werden sagen, dass ich zwei wilde Geschöpfe in meinen Räumen halte, einen Fuchs und ein Mädchen.«

Sie versteht den Scherz nicht, oder er gefällt ihr

nicht. Ihre Lippen schließen sich, ihr Blick ist starr auf die Wand gerichtet, ich weiß, dass sie mich zornig anfunkelt, so gut sie eben kann. Ich fühle mit ihr, aber was kann ich machen? Ob ich ihr in meiner Amtstracht erscheine oder nackt vor ihr stehe oder ob ich mir für sie die Brust aufreiße, ich bin doch derselbe Mann. »Entschuldige«, sage ich, und die Silben fallen träge aus meinem Mund. Ich strecke fünf Teigfinger aus und streichle ihr Haar. »Natürlich ist es nicht dasselbe.«

Nacheinander befrage ich die Männer, die Dienst hatten, als die Gefangenen verhört wurden. Alle berichten mir das Gleiche: sie haben kaum mit den Gefangenen gesprochen, es war ihnen nicht gestattet, den Raum zu betreten, wo die Verhöre stattfanden, sie können mir nicht sagen, was dort vor sich ging. Aber von der Frau, die sauber macht, bekomme ich eine Beschreibung des Raums selbst: »Bloß ein kleiner Tisch und Hocker, drei Hocker, und eine Matratze in der Ecke, sonst ganz kahl … Nein, kein Feuer, nur ein Kohlenbecken. Ich habe immer die Asche ausgeleert.«

Jetzt, wo das Leben wieder in normalen Bahnen verläuft, wird der Raum wieder benutzt. Auf meinen Wunsch ziehen die vier Soldaten, die dort untergebracht sind, ihre Kisten hinaus auf den Gang, stapeln ihre Schlafmatten, Teller und Becher darauf, nehmen ihre Wäscheleinen ab. Ich schließe die Tür und stehe im leeren Raum. Die Luft ist still und kalt. Der See beginnt schon zuzufrieren. Der erste Schnee ist gefallen. Weit weg höre ich das Gebimmel eines Ponywagens. Ich schließe die Augen und versuche mir den Raum vorzustellen, wie er vor zwei Monaten während des Besuchs des Obersten gewesen sein muss; aber es ist schwer, mich darauf zu konzentrieren, wenn die vier jungen Männer draußen vor der Tür herumlungern, sich die Hände warm reiben, mit den Füßen aufstampfen, flüstern, ungeduldig darauf wartend, dass ich wieder gehe, während ihr warmer Atem als Wolke in der Luft hängt.

Ich kniee mich hin, um den Fußboden zu untersuchen. Er ist sauber, er wird jeden Tag gefegt, er gleicht dem Fußboden jedes anderen Raums. Über dem Kamin sind Wand und Zimmerdecke rußig. Es gibt auch einen Fleck von der Größe meiner Hand, wo Ruß an der Wand verrieben worden ist. Sonst sind die Wände leer. Wonach suche ich denn? Ich öffne die Tür und bedeute den Männern, dass sie ihre Sachen wieder hereinräumen können.

Ein zweites Mal befrage ich die Wachsoldaten, die damals Dienst im Hof taten. »Erzählt mir genau, was geschehen ist, als die Gefangenen verhört wurden. Erzählt mir, was ihr selbst gesehen habt.«

Es antwortet der größere von den beiden, ein eifriger Junge mit einem Pferdegesicht, den ich immer gut leiden konnte. »Der Offizier ...«

»Der Polizeibeamte?«

»Ja ... Der Polizeibeamte kam immer in den Saal, wo die Gefangenen waren, und zeigte mit dem Finger. Wir griffen uns die Gefangenen, die er wollte, und brachten sie zum Verhör. Hinterher brachten wir sie wieder zurück.«

»Immer einen auf einmal?«

»Nicht immer. Manchmal auch zwei.«

»Du weißt, dass einer der Gefangenen später gestorben ist. Erinnerst du dich an den Gefangenen? Weißt du, was sie mit ihm gemacht haben?«

»Wir haben gehört, dass er durchgedreht ist und auf sie losgegangen ist.«

»Ja?«

»Das haben wir gehört. Ich habe geholfen, ihn in den Saal zurückzutragen. Wo alle geschlafen haben. Er hat so merkwürdig geatmet, sehr tief und schnell. Da habe ich ihn zum letzten Mal gesehen. Am nächsten Tag war er tot.«

»Sprich weiter. Ich höre. Ich möchte, dass du mir alles erzählst, an das du dich erinnern kannst.«

Das Gesicht des jungen Mannes hat einen gequälten Ausdruck. Ich bin sicher, dass man ihm verboten hat, darüber zu reden. »Dieser Mann wurde länger als alle anderen verhört. Ich habe gesehen, wie er allein in einer Ecke gesessen hat, als er das erste Mal drinnen gewesen war, und sich den Kopf gehalten hat.« Seine Augen huschen zu seinem Kameraden. »Er wollte nichts essen. Er hatte keinen Hunger. Seine Tochter war bei ihm – sie versuchte ihn zum Essen zu überreden, aber er wollte nicht.«

»Was geschah mit seiner Tochter?«

»Sie wurde auch verhört, aber nicht so lang.«

»Weiter.«

Aber er kann mir nichts mehr sagen.

»Hör zu«, sage ich, »wir beide wissen, wer die Tochter ist. Es ist das Mädchen, das jetzt bei mir wohnt. Das ist kein Geheimnis. Sprich jetzt weiter – erzähle mir, was geschehen ist.«

»Ich weiß es nicht, Herr! Die meiste Zeit bin ich gar nicht dort gewesen.« Er wendet sich an seinen Freund, doch sein Freund schweigt. »Manchmal hat man Schreie gehört, ich glaube, man hat sie geschlagen, aber ich bin nicht dort gewesen. Wenn mein Dienst zu Ende war, bin ich weggegangen.«

»Du weißt, dass sie jetzt nicht mehr richtig laufen kann. Sie haben ihr die Füße gebrochen. Haben sie ihr das angetan, als der andere Mann, ihr Vater, dabei war?«

»Ja, ich glaube schon.«

»Und du weißt, dass sie nicht mehr richtig sehen kann. Wann haben sie das getan?«

»Herr, ich musste mich um viele Gefangene kümmern, und einige davon waren krank! Ich habe gewusst, dass ihre Füße gebrochen waren, aber ich habe erst viel später von ihrer Blindheit erfahren. Ich konnte nichts machen, ich wollte nicht hineingezogen werden in eine Sache, die ich nicht verstand!«

Sein Freund hat nichts hinzuzufügen. Ich lasse sie gehen. »Hab keine Angst, weil du mit mir gesprochen hast«, sage ich.

Nachts kommt wieder der Traum. Ich stapfe über eine endlose, schneebedeckte Ebene auf eine Gruppe winziger Gestalten zu, die bei einer Schneeburg spielen. Als ich herankomme, schleichen sich die Kinder fort oder lösen sich in Luft auf. Nur eine Gestalt bleibt, ein Kind mit Kapuze, das mit dem Rücken zu mir dasitzt. Ich gehe um das Kind herum, das weiter den Schnee an den Burgmauern festklopft, bis ich unter die Kapuze blicken kann. Das Gesicht, das ich sehe, ist leer, ohne Gesichtszüge; es ist das Gesicht eines Embryos oder eines winzigen Wals; es ist überhaupt kein Gesicht, sondern ein anderer Körperteil, der sich unter der Haut wölbt; es ist weiß; es ist der Schnee selbst. Zwischen meinen steifen Fingern halte ich eine Münze.

Der Winter ist nun da. Der Wind kommt vom Norden, und er wird in den nächsten vier Monaten stetig wehen. Ich stehe am Fenster und habe die Stirn an die kalte Scheibe gelegt, dabei höre ich ihn unterm Dach pfeifen, einen losen Dachziegel anheben und wieder fallen lassen. Staubwolken jagen über den Platz, Sandkörner prasseln gegen die Fensterscheibe. Der Himmel ist voll feinem Staub, die Sonne steigt an einem orangefarbenen Himmel empor und geht kupferrot unter. Ab und zu gibt es Schneeböen, von denen die Erde für kurze Zeit weiße Flecken bekommt. Der Winter beginnt mit seiner Belagerung. Die Felder sind leer, keiner hat einen Grund, vor die Stadtmauern zu gehen, bis auf die wenigen, die ihren Unterhalt mit der Jagd verdienen. Der zweimal wöchentlich stattfindende Appell der Garnison ist ausgesetzt, den Soldaten ist es gestattet, die Kaserne zu verlassen, wenn sie das wünschen, und in der Stadt zu wohnen, denn außer Trinken und

Schlafen bleibt ihnen nicht viel zu tun. Wenn ich früh am Morgen auf der Stadtmauer spaziere, ist die Hälfte der Posten unbesetzt, und die auf Wache sind, froststarr, in Pelze gewickelt, heben mühsam die Hand zum Salutieren. Sie könnten ebenso gut im Bett sein. Solange der Winter dauert, ist das Reich sicher; außerhalb unseres Gesichtskreises beißen auch die Barbaren die Zähne zusammen und trotzen, dicht um ihre Feuerstellen gedrängt, der Kälte.

In diesem Jahr haben uns keine Barbaren besucht. Sonst war es üblich, dass Nomadengruppen im Winter zur Siedlung kamen und ihre Zelte vor den Mauern aufschlugen und Tauschhandel trieben, Wolle, Häute, Filz- und Lederwaren gegen Baumwollsachen, Tee, Zucker, Bohnen, Mehl tauschten. Die Lederarbeiten der Barbaren sind sehr begehrt, besonders die robusten Stiefel, die sie nähen. Früher habe ich den Handel unterstützt, aber Bezahlung mit Geld verboten. Ich habe auch versucht, ihnen den Zutritt zu den Schenken zu verwehren. Vor allem möchte ich nicht erleben, dass an den Stadträndern eine Parasitensiedlung wächst, in der alkoholabhängige Bettler und Landstreicher hausen. Es hat mich in der Vergangenheit immer geschmerzt, wenn ich mitansehen musste, wie diese Leute der Arglist von Ladenbesitzern zum Opfer fielen und ihre Waren gegen Tinnef tauschten, betrunken in der Gosse lagen und damit die ganze Litanei von Vorurteilen der Siedler bestätigten – dass die Barbaren faul sind, verdorben, dreckig, dumm. Wo die Zivilisation die Korruption der Barbaren zur Folge hatte und ein abhängiges Volk schuf, da war ich gegen die Zivilisation, entschied ich; und auf diesem Entschluss basierte meine Amtsführung. (Ich, der ich mir jetzt ein Barbarenmädchen für mein Bett halte, sage das!)

Aber in diesem Jahr ist an der ganzen Grenze ein Vorhang gefallen. Von unseren Mauern starren wir in die Einöde hinaus. Gut möglich, dass schärfere Augen als die unseren zurückstarren. Der Handel ist zum Erliegen gekommen. Seit aus der Hauptstadt die Nachricht gekommen ist, dass die Sicherheit des Reichs um jeden Preis garantiert würde und alles dafür Erforderliche getan werde, sind wir in eine Ära der Überfälle und der bewaffneten Wachsamkeit zurückversetzt worden. Uns bleibt nichts anderes übrig, als unsere Schwerter bereitzuhalten, auf der Hut zu sein und abzuwarten.

Ich vertreibe mir die Zeit mit meinen alten Freizeitbeschäftigungen. Ich lese die Klassiker; ich ordne weiter meine verschiedenen Sammlungen; ich vergleiche die wenigen Karten, die wir von der südlichen Wüstenregion haben; an Tagen, wenn der Wind nicht ganz so schneidend ist, gehe ich mit einer Schaufelbrigade hinaus, um die Ausgrabungen vom Treibsand zu befreien; und ein-, zweimal pro Woche mache ich mich früh am Morgen auf, um am Seeufer Antilopen zu jagen.

Noch vor einer Generation gab es Antilopen und Hasen in solchen Mengen, dass Wächter mit Hunden nachts ihre Runden um die Felder machen mussten, um den jungen Weizen zu schützen. Aber bedrängt von der Siedlung, besonders von verwilderten Hunden, die in Rudeln jagen, haben sich die Antilopen nach Osten und nach Norden an den unteren Flusslauf und das jenseitige Seeufer zurückgezogen. Heute muss der Jäger einen Ritt von mindestens einer Stunde in Kauf nehmen, ehe er auf die Pirsch gehen kann.

An einem guten Morgen kann ich manchmal die ganze Kraft und Schnelligkeit meiner besten Mannesjahre wiedererlangen. Wie ein Geist gleite ich von Gestrüpp zu Gestrüpp. In meinen Stiefeln, die mit dem Fett von dreißig Jahren imprägniert sind, wate ich durch eisiges Wasser. Über dem Mantel trage ich mein großes altes Bärenfell. Raureif bildet sich in meinem Bart, aber die Finger sind warm in ihren Handschuhen. Meine Augen sind scharf, mein Gehör ist fein, ich prüfe die Luft wie ein Hund, mich erfüllt ein reines Hochgefühl.

Heute lasse ich mein Pferd mit Fußfesseln zurück, wo das Sumpfgras am öden südwestlichen Ufer endet, und bahne mir einen Weg durchs Schilf. Ein trockener, frostiger Wind bläst mir genau ins Gesicht, die Sonne hängt wie eine Apfelsine an einem schwarz und purpurrot gestreiften Horizont. Mit unglaublichem Glück stoße ich beinahe sofort auf einen Wasserbock mit schweren gebogenen Hörnern, in seinem zerzausten Winterfell, der mir die Seite zukehrt und schwankt, als er sich nach den Spitzen des Schilfgrases reckt. Aus nicht einmal dreißig Schritt Entfernung sehe ich die ruhige Kreisbewegung seiner Kiefer, höre das Platschen seiner Hufe. Eistropfen hängen ihm rings um die Fesseln, wie ich erkennen kann.

Ich habe mich an meine Umgebung noch kaum gewöhnt; doch als der Bock sich auf die Hinterbeine stellt und die Vorderbeine an die Brust zieht, nehme ich das Gewehr hoch und ziele hinter seine Schulter. Die Bewegung ist geschmeidig und gleichmäßig, aber vielleicht glänzt die Sonne auf dem Lauf, denn er dreht den Kopf, als er herunterkommt, und sieht mich. Die Hufe klicken aufs Eis, sein Kiefer hält mitten in der Bewegung inne, wir starren uns an.

Mein Puls wird nicht schneller; offenbar ist es nicht wichtig für mich, dass der Bock stirbt.

Er kaut wieder, eine einzelne Mahlbewegung der Kiefer, und hält inne. In der klaren Stille des Morgens spüre ich ein eigenartiges Gefühl am Rand meines Bewusstseins lauern. Der Bock steht unbeweglich vor mir, und es scheint Zeit für alles Mögliche zu sein, sogar Zeit dafür, den Blick nach innen zu wenden und zu erkunden, was der Jagd ihre Würze geraubt hat: das Gefühl, dass das hier nicht länger eine morgendliche Jagd ist, sondern ein Ereignis, bei dem entweder der stolze Bock auf dem Eis zu Tode blutet oder der alte Jäger sein Ziel verfehlt; dass für die Dauer dieses erstarrten Moments die Sterne in einer Konstellation gefesselt sind, in der die Ereignisse nicht sie selbst sind, sondern für andere Dinge stehen. Hinter der armseligen Deckung stehe ich und versuche, dieses irritierende und unheimliche Gefühl abzuschütteln, bis der Bock plötzlich herumfährt und mit einem Zucken des Schwanzes und einem kurzen Platschen der Hufe ins hohe Schilf verschwindet.

Ziellos trotte ich noch eine Stunde umher, ehe ich umkehre.

»Bis dahin habe ich noch nie das Gefühl gehabt, mein Leben nicht mehr bestimmen zu können«, sage ich dem Mädchen, als ich mühsam zu erklären versuche, was passiert ist. Solcherart Gerede verstört sie, weil es so aussieht, als verlange ich von ihr eine Antwort. »Ich weiß nicht«, sagt sie. Sie schüttelt den Kopf. »Wolltest du den Bock nicht schießen?«

Eine lange Weile herrscht Schweigen zwischen uns.

»Wenn du etwas tun willst, dann tust du es«, sagt sie sehr bestimmt. Sie bemüht sich um Klarheit; aber vielleicht meint sie: »Wenn du es gewollt hättest, dann hättest du es getan.« In der Behelfssprache, deren wir uns bedienen, gibt es keine Nuancen. Sie hat eine Vorliebe für Fakten, stelle ich fest, für pragmatische Sprüche; was sie nicht mag, sind Phantasien, Fragen, Spekulationen; wir passen nicht zueinander. Vielleicht werden die Kinder der Barbaren so erzogen: dass sie ihr Leben nach erlernten Regeln führen, nach der überlieferten Weisheit der Väter.

»Und du«, sage ich. »Tust du, was du willst?« Mir ist, als ließe ich mich gehen, als führten mich die Worte zu weit. »Bist du hier mit mir im Bett, weil du es so willst?«

Sie liegt nackt da, ihre eingeölte Haut glänzt im Schein des Feuers in einem lebendigen Goldton. Es gibt Momente – jetzt fühle ich einen davon nahen –, in denen das Verlangen, das ich nach ihr habe und das gewöhnlich so unklar ist, eine Gestalt annimmt, die ich wiedererkennen kann. Meine Hand regt sich, streichelt sie, passt sich der Form ihrer Brust an.

Sie antwortet nicht auf meine Worte, doch ich dränge weiter, wobei ich sie fest umarme und ihr mit belegter Stimme ins Ohr spreche: »Komm, sag mir, warum du hier bist.«

»Weil ich sonst nirgends hin kann.«

»Und warum will ich dich hierhaben?«

Sie windet sich in meinem Griff, ballt die Hand zur Faust, die zwischen ihrer und meiner Brust liegt. »Du willst die ganze Zeit nur reden«, beschwert sie sich. Die Schlichtheit des Moments ist vorbei; wir trennen uns und liegen schweigend nebeneinander. Welcher Vogel hat das Herz, in einer Dornenhecke zu singen? »Du solltest nicht auf die Jagd gehen, wenn du keinen Spaß daran hast.«

Ich schüttele den Kopf. Das ist nicht der Sinn der Geschichte, aber was hat es für einen Zweck, darüber zu streiten? Ich bin wie ein unfähiger Lehrer, und statt ihr die Wahrheit zu bringen, hantiere ich ungeschickt mit der mäeutischen Geburtszange.

Sie spricht. »Du fragst mich immer wieder dasselbe, deshalb will ich es dir jetzt erzählen. Es war eine Gabel, eine Gabel mit nur zwei Zinken. Auf den Zinken waren kleine Knöpfe, damit sie stumpf sind. Die Gabel haben sie in die Kohlen gehalten, bis sie heiß war, dann haben sie dich damit verbrannt. Ich habe gesehen, wo sie die Leute damit verbrannt hatten.«

Habe ich sie das gefragt? Ich will protestieren, doch stattdessen höre ich weiter, fröstelnd.

»Mich haben sie nicht damit verbrannt. Sie haben gesagt, sie würden mir die Augen ausbrennen, aber sie haben es nicht getan. Der Mann hat mir das Ding ganz dicht ans Gesicht gehalten und mich gezwungen, es anzusehen. Sie haben mir die Augenlider auseinander gehalten. Aber ich konnte ihnen nichts sagen. Das war alles.

So ist es passiert. Danach konnte ich nicht mehr richtig sehen. Wo ich auch hingeschaut habe, überall war da in der Mitte ein Fleck; ich konnte nur an den Rändern etwas erkennen. Es ist schwer zu erklären.

Aber jetzt wird es langsam besser. Das linke Auge wird besser. Das ist alles.«

Ich nehme ihr Gesicht in meine Hände und starre in die tote Mitte ihrer Augen, aus der mein doppeltes Spiegelbild ernst zurückstarrt. »Und das da?«, sage ich und berühre die wurmähnliche Narbe im Augenwinkel.

»Das ist nichts. Da hat mich das Eisen berührt. Es hat mich ein bisschen verbrannt. Es tut nicht mehr weh.« Sie stößt meine Hand weg.

»Was empfindest du den Männern gegenüber, die das getan haben?«

Sie liegt da und denkt lange nach. Dann sagt sie: »Ich habe das Reden satt.«

Bei anderen Gelegenheiten erfaßt mich plötzlicher Groll über meine zwanghafte Fixierung auf das Ritual des Einreibens und Massierens, die damit verbundene

Schläfrigkeit und den Sturz ins Vergessen. Ich begreife nicht mehr, welches Vergnügen ich je an ihrem störrischen, phlegmatischen Körper gefunden haben mag, und entdecke bei mir sogar Regungen der Wut. Ich werde unzugänglich, gereizt; das Mädchen dreht mir den Rücken zu und schläft ein.

In diesem missmutigen Zustand suche ich eines Abends die Räume im oberen Stockwerk der Gastwirtschaft auf. Als ich die wacklige Außentreppe hochsteige, hastet ein Mann, den ich nicht erkenne, mit geducktem Kopf an mir vorbei nach unten. Ich klopfe an die zweite Tür im Gang und trete ein. Das Zimmer ist noch so, wie ich mich daran erinnere: das Bett ordentlich gemacht, das Bord darüber mit Nippsachen und Spielzeug vollgestellt, zwei brennende Kerzen, der große Kamin an der Wand strömt Wärme aus, es duftet nach Orangenblüten. Das Mädchen macht sich vor dem Spiegel zu schaffen. Als ich eintrete, schrickt sie auf, erhebt sich aber lächelnd, um mich zu begrüßen, und verriegelt die Tür. Nichts scheint natürlicher, als sie aufs Bett zu setzen und sie langsam auszuziehen. Mit kleinen Bewegungen hilft sie mir, ihren niedlichen Körper zu entblößen. »Wie ich dich vermisst habe!«, seufzt sie. »Wie schön, wieder hier zu sein!«, flüstere ich. Und wie schön, wenn man so schmeichelnd belogen wird! Ich umarme sie, vergrabe mich in ihr, verliere mich an ihre leise vogelähnliche Erregung. Der Körper der anderen, verschlossen, schwerfällig, die in einem Zimmer weit weg in meinem Bett schläft, scheint unbegreiflich. Mit diesen sanften Freuden beschäftigt, kann ich mir nicht vorstellen, was mich jemals zu diesem fremden Körper hingezogen hat. Das Mädchen in meinen Armen flattert, keucht, schreit, als sie den Höhepunkt erreicht. Als ich glücklich lächelnd in einen trägen Halbschlaf gleite, fällt mir ein, dass ich mich nicht einmal mehr an das Gesicht der anderen erinnern kann. »Sie ist unvollständig!«, sage ich mir. Obwohl der Gedanke sofort wieder wegtreibt, klammere ich mich an ihn. Ich habe eine Vision von ihren geschlossenen Augen und dem verschlossenen Gesicht, über das sich eine dünne Hautschicht zieht. Leer, wie eine Faust unter einer schwarzen Perücke, wächst das Gesicht aus dem Hals und aus dem leeren Körper darunter, ohne Öffnung, ohne Zugang. Ich schaudere vor Abscheu in den Armen meiner kleinen Vogelfrau, drücke sie an mich.

Als ich mich später in der Mitte der Nacht aus ihren Armen winde, wimmert sie, wacht aber nicht auf. Ich kleide mich im Dunkeln an, ziehe die Tür hinter mir zu, taste mich die Treppe hinunter und eile nach Hause; der Schnee knirscht unter meinen Füßen, und ein eisiger Wind bohrt sich mir in den Rücken.

Ich zünde eine Kerze an und beuge mich über die Gestalt, an die ich offenbar bis zu einem gewissen Grad zwanghaft gefesselt bin. Vorsichtig zeichne ich die Linien ihres Gesichts mit der Fingerspitze nach: die fest umrissene Kinnlade, die vortretenden Wangenknochen, der breite Mund. Vorsichtig berühre ich ihre Lider. Ich bin sicher, dass sie wach ist, obwohl sie sich nichts anmerken lässt.

Ich schließe die Augen, atme tief, um meine Erregung zu dämpfen, und konzentriere mich völlig darauf, sie durch meine blinden Fingerspitzen zu sehen. Ist sie hübsch? Das Mädchen, das ich gerade verlassen habe, das Mädchen, das sie vielleicht (kommt mir plötzlich in den Sinn) an mir riechen kann, ist sehr hübsch, daran besteht kein Zweifel – mein großes Vergnügen an ihr wird noch gesteigert durch die Eleganz ihres kleinen Körpers, durch seine Eigenarten, seine Bewegungen. Aber von diesem Mädchen hier kann ich nichts mit Bestimmtheit sagen. Ich kann keine Verbindung zwischen ihrer Weiblichkeit und meinem Begehren feststellen. Ich kann nicht einmal mit Sicherheit sagen, dass ich sie begehre. Dieses ganze erotische Benehmen meinerseits ist indirekt: ich schleiche um sie herum, berühre ihr Gesicht, streichle ihren Körper, ohne in sie einzudringen oder den Drang dazu zu spüren. Ich bin gerade aus dem Bett einer Frau gekommen, und in dem Jahr, das ich sie kenne, musste ich nicht einen Moment lang mein Verlangen nach ihr befragen – sie zu begehren bedeutete sie zu umarmen und in sie einzudringen, ihre Oberfläche zu durchstoßen und ihr stilles Innere zu einem ekstatischen Sturm zu erregen; mich dann zurückzuziehen, zu ermatten, darauf zu warten, dass das Begehren sich erneuert. Aber bei dieser Frau kommt es mir so vor, als gäbe es kein Inneres, nur eine Oberfläche, über die ich hin und her jage und Einlass suche. Haben das ihre Folterer empfunden, als sie dem Geheimnis nachjagten, was sie sich darunter auch vorstellten? Zum ersten Mal fühle ich so etwas wie Mitleid mit ihnen: wie verständlich ist die falsche Annahme, man könne sich den Weg in den geheimen Körper des anderen brennen, reißen oder hauen! Das Mädchen liegt in meinem Bett, aber es gibt keinen guten Grund, warum es ein Bett sein sollte. In gewisser Weise benehme ich mich wie ein Liebhaber – ich ziehe sie aus, ich bade sie, ich streichle sie, ich schlafe neben ihr –, doch ich könnte sie genauso gut an einen Stuhl fesseln und sie schlagen, es wäre nicht weniger intim.

Es ist nicht so, dass mir gerade etwas zustößt, was manchen Männern in einem gewissen Alter eben zustößt: dass ihre Zügellosigkeit degeneriert zu rachsüchtigen Handlungen impotenten Begehrens. Eine Veränderung in meiner moralischen Verfassung würde ich doch spüren; ich hätte sonst auch nicht das beruhigende Experiment von heute Abend gemacht. Ich bin der Gleiche, der ich immer war; aber die Zeit hat einen Riss, aus heiterem Himmel ist etwas zufällig auf mich herabgefallen: dieser Körper in meinem Bett, für den ich verantwortlich bin, so scheint es jedenfalls, warum behalte ich ihn sonst? Für den Moment, vielleicht auch für immer, bin ich einfach verwirrt. Es scheint alles eins zu sein, ob ich mich neben sie lege und einschlafe oder ob ich sie in ein Laken wickele und im Schnee begrabe. Trotzdem achte ich darauf, als ich mich nun über sie beuge und mit den Fingerspitzen ihre Stirn berühre, dass ich kein Wachs tropfen lasse.

Ob sie errät, wo ich gewesen bin, weiß ich nicht; aber in der nächsten Nacht, als ich vom Rhythmus des Einölens und Einreibens fast in Schlaf gebracht bin, merke ich, wie meine Hand festgehalten und zwischen ihre Beine hintergeleitet wird. Eine Weile ruht sie da auf ihrer Scham; dann schütte ich wieder warmes Öl auf meine Finger und liebkose sie. In ihrem Körper baut sich schnell Spannung auf; sie bäumt sich auf und schaudert und stößt meine Hand weg. Ich massiere ihren Körper weiter, bis auch ich mich entspanne und vom Schlaf übermannt werde.

Während dieses Akts der bisher intimsten Zusammenarbeit zwischen uns spüre ich keine Erregung. Er bringt mich ihr nicht näher und bedeutet für sie offenbar genauso wenig. Am nächsten Morgen suche ich in ihrem Gesicht – es ist leer. Sie zieht sich an und tastet sich hinunter, um ihren Tag in der Küche zu verbringen.

Ich bin beunruhigt. »Was muss ich tun, um dich zu rühren?« – das sind die Worte, die ich in meinem Kopf als unterschwelliges Gemurmel höre, das allmählich eine Unterhaltung ersetzt. »Kann dich denn keiner rühren?« Und mit plötzlichem Entsetzen erkenne ich die Antwort, die die ganze Zeit darauf gewartet hat, sich mir anzubieten – in Gestalt eines Gesichtes, maskiert mit zwei glasigen schwarzen Insektenaugen, aus denen kein Blick antwortet, sondern nur mein doppeltes Spiegelbild auf mich zurückgeworfen wird.

Fassungslos schüttele ich den Kopf. *Nein! Nein! Nein!* schreit es in mir. Ich selbst rede mir diese Interpretationen und Analogien ein, aus Eitelkeit. Welche Verderbtheit kriecht da in mich hinein? Ich suche nach Geheimnissen und Antworten, wie bizarr auch immer, wie eine alte Frau, die in den Teeblättern liest. Es gibt nichts, was mich mit Folterknechten verbindet, mit Leuten, die wie Asseln in dunklen Kellern hocken und lauern. Wie kann ich annehmen, dass ein Bett etwas anderes als ein Bett ist, ein Frauenkörper etwas anderes als ein Freudenort? Ich muss Abstand zu Oberst Joll halten! Ich werde nicht für seine Verbrechen büßen!

Ich fange an, das Mädchen in der Gastwirtschaft regelmäßig aufzusuchen. Es gibt tagsüber Momente in meiner Amtsstube hinter dem Gerichtssaal, wo meine Gedanken wandern und ich in erotische Träumereien abgleite, heiß und steif vor Erregung werde und wie ein verträumt-lüsterner junger Mann bei ihrem Körper verweile; dann muss ich mich widerstrebend zur langweiligen Aktenarbeit zwingen oder zum Fenster gehen und auf die Straße hinunterstarren. Ich erinnere mich, wie ich in den ersten Jahren nach meiner Berufung für das Amt hier in der Dämmerung durch die abgelegeneren Stadtviertel streifte und mein Gesicht im Mantel barg; wie manchmal eine ruhelose Frau, die sich über die Halbtür lehnte, hinter sich das glühende Herdfeuer, meinen Blick erwiderte, ohne mit der Wimper zu zucken; wie ich mit den jungen Mädchen, die zu zweit oder dritt spazieren gingen, ein Gespräch anfing, ihnen Eis-Limonade kaufte, dann vielleicht eine in die

Dunkelheit entführte zum alten Kornspeicher und auf ein Bett aus Säcken. Wenn etwas beneidenswert war an einer Versetzung in die Grenzregion, sagten mir meine Freunde, dann die lockeren Sitten der Oasen, die langen, duftgeschwängerten Sommerabende, die willfährigen, dunkeläugigen Frauen. Jahrelang hatte ich den satten Ausdruck eines preisgekrönten Ebers. Später wandelte sich diese Promiskuität zu diskreteren Beziehungen mit Haushälterinnen und Mädchen, die manchmal oben in meiner Wohnung wohnten, doch häufiger noch unten bei den Küchenhilfen, und zu Verhältnissen mit Mädchen in der Gastwirtschaft. Ich fand heraus, dass ich Frauen weniger häufig brauchte; ich verbrachte mehr Zeit bei der Arbeit, bei meinen Hobbys, meiner Liebhaberei für Altertümer, meiner Kartensammlung.

Und nicht nur das; es gab beunruhigende Vorfälle, wo ich mitten beim Sex spürte, dass ich nicht mehr weiter wusste, wie ein Erzähler, der mitten in seiner Geschichte den Faden verliert. Mit Schaudern dachte ich an die Spottgestalten, fette alte Männer, deren überlastete Herzen zu schlagen aufhörten, die in den Armen ihrer Geliebten mit einer Entschuldigung auf den Lippen starben und aus dem Haus getragen werden und in einer dunklen Gasse abgelegt werden mussten, um den Ruf des Hauses zu retten. Der Höhepunkt des Akts selbst wurde zu etwas Fernem, Unwichtigem, Absonderlichem. Manchmal blieb ich stecken, manchmal machte ich mechanisch bis zum Ende weiter. Wochen- und monatelang zog ich mich ins Zölibat zurück. Das alte Vergnügen an der Wärme und Anmut von Frauenkörpern verließ mich nicht, aber es gab neuerdings auch ein Verwundern. Verlangte es mich wirklich, in diese schönen Wesen einzudringen und Besitzansprüche zu stellen? Mit dem Verlangen schien ein Leiden am Fremdsein und an der Trennung verknüpft, das man nicht leugnen konnte. Es leuchtete mir auch nicht immer ein, warum ein Teil meines Körpers mit seinem unvernünftigen Verlangen und seinen falschen Versprechungen mehr Beachtung finden sollte als andere, weil sich in ihm das Verlangen kanalisierte. Manchmal erschien mir mein Geschlecht wie ein völlig anderes Wesen, ein törichtes Tier, das parasitär auf mir lebte und gemäß seinem unabhängigen Appetit schwoll und schrumpfte, verankert in meinem Fleisch mit Klauen, die ich nicht lösen konnte. Warum muss ich dich von Frau zu Frau tragen, fragte ich – nur weil du ohne Beine geboren wurdest? Würde es dir etwas ausmachen, wenn du statt in mir in einem Kater oder einem Köter verankert wärst?

Doch bei anderen Gelegenheiten und besonders im vergangenen Jahr, bei der jungen Frau, die in der Gastwirtschaft nur ›Sternchen‹ heißt, die aber für mich immer ein Vögelchen gewesen ist, habe ich wieder die Macht des alten Sinnenrauschs gespürt, bin in ihren Körper hineingeschwommen und wurde zu den Gipfeln der Wollust getragen. Ich habe mir also gedacht: »Es ist nur eine Frage des Alters, der zyklischen Phasen von Verlangen und Lustlosigkeit in einem Körper, der allmählich abkühlt und stirbt. Als ich jung war, erregte mich der bloße Geruch einer Frau; jetzt sind es offenbar nur noch die Süßesten, Jüngsten, Frischesten, die diese Macht haben. Demnächst werden es kleine Jungs sein.« Angewidert sah ich meinen letzten Jahren in dieser üppigen Oase entgegen.

Drei Nächte nacheinander besuche ich sie jetzt schon in ihrer Kammer, schenke ihr Ylang-Ylang-Öl, Süßigkeiten und ein Glas von dem geräucherten Fischrogen, den sie, wie ich weiß, gierig isst, wenn sie allein ist. Wenn ich sie umarme, schließt sie die Augen; ein offenbar lustvolles Zittern durchläuft sie. Der Freund, der sie mir zuerst empfahl, hatte ihre Talente geschildert: »Es ist natürlich nur Schauspielerei«, hatte er gesagt, »aber in ihrem Fall ist es so, dass sie an die Rolle glaubt, die sie spielt.« Für mich ist das einerlei. Gefesselt von ihrer Vorstellung öffne ich die Augen mitten in dem Geflatter und Beben und Stöhnen, dann versinke ich wieder im dunklen Fluss meiner eigenen Lust.

Drei Tage verbringe ich in sinnlicher Trägheit, mit schweren Lidern, angenehm erregt, vor mich hin träumend. Nach Mitternacht kehre ich in meine Wohnung zurück und schlüpfe ins Bett, beachte die hartnäckige Gestalt neben mir nicht. Wenn sie mich am Morgen mit ihren Geräuschen weckt, gebe ich vor zu schlafen, bis sie gegangen ist.

Als ich einmal zufällig an der offenen Küchentür vorbeikomme, schaue ich hinein. Durch Dampfschwaden sehe ich ein stämmiges Mädchen am Tisch sitzen und Essen zubereiten. »Ich weiß, wer das ist«, denke ich erstaunt bei mir; trotzdem ist das Bild, das mir beim

Überqueren des Hofs im Gedächtnis bleibt, das eines Haufens grüner Eierkürbisse auf dem Tisch vor ihr. Ich versuche mich dazu zu bringen, meinen inneren Blick von den Kürbissen zu den Händen zu leiten, die sie schneiden, und von den Händen zum Gesicht. Ich entdecke bei mir ein Zögern, einen Widerstand. Mein Augenmerk bleibt wie benommen auf die Kürbisse fixiert, auf ihre feuchte Schale mit den Lichtreflexen darauf. Wie von einem eigenen Willen beseelt, bleibt die Aufmerksamkeit dort haften. Also beginne ich mir klarzumachen, was ich in Wahrheit zu tun versuche: nämlich, das Mädchen auszulöschen. Mir wird klar, wenn ich einen Bleistift zur Hand nähme, um ihr Gesicht zu zeichnen, dann wüsste ich nicht, wo beginnen. Ist sie wirklich so gesichtslos? Mit Mühe konzentriere ich mich auf sie. Ich sehe eine Gestalt mit einer Mütze und einem schweren unförmigen Mantel unsicher dastehen, nach vorn gebeugt, breitbeinig, sich auf Stöcke stützend. Wie hässlich, sage ich zu mir. Mein Mund bildet das hässliche Wort. Es überrascht mich, doch ich widersetze mich nicht: sie ist hässlich, hässlich.

In der vierten Nacht kehre ich schlecht gelaunt zurück, poltere in meiner Wohnung herum und schere mich nicht darum, wen ich damit aufwecke. Der Abend ist ein Misserfolg gewesen, der Strom des erneuerten Begehrens ist versiegt. Ich schleudere meine Stiefel zu Boden und steige ins Bett. Ich bin auf Streit aus und suche jemanden, auf den ich alles schieben kann, doch ich schäme mich auch meines kindischen Verhaltens.

Was diese Frau neben mir in meinem Leben zu schaffen hat, begreife ich nicht. Der Gedanke an die seltsamen Ekstasen, denen ich mich durch das Medium ihres unvollkommenen Körpers genähert habe, erfüllt mich mit herbem Widerwillen, als ob ich nächtelang mit einer Puppe aus Stroh und Leder kopuliert hätte. Was habe ich nur jemals in ihr gesehen? Ich versuche mich an sie zu erinnern, wie sie gewesen ist, ehe die Doktoren des Schmerzes sich ihrer annahmen. Unmöglich, dass mein Blick nicht über sie geglitten ist, als sie mit den anderen gefangenen Barbaren am Tag, an dem sie hereingeführt wurden, im Hof gesessen hat. Irgendwo in meinen Gehirnzellen ist die Erinnerung verankert, bin ich überzeugt; aber es gelingt mir nicht, sie aufzurufen. An die Frau mit dem Baby kann ich mich erinnern, sogar an das Baby selbst. Ich kann mich an jede Einzelheit erinnern: den ausgefransten Rand des Wollschals, den dunkel glänzenden Schweiß unter den feinen Haarsträhnen des Babys. Ich kann mich an die knochigen Hände des Mannes erinnern, der dann gestorben ist; ich glaube, wenn ich mich anstrenge, kann ich sogar sein Gesicht wieder zusammensetzen. Aber neben ihm, wo das Mädchen sein sollte, ist Luft, ein leerer Raum.

Mitten in der Nacht wache ich auf, während mich das Mädchen schüttelt und das Echo eines leisen Stöhnens noch in der Luft hängt. »Du hast im Schlaf geschrien«, sagt sie. »Du hast mich aufgeweckt.«

»Was habe ich geschrien?«

Sie murmelt etwas und dreht mir den Rücken zu.

Später in der Nacht weckt sie mich wieder: »Du hast geschrien.«

Mit schwerem Kopf und verwirrt, auch verärgert, versuche ich, in mich hineinzublicken, sehe aber nur einen Strudel, und im Herzen des Strudels sitzt das Vergessen.

»Hast du geträumt?«, fragt sie.

»Ich kann mich an keinen Traum erinnern.«

Kann es sein, dass der Traum von dem Kind mit der Kapuze, das die Schneeburg baut, zurückgekommen ist? Wenn das so ist, dann würde ich bestimmt den Geschmack oder den Geruch oder das Nachglühen des Traums spüren.

»Ich muss dich etwas fragen«, sage ich. »Weißt du noch, wie du zuerst hierher in den Kasernenhof gebracht wurdest? Die Wachsoldaten ließen euch alle hinsetzen. Wo hast du gesessen? Wohin hast du geblickt?«

Durch das Fenster sehe ich Wolkenstreifen über den vollen Mond jagen. Aus der Dunkelheit neben mir spricht sie: »Sie haben uns zusammen im Schatten hinsetzen lassen. Ich war neben meinem Vater.«

Ich zitiere das Bild ihres Vaters herbei. Schweigend versuche ich, die Hitze, den Staub, den Geruch der vielen erschöpften Körper wieder zu erschaffen. Im Schatten der Kasernen lasse ich die Gefangenen einen nach dem anderen niedersitzen, alle, an die ich mich erinnern kann. Ich setze die Frau mit dem Baby zusammen, ihren Wollschal, ihre bloße Brust. Das Baby schreit, ich höre es schreien, es ist zu müde zum Trinken. Die Mutter, schmutzig, durstig, blickt mich an und überlegt, ob sie sich an mich wenden kann. Dann kommen zwei undeutliche Gestalten. Undeutlich, aber vorhanden: ich weiß, dass ich sie ausfüllen kann, wenn ich sowohl mein Gedächtnis als auch meine Phantasie anstrenge. Dann kommt der Vater des Mädchens, die knochigen Hände vor dem Bauch gefaltet. Seine Mütze ist über die Augen gezogen, er schaut nicht auf. Jetzt wende ich mich dem leeren Raum neben ihm zu.

»Auf welcher Seite von deinem Vater hast du gesessen?«

»Ich habe rechts von ihm gesessen.«

Der Raum rechts neben dem Mann bleibt leer. Als ich mich bis zur Schmerzgrenze anstrenge, sehe ich sogar die einzelnen Kiesel auf der Erde neben ihm und die Beschaffenheit der Mauer hinter ihm.

»Sag mir, was du gemacht hast.«

»Nichts. Wir waren alle sehr müde. Seit vor dem Morgengrauen sind wir auf den Beinen gewesen. Wir haben nur ein einziges Mal Halt gemacht. Wir waren müde und hatten Durst.«

»Hast du mich gesehen?«

»Ja, wir haben dich alle gesehen.«

Ich schlinge die Arme um die Knie und konzentriere mich. Der Raum neben dem Mann bleibt leer, aber ein schwaches Gefühl für das Vorhandensein des Mädchens, eine Aura, entsteht allmählich. Jetzt! Ich rede mir selbst zu: jetzt mache ich die Augen auf, und sie ist da! Ich mache die Augen auf. In dem trüben Licht erkenne ich neben mir ihre Gestalt. Mit plötzlich aufwallendem Gefühl strecke ich die Hand aus, um ihr Haar, ihr

Gesicht zu berühren. Kein Leben antwortet. Es ist, als streichle ich ein Gefäß oder einen Ball, etwas, was nur Oberfläche ist.

»Ich habe versucht, mich an dich zu erinnern, wie du gewesen bist, bevor das alles geschehen ist«, sage ich. »Es fällt mir schwer. Schade, dass du es mir nicht sagen kannst.« Ich erwarte keinen Widerspruch, und es kommt auch keiner.

Eine Abteilung neuer Wehrpflichtiger ist eingetroffen. Sie sollen die Männer ersetzen, deren dreijähriger Militärdienst an der Grenze um ist und die jetzt nach Hause gehen. Die Abteilung wird von einem jungen Offizier geführt, der hier zum Stab stoßen soll.

Ich lade ihn und zwei seiner Kollegen zum Essen in die Gastwirtschaft ein. Der Abend verläuft erfreulich: das Essen ist gut, es gibt jede Menge zu trinken, mein Gast kann Geschichten von seiner Reise erzählen, die zu einer harten Jahreszeit unternommen wurde und ihn in eine Gegend führte, die ihm völlig unbekannt ist. Unterwegs hat er drei Männer verloren, sagt er: einer ist nachts aus dem Zelt gegangen, weil er ein natürliches Bedürfnis hatte, und ist nie zurückgekommen; zwei weitere sind fast in Sichtweite der Oase desertiert, haben sich beiseite geschlichen und im Schilf versteckt. Unruhestifter, nennt er sie, und er sei nicht traurig, sie los zu sein. Doch ob ich nicht auch der Meinung sei, dass es dumm von ihnen gewesen wäre zu desertieren? Sehr dumm, erwidere ich; ob er eine Ahnung habe, warum sie desertiert seien? Nein, sagt er: man habe sie anständig behandelt, alle seien anständig behandelt worden; aber natürlich – Wehrpflichtige ... Er zuckt mit den Schultern. Sie hätten klüger daran getan, früher zu desertieren, deute ich an. Das Land in der hiesigen Gegend ist unwirtlich. Wenn sie bis jetzt keinen Unterschlupf gefunden haben, sind sie tote Leute.

Wir sprechen von den Barbaren. Er ist überzeugt, sagt er, dass ihm auf gewissen Wegstrecken in gebührendem Abstand Barbaren gefolgt sind. Sind Sie sicher, dass es Barbaren waren? frage ich. Wer hätte es sonst sein sollen? antwortet er. Seine Kollegen pflichten ihm bei.

Mir gefällt die Tatkraft des jungen Mannes, sein Interesse an den neuen Sehenswürdigkeiten der Grenzregion. Seine Leistung, in dieser harten Jahreszeit seine Männer durchgebracht zu haben, ist lobenswert. Als unsere Tischgenossen sich mit der späten Stunde entschuldigen und uns verlassen, dränge ich ihn zu bleiben. Wir sitzen bis nach Mitternacht zusammen, reden und trinken. Ich erfahre das Neueste aus der Hauptstadt, die ich so lange nicht besucht habe. Ich schildere ihm einige der Orte, an die ich mit Sehnsucht zurückdenke: den Park mit dem Pavillon, wo Musiker für die flanierende Menge spielen und man im Herbst mit den Füßen durch welke Kastanienblätter raschelt; eine Brücke, an die ich mich erinnere – wenn man auf ihr steht, sieht man, wie sich der Mond im Wasser spiegelt und kleine Wellen sich um die Brückenpfeiler kräuseln und phantastische Blüten bilden.

»Im Brigadehauptquartier geht das Gerücht um«, sagt er, »dass es im Frühjahr eine Großoffensive gegen die Barbaren geben wird, um sie von der Grenze zurückzudrängen und in die Berge zu treiben.«

Es tut mir leid, den Strom der Erinnerungen zu unterbrechen. Ich möchte den Abend nicht mit einem Streit beenden. Trotzdem antworte ich. »Ich bin sicher, dass es nur ein Gerücht ist: das können sie nicht ernsthaft vorhaben. Die Leute, die wir Barbaren nennen, sind Nomaden, sie ziehen jedes Jahr zwischen den Tiefebenen und dem Hochland umher, das ist ihre Lebensweise. Sie werden sich niemals in den Bergen einsperren lassen.«

Er sieht mich seltsam an. Zum ersten Mal fühle ich an diesem Abend, wie eine Schranke niedergeht, die Schranke zwischen dem Militär und dem Zivilmenschen. »Aber wenn wir ehrlich sind«, sagt er, »geht es doch im Krieg gerade darum: einem anderen etwas aufzuzwingen, wozu er freiwillig nicht bereit ist.« Er mustert mich mit der arroganten Offenheit eines jungen Absolventen der Militärakademie. Ich bin sicher, dass ihm die Geschichte einfällt, die inzwischen herum sein muss, wie ich einem Offizier der Dritten Abteilung III meine Unterstützung verweigert habe. Ich glaube, ich weiß, wen er vor sich sieht: einen kleinen Regierungsbeamten, der nach Jahren hier in der Provinz in die träge Lebensweise der Einheimischen abgeglitten ist, rückständig im Denken, bereit, die Sicherheit des Reichs für einen provisorischen, unsicheren Frieden aufs Spiel zu setzen.

Er beugt sich vor und mimt respektvolle jungenhafte Verwunderung – ich komme immer mehr zu der Überzeugung, dass er mit mir spielt. »Unter uns gesprochen, können Sie mir erklären«, sagt er, »warum diese Barbaren unzufrieden sind? Was wollen sie von uns?«

Ich sollte auf der Hut sein, doch ich bin es nicht. Ich sollte gähnen, seiner Frage ausweichen, den Abend beenden; doch ich stelle fest, dass ich mich ködern lasse. (Wann werde ich es lernen, meine Zunge zu hüten?)

»Sie möchten, dass sich die Siedlungen nicht weiter über ihr Land ausbreiten. Im Grunde wollen sie ihr Land zurück. Sie wollen ungehindert mit ihren Herden von Weidegrund zu Weidegrund ziehen, wie sie es gewohnt waren.« Es ist noch nicht zu spät, um mit der Belehrung aufzuhören. Stattdessen höre ich, wie meine Stimme an Lautstärke zunimmt und ich mich bedauerlicherweise von Zorn übermannen lasse. »Ich will gar nicht von den jüngsten Überfällen auf sie sprechen, die ohne Grund geschahen und denen mutwillige Grausamkeiten folgten, weil die Sicherheit des Reichs in Gefahr war, so will man mir jedenfalls weismachen. Es wird Jahre dauern, bis der in wenigen Tagen angerichtete Schaden wiedergutgemacht worden ist. Aber lassen wir das, lassen Sie mich Ihnen lieber sagen, was ich als Verwaltungsbeamter entmutigend finde, selbst in Friedenszeiten, selbst wenn die Beziehungen in den Grenzregionen gut sind. Wissen Sie, zu einer bestimmten Jahreszeit kommen die Nomaden zu uns, um Handel zu treiben. Nun gehen Sie doch mal in dieser Zeit zu einem beliebigen Marktstand und beobachten Sie, wer beim Wiegen der Ware betrogen, wer übervorteilt und angeschrien und terrorisiert wird. Beobachten Sie, wer seine Frauen im Lager zurücklassen muss, weil man befürchtet, dass sie von den Soldaten angepöbelt werden. Beobachten Sie, wer betrunken in der Gosse liegt und wer ihn dann mit Fußtritten traktiert. Es ist die Verachtung für die Barbaren, Verachtung, die der gewöhnlichste Hausierer oder Bauer zeigt, gegen die ich als Magistrat zwanzig Jahre lang ankämpfen musste. Wie rottet man Verachtung aus, besonders wenn sich diese Verachtung auf nichts Stichhaltigeres gründet als auf unterschiedliche Essgewohnheiten und andere Augenformen? Soll ich Ihnen sagen, was ich mir manchmal wünsche? Ich wünschte mir, dass sich die Barbaren erheben und uns eine Lektion erteilen würden, damit wir es lernen, sie zu achten. Wir denken, dass uns dieses Land hier gehört, dass es Teil unseres Reichs ist – unser Vorposten, unsere Siedlung, unser Marktzentrum. Aber diese Leute, diese Barbaren, denken überhaupt nicht so darüber. Wir sind mehr als hundert Jahre hier, wir haben der Wüste Land abgerungen und Bewässerungsanlagen gebaut und Felder angelegt, wir haben feste Häuser errichtet und eine Mauer um unsere Stadt gezogen, aber sie halten uns noch immer für Besucher, für Durchreisende. Unter ihnen gibt es alte Leute, die sich noch daran erinnern, dass ihnen ihre Eltern von dieser Oase erzählt haben, wie sie einst gewesen ist: ein guter, schattiger Ort am Ufer des Sees mit viel Weideland, selbst im Winter. So sprechen sie noch immer über den Ort, so sehen sie ihn vielleicht immer noch, als wäre keine Schaufel Erde bewegt oder kein Ziegel auf den anderen gelegt worden. Sie zweifeln nicht, dass wir einen dieser Tage unsere Wagen vollpacken und uns auf den Weg dahin machen werden, wo wir hergekommen sein mögen, dass unsere Häuser dann Mäusen und Eidechsen zur Behausung dienen, dass ihre Tiere auf den reichen Feldern grasen werden, die wir angelegt haben. Sie lächeln? Soll ich Ihnen etwas verraten? Jedes Jahr wird das Wasser des Sees salziger. Es gibt eine einfache Erklärung dafür – die Ihnen egal sein kann. Die Barbaren wissen das. In diesem Augenblick sagen sie zueinander: ›Habt Geduld, bald werden ihre Ernten durch das Salz anfangen zu verkümmern, sie werden sich nicht mehr ernähren können, es wird ihnen nichts übrig bleiben als zu gehen.‹ So denken sie. Dass sie uns überdauern werden.«

»Aber wir gehen nicht«, sagt der junge Mann ruhig.

»Sind Sie sicher?«

»Wir gehen nicht, deshalb irren sie sich. Selbst wenn es nötig würde, die Siedlung per Konvoi zu versorgen, würden wir nicht gehen. Weil diese Grenzsiedlungen die vorderste Verteidigungslinie des Reichs sind. Je eher die Barbaren das begreifen, desto besser.«

Trotz seiner gewinnenden Art hat sein Denken eine Starrheit, die von seiner militärischen Erziehung stammen muss. Ich seufze. Ich habe nichts damit erreicht, dass ich mich gehenließ. Ganz bestimmt habe ich jetzt seinen schlimmsten Verdacht bestätigt: dass ich unzuverlässig und dazu noch altmodisch bin. Und glaube ich denn wirklich an das, was ich gesagt habe? Erhoffe ich wirklich den Sieg der barbarischen Lebensweise: Stumpfheit des Geistes, Schlampigkeit, Ertragen von Krankheit und Tod? Wenn wir von der Erde verschwinden sollten, würden dann die Barbaren ihre Nachmittage damit zubringen, unsere Ruinen auszugraben? Würden sie unsere Dokumente über Volkszählungen und die Geschäftsbücher unserer Kornhändler in Glasvitrinen aufbewahren oder sich der Entzifferung unserer Liebesbriefe widmen? Ist meine Entrüstung über den Kurs, den das Reich einschlägt, mehr als der Missmut eines alten Mannes, der den Frieden seiner letzten Jahre an der Grenze nicht gestört wissen will? Ich versuche, das Gespräch auf geeignetere Themen zu lenken, auf Pferde, die Jagd, das Wetter; aber es ist spät, mein junger Freund will aufbrechen, und ich muss die Zeche für den Abend bezahlen.

Die Kinder spielen wieder im Schnee. In ihrer Mitte, mit dem Rücken zu mir, ist die Gestalt des Mädchens mit der Kapuze. Während ich mich zu ihr hinkämpfe, verschwindet sie für Augenblicke hinter einem Vorhang aus fallendem Schnee. Meine Füße versinken so tief, dass ich sie kaum heben kann. Jeder Schritt braucht eine Ewigkeit. So heftig hat es in meinen Träumen noch nie geschneit.

Während ich mühsam auf die Kinder zugehe, unterbrechen sie ihr Spiel, um mich anzusehen. Sie wenden mir ihre ernsten, leuchtenden Gesichter zu, ihr weißer Atem entschwebt in kleinen Wölkchen. Ich versuche zu lächeln und sie zu berühren, während ich mich weiter auf das Mädchen zu bewege, aber meine Gesichtszüge sind wie eingefroren, das Lächeln will nicht kommen, eine dünne Eisschicht scheint sich über meinem Mund gebildet zu haben. Ich hebe die Hand, um sie wegzureißen – die Hand steckt in einem dicken Handschuh, merke ich, die Finger im Handschuh sind erfroren, als ich den Handschuh an mein Gesicht lege, spüre ich nichts. Mit schwerfälligen Bewegungen dränge ich mich an den Kindern vorbei.

Jetzt kann ich allmählich erkennen, was das Mädchen macht. Sie baut ein Fort aus Schnee, eine von Mauern umgebene Stadt, die ich in jeder Einzelheit wieder erkenne: die Festungsmauern mit ihren Zinnen und den vier Wachttürmen, das Tor mit dem Häuschen des Dienstmanns daneben, die Straßen und Häuser, den großen Platz mit dem Kasernengelände in einer Ecke. Und hier ist genau die Stelle, wo ich stehe! Aber der Platz ist leer, die ganze Stadt ist weiß und stumm und leer. Ich zeige auf die Mitte des Platzes. »Dort musst du Menschen hinstellen!«, möchte ich sagen. Kein Laut kommt aus meinem Mund, in dem die Zunge gefroren wie ein Fisch liegt. Doch sie reagiert. Sie richtet sich auf den Knien auf und wendet mir ihr Gesicht unter der Kapuze zu. In diesem letzten Moment habe ich Angst, dass sie mich enttäuschen wird, dass das Gesicht, das sie mir jetzt zuwendet, stumpf und glatt ist wie ein inneres Organ, das nicht geschaffen wurde, um das Tageslicht zu sehen. Doch nein, sie ist sie selbst, wie ich sie nie gesehen habe, ein lächelndes Kind, ihre Zähne blitzen und sie schaut aus kohlschwarzen Augen. »Das gibt es also zu sehen!«, sage ich mir. Ich will durch mein unbeholfenes zugefrorenes Maul mit ihr sprechen. »Wie gelingt dir diese feine Arbeit mit den Händen, die in Handschuhen stecken?«, will ich sagen. Sie lächelt freundlich bei meinem Genuschel. Dann wendet sie sich wieder ihrem Fort im Schnee zu.

Kalt und steif tauche ich aus dem Traum auf. Es ist noch eine Stunde bis zum ersten Tageslicht, das Feuer ist erloschen, meine Kopfhaut ist taub vor Kälte. Das Mädchen neben mir schläft zu einer Kugel zusammengerollt. Ich steige aus dem Bett, und in meinen Mantel gehüllt mache ich mich daran, das Feuer wieder zu entfachen.

Der Traum hat sich festgesetzt. Nacht für Nacht kehre ich zum öden schneeverwehten Platz zurück und stapfe auf die Gestalt auf seiner Mitte zu, wobei ich jedes Mal feststelle, dass die Stadt, die sie baut, ohne Leben ist.

Ich frage das Mädchen nach seinen Schwestern. Sie hat zwei Schwestern, die jüngere ist, wie sie sagt, »sehr hübsch, aber wirr im Kopf«. »Möchtest du nicht gern deine Schwestern wiedersehen?«, frage ich. Die unbesonnene Frage steht grotesk im Raum. Wir lächeln beide. »Natürlich«, sagt sie.

Ich befrage sie auch über die Zeit nach ihrer Haft, als sie ohne mein Wissen in dieser Stadt in meinem Zuständigkeitsbereich gelebt hat. »Die Leute sind nett zu mir gewesen, als sie gesehen haben, dass man mich zurückgelassen hat. Eine Zeit lang habe ich in der Gastwirtschaft geschlafen, bis es mit meinen Füßen besser wurde. Ein Mann hat sich um mich gekümmert. Er ist jetzt fort. Er hatte Pferde.« Sie erwähnt auch den Mann, der ihr die Stiefel gegeben hat, die sie bei unserer ersten Begegnung getragen hat. Ich frage nach anderen Männern. »Ja, da waren noch andere Männer. Ich hatte keine Wahl. Es musste so sein.«

Nach dieser Unterhaltung wird mein Verhältnis zu den einfachen Soldaten gespannter. Als ich vormittags meine Wohnung verlasse und zum Gerichtsgebäude gehe, komme ich an einer der seltenen Truppeninspektionen vorbei. Ich bin sicher, dass einige dieser Männer, die dort in Habachtstellung mit ihren Ausrüstungsbündeln vor den Füßen stehen, mit dem Mädchen geschlafen haben. Eigentlich stelle ich mir nicht vor, dass sie hinter vorgehaltener Hand boshaft kichern. Im Gegenteil, noch nie habe ich sie stoischer im frostigen Wind, der über den Hof fegt, dastehen sehen. Noch nie ist ihre Haltung respektvoller gewesen. Ich weiß, wenn sie könnten, würden sie mir sagen, dass wir alle Männer sind und es jedem Mann passieren kann, dass er wegen einer Frau den Kopf verliert. Trotzdem versuche ich, abends später nach Hause zu kommen, um nicht an den vor der Küchentür anstehenden Männern vorbeizumüssen.

Von den zwei Deserteuren des Leutnants gibt es Neues. Ein Trapper hat sie erfroren in einem primitiven Unterschlupf nicht weit von der Straße, dreißig

Meilen östlich von hier, gefunden. Obwohl der Leutnant geneigt ist, sie dort zu lassen (»Dreißig Meilen hin und dreißig zurück in diesem Wetter – das ist viel Aufwand für Männer, die keine Männer mehr sind, meinen Sie nicht auch?«), überrede ich ihn, einen Trupp hinzuschicken. »Sie müssen begraben werden«, sage ich. »Außerdem ist das gut für die Moral der Kameraden. Sie sollen nicht denken, auch sie könnten in der Einöde sterben und dort vergessen werden. Was wir tun können, um ihre Furcht davor, diese schöne Erde verlassen zu müssen, zu mildern, muss getan werden. Schließlich sind wir es, die sie in diese Gefahren hineinführen.« Der Trupp bricht also auf und kehrt nach zwei Tagen mit den gekrümmten eisharten Leichen in einem Karren zurück. Ich finde es immer noch merkwürdig, dass Männer Hunderte von Meilen von zu Haus und einen Tagesmarsch von Essen und warmer Unterkunft entfernt desertieren, doch ich gehe der Sache nicht weiter nach. Während ich auf dem tief gefrorenen Friedhof am Grab stehe und die letzten Riten stattfinden und die glücklicheren Kameraden der Verstorbenen mit entblößtem Kopf zusehen, sage ich mir wieder, dass ich diesen jungen Männern mit meinem Bestehen auf korrekter Behandlung der sterblichen Überreste zu zeigen versuche, dass der Tod keine Vernichtung bedeutet, dass wir im Gedächtnis derer, die wir kannten, weiterleben. Aber lasse ich die Zeremonie nur ihretwegen durchführen? Tröste ich mich nicht auch selbst damit? Ich erbiete mich, die unangenehme Aufgabe zu übernehmen, an die Eltern zu schreiben, um sie von ihrem

Schicksalsschlag zu unterrichten. »Das fällt einem älteren Mann leichter«, sage ich.

»Hast du nicht Lust auf mehr?«, fragt sie.

Ihr Fuß ruht in meinem Schoß. Ich bin geistesabwesend, ganz dem Rhythmus hingegeben, mit dem ich den geschwollenen Knöchel einreibe und massiere. Ihre Frage kommt überraschend für mich. Das ist das erste Mal, dass sie so unverblümt gesprochen hat, ich tue es mit einem Schulterzucken ab, lächle, versuche zurückzugleiten in meine Trance, die dem Schlaf so nah ist, und will mich nicht ablenken lassen.

Der Fuß bewegt sich in meinem Griff, wird lebendig, stupst mich zart in die Lenden. Ich öffne die Augen und betrachte den nackten goldenen Körper auf dem Bett. Sie liegt da, den Kopf in den Armen geborgen, und beobachtet mich in der indirekten Weise, an die ich mittlerweile gewöhnt bin, zeigt ihre festen Brüste und ihren glatten Bauch und strotzt vor jugendlich animalischer Gesundheit. Ihre Zehen forschen weiter; aber bei dem schlaffen alten Herrn, der in seinem pflaumenblauen Morgenmantel vor ihr kniet, finden sie keine Reaktion.

»Ein andermal«, sage ich, und ich verrenke mir fast die Zunge bei diesen Worten. So weit ich weiß, ist das eine Lüge, aber ich spreche sie aus: »Vielleicht ein andermal.« Dann lege ich ihr Bein beiseite und strecke mich neben ihr aus. »Alte Männer haben keine Tugend zu verteidigen, was soll ich also sagen?« Es ist ein lahmer Scherz, schlecht formuliert, und sie versteht ihn nicht. Sie öffnet meinen Mantel und beginnt, mich zu streicheln. Nach einer Weile stoße ich ihre Hand fort.

»Du besuchst andere Mädchen«, flüstert sie. »Glaubst du, ich weiß das nicht?«

Ich bedeute ihr mit einer gebieterischen Geste, still zu sein.

»Behandelst du sie auch so?«, flüstert sie und fängt an zu schluchzen.

Obwohl ich mit ihr fühle, kann ich nichts tun. Doch was für eine Demütigung für sie! Sie kann die Wohnung nicht einmal verlassen, ohne beim Anziehen herumzutasten und zu taumeln. Sie ist jetzt genauso gut eine Gefangene wie vorher. Ich tätschele ihre Hand und versinke tiefer in düstere Stimmung.

Das ist die letzte Nacht, die wir im selben Bett schlafen. Ich stelle ein Feldbett im Wohnzimmer auf und schlafe dort. Die körperliche Intimität zwischen uns hat ein Ende. »Für jetzt«, sage ich. »Bis zum Ende des Winters. Es ist besser so.« Sie nimmt diese Entschuldigung wortlos entgegen. Wenn ich abends nach Hause komme, bringt sie mir meinen Tee und kniet beim Tablett, um mich zu bedienen. Dann kehrt sie in die Küche zurück. Eine Stunde später kommt sie hinter dem Mädchen mit dem Abendbrottablett die Stufen heraufgetappt. Wir essen gemeinsam. Nach der Mahlzeit ziehe ich mich in mein Arbeitszimmer zurück oder gehe für den Abend aus, nehme meine vernachlässigte gesellschaftliche Routine wieder auf: Schach im Haus von Freunden, Kartenspiel mit den Offizieren in der

Gastwirtschaft. Ich mache auch den einen oder anderen Besuch im oberen Stockwerk der Gastwirtschaft, aber mit schlechtem Gewissen, was das Vergnügen stört. Wenn ich zurückkomme, schläft das Mädchen immer, und ich muss wie ein Ehemann auf Abwegen auf den Zehenspitzen gehen.

Sie passt sich klaglos der neuen Lebensweise an. Ich sage mir, dass sie sich wegen ihrer barbarischen Erziehung fügt. Doch was weiß ich von der Erziehung bei den Barbaren? Was ich Sichfügen nenne, ist vielleicht nichts anderes als Gleichgültigkeit. Was macht es einer Bettlerin, einem vaterlosen Kind, aus, ob ich allein schlafe oder nicht, solange sie ein Dach über dem Kopf und Essen im Bauch hat? Bisher wollte ich gern glauben, dass sie in mir einfach einen Mann im Bann der Leidenschaft sehen muss, wie pervertiert und dunkel diese Leidenschaft auch sein mochte, dass sie während des atemlosen Schweigens, das einen so großen Teil unseres Umgangs ausmacht, einfach spüren muss, wie mein Blick mit dem Gewicht eines Körpers in sie eindringt. Ich ziehe es vor, mich nicht bei der Möglichkeit aufzuhalten, dass eine barbarische Erziehung einem Mädchen vielleicht nicht beibringt, sich in jede Laune eines Mannes zu fügen, launenhafte Vernachlässigung eingeschlossen, sondern sexuelle Leidenschaft, ob bei Pferd und Ziege oder Mann und Frau, als schlichte Lebensäußerung mit den klarsten Mitteln und den klarsten Zielen zu sehen; so dass die verwirrten Handlungen eines alternden Ausländers, der sie von der Straße aufliest und in seiner Wohnung unterbringt, damit er ihr mal die Füße küssen und sie dann wieder tyrannisieren kann, sie mal mit exotischen Ölen salben, dann wieder nicht beachten kann, mal die ganze Nacht in ihren Armen schlafen und dann wieder launisch allein schlafen kann, als nichts anderes erscheinen als Beweise für Impotenz, Entschlusslosigkeit, Entfremdung von den eigenen Wünschen. Während ich nie aufgehört habe, sie als verkrüppelten, gezeichneten, verletzten Körper zu sehen, ist sie vielleicht inzwischen in diesen neuen mängelbehafteten Körper hineingewachsen und zu ihm geworden und fühlt sich nicht entstellter als eine Katze, weil sie Tatzen statt Fingern hat. Ich täte gut daran, diese Gedanken ernst zu nehmen. Vielleicht ist sie normaler, als ich glauben möchte, und es gelingt ihr irgendwie, mich auch normal zu finden.

III

Die Luft ist jeden Morgen erfüllt von Flügelschlägen, als die Vögel aus dem Süden zurückkommen und über dem See kreisen, ehe sie sich auf den salzigen Zungen der Sumpfwiesen niederlassen. Wenn der Wind nachlässt, erreicht uns die Kakophonie ihres Trompetens, Quakens, Tutens, Krächzens wie der Lärm einer rivalisierenden Stadt auf dem Wasser: Graugänse, Saatgänse, Spießenten, Pfeifenten, Stockenten, Krickenten, Kleine Sänger.

Die Ankunft der ersten Zugvögel unter den Enten und Gänsen bestätigt die früheren Zeichen, die laue Luft, die der Wind neuerdings mitbringt, die glasige Durchsichtigkeit des Eises auf dem See. Der Frühling ist im Anmarsch, bald wird es Zeit zu pflanzen.

Inzwischen ist Saison für die Fallensteller. Vor Sonnenaufgang brechen Männertrupps zum See auf, um ihre Netze auszulegen. Vor dem Mittag sind sie mit großen Fängen zurück: Vögel mit umgedrehten Hälsen, die an den Füßen reihenweise an Stangen aufgehängt sind, oder lebend in Holzkäfige gestopfte Vögel, die zornig schreien und übereinander hinwegsteigen, manchmal hockt auch ein großer stiller Singschwan in ihrer Mitte. Das Füllhorn der Natur: in den kommenden Wochen werden alle gut essen.

Bevor ich abreisen kann, muss ich noch zwei Schriftstücke aufsetzen. Das erste ist an den Gouverneur der Provinz gerichtet. »Um etwas von dem Schaden, der durch die Überfälle der Abteilung III angerichtet worden ist, wieder gutzumachen«, schreibe ich, »und um etwas von den guten Beziehungen, die früher existierten, wiederzuerlangen, statte ich den Barbaren einen kurzen Besuch ab.« Ich unterschreibe und versiegele den Brief.

Welcher Art das zweite Schriftstück sein soll, weiß ich noch nicht. Ein Testament? Memoiren? Ein Geständnis? Eine Chronik von dreißig Jahren in der Grenzregion? Den ganzen Tag sitze ich wie in Trance an meinem Schreibtisch und starre aufs leere weiße Papier, warte darauf, dass die Worte kommen. Ein zweiter Tag vergeht in der gleichen Weise. Am dritten gebe ich auf, lege das Papier in die Schublade zurück und treffe Vorbereitungen zur Abreise. Es passt irgendwie, dass ein Mann, der nicht weiß, was er mit der Frau in seinem Bett anfangen soll, nicht weiß, was er schreiben soll.

Ich habe drei Männer ausgewählt, die mich begleiten sollen. Zwei davon sind junge Wehrpflichtige, die ich zu meinen Diensten abkommandieren kann. Der dritte ist ein älterer Mann aus dieser Gegend hier, ein Jäger und Pferdehändler, dessen Lohn ich aus eigener Tasche bezahlen werde. Ich rufe sie am Nachmittag vor unserem Aufbruch zusammen. »Ich weiß, dass jetzt keine günstige Reisezeit ist«, sage ich ihnen. »Es ist eine tückische Zeit, der Winter geht zu Ende, und der Frühling ist noch nicht gekommen. Aber wenn wir länger warten, haben die Nomaden schon ihre Wanderung begonnen, und wir finden sie nicht mehr.« Sie stellen keine Fragen.

Dem Mädchen sage ich einfach: »Ich bringe dich wieder zu deinen Leuten, oder so nah heran, wie ich kann, weil sie ja jetzt zerstreut sind.« Nichts deutet auf große Freude bei ihr hin. Ich lege den schweren Pelz, den ich ihr für die Reise gekauft habe, neben sie, dazu eine nach Art der Eingeborenen bestickte Kaninchenledermütze, neue Stiefel, Handschuhe.

Jetzt, wo ich mich für eine Vorgehensweise entschieden habe, schlafe ich leichter und entdecke bei mir sogar etwas wie Zufriedenheit.

Wir brechen am dritten März auf; zum Tor hinaus und die Straße zum See hinunter eskortiert uns eine bunte Truppe von Kindern und Hunden. Als wir an den Bewässerungsanlagen vorbei sind und von der Straße, die zum Fluss führt, rechts auf den Pfad abbiegen, der nur von Jägern und Vogelstellern benutzt wird, dünnt unsere Eskorte aus, bis nur noch zwei störrische Burschen hinter uns hertrotten, von denen jeder entschlossen ist, den anderen zu übertrumpfen.

Die Sonne ist aufgegangen, wärmt aber nicht. Ein scharfer Wind kommt vom See und treibt uns Tränen in die Augen. Im Gänsemarsch – vier Männer und eine Frau, vier Packtiere (die Pferde stellen sich ständig mit dem Rücken zum Wind und müssen herumgerissen werden) – so ziehen wir fort und lassen die ummauerte Stadt, die kahlen Felder und schließlich die keuchenden Jungen hinter uns.

Mein Plan ist, diesem Pfad nach Süden zu folgen, bis wir um den See herum sind, dann nach Nordosten abzubiegen und quer durch die Wüste auf die Bergtäler zuzusteuern, wo die nördlichen Nomaden überwintern. Es ist eine selten benutzte Route, weil die Nomaden, wenn sie mit ihren Herden wandern, dem alten ausgetrockneten Flussbett in einem gewaltigen Bogen nach Osten und Süden folgen. Sie verkürzt aber eine Reise von sechs Wochen auf eine oder zwei Wochen. Ich habe sie selbst vorher nie benutzt.

In den ersten drei Tagen arbeiten wir uns also nach Süden und dann nach Osten vor. Rechts von uns dehnt sich eine Ebene mit winderodierten Lehmterrassen, die an den äußersten Rändern in rote Staubwolkenbänke übergehen und dann in den gelben dunstigen Himmel. Links von uns flaches Sumpfland, Schilfgürtel und der See, auf dem die Eisdecke in der Mitte noch nicht abgeschmolzen ist. Der Wind, der von der Eisfläche her weht, lässt sogar unseren Atem gefrieren, so dass wir statt zu reiten lange Strecken im Windschatten unserer Pferde laufen. Das Mädchen wickelt einen Schal mehrmals ums Gesicht, duckt sich im Sattel und folgt blind ihrem Führer.

Zwei der Packpferde sind mit Feuerholz beladen, aber das muss für die Wüste reserviert bleiben. Einmal stoßen wir auf eine weit verzweigte Tamariske, die – vom Treibsand halb zugeweht – wie ein Hügel aussieht und die uns Feuerholz liefert; im Übrigen müssen wir uns mit trockenen Schilfbündeln begnügen. Das Mädchen und ich schlafen nebeneinander im selben Zelt und schützen uns mit unseren Pelzen vor der Kälte.

Während der ersten Reisetage essen wir gut. Wir haben gepökeltes Fleisch, Mehl, Bohnen und Trockenobst mitgebracht, und man kann Federwild schießen. Aber mit Wasser müssen wir sparen. Das Sumpfwasser hier in den seichten südlichen Zungen, die der See ausstreckt, ist zu salzig zum Trinken. Einer der Männer muss zwanzig oder dreißig Schritte hineinwaten, dass ihm das Wasser bis zu den Waden reicht, um die Schläuche zu füllen, oder besser noch, um Eisbrocken loszubrechen. Doch selbst das geschmolzene Eiswasser ist so bitter und salzig, dass man es nur mit starkem roten Tee trinken kann. Jedes Jahr wird das Wasser brackiger, da der Fluss die Ufer auswäscht und Salz und Alaun in den See spült. Weil der See keinen Abfluss hat, wächst sein Mineralgehalt ständig, besonders im Süden, wo Wasserkanäle jahreszeitlich durch Sandbänke abgeschnitten werden. Nach dem sommerlichen Hochwasser finden die Fischer Karpfen an den seichten Stellen mit dem Bauch nach oben treiben. Sie sagen, dass man keine Barsche mehr zu sehen bekommt. Was wird aus der Siedlung, wenn der See zu einem toten Gewässer wird?

Nachdem wir einen Tag den salzigen Tee getrunken haben, leiden wir alle, außer dem Mädchen, an Durchfall. Mich hat es am schlimmsten erwischt. Ich fühle mich durch die häufigen Stopps tief gedemütigt, durch das Aus- und Anziehen mit steif gefrorenen Fingern im Windschatten eines Pferdes, während die anderen warten. Ich versuche, so wenig wie möglich zu trinken, und gehe bis an die Grenze, wo mein Geist beim Reiten quälende Bilder heraufbeschwört: ein volles Fass am Brunnen, und das Wasser spritzt vom Schöpfer; sauberer Schnee. Mein gelegentliches Jagen mit dem Gewehr und mit Falken, meine sprunghafte Schürzenjägerei, Übungen der Männlichkeit, haben mich darüber hinweggetäuscht, wie verweichlicht mein Körper inzwischen ist. Nach langen Märschen tun mir die Knochen weh, beim Einbruch der Dunkelheit bin ich so erschöpft, dass ich keinen Appetit habe. Ich trotte dahin, bis ich keinen Fuß mehr vor den anderen setzen kann; dann klettere ich in den Sattel, wickle mich in meinen Mantel und winke einen der Männer nach vorn, damit er die Aufgabe übernimmt, den schwer erkennbaren Pfad zu finden. Der Wind lässt nie nach. Er heult über den See zu uns heran, weht aus dem Nichts ins Nichts, hüllt den Himmel in eine rote Staubwolke. Vor dem Staub gibt es keinen Schutz: er dringt durch unsere Sachen, bäckt an der Haut fest, sickert in unser Gepäck. Wir essen mit belegter Zunge, spucken oft aus, zwischen den Zähnen knirscht es. Staub wird mehr als Luft zum Element, in dem wir leben. Wir schwimmen durch den Staub wie Fische durchs Wasser.

Das Mädchen jammert nicht. Sie isst gut, sie wird nicht krank, zusammengerollt schläft sie die ganze Nacht fest, in einem Wetter, das so kalt ist, dass ich bei einem Hund Wärme suchen könnte. Sie reitet den ganzen Tag ohne Murren. Als ich einmal hochschaue, sehe ich, dass sie im Reiten schläft, ihr Gesicht ist friedlich wie das eines kleinen Kindes.

Am dritten Tag biegt der Rand des Sumpflandes zurück nach Norden, und wir wissen, dass wir den See umrundet haben. Wir schlagen zeitig das Lager auf und verbringen die letzten Stunden des Tageslichts damit, jedes Stückchen Brennmaterial zu sammeln, das wir finden können, während die Pferde zum letzten Mal im spärlichen Sumpfgras weiden. Dann beginnen wir im Morgengrauen des vierten Tages die Überquerung des uralten Seebettes, das sich vom Sumpfgürtel aus vierzig weitere Meilen erstreckt.

Das Gelände ist öder als alles, was wir bisher gesehen haben. Nichts wächst auf diesem salzigen Seeboden, der sich stellenweise ausbeult und zackige kristalline Sechsecke hochtreibt. Es gibt auch Gefahren: als das Leitpferd einen ungewöhnlich glatten Fleck überquert, bricht es plötzlich durch die Kruste und versinkt bis zur Brust in stinkendem grünen Schleim, der Mann, der es führt, steht einen Augenblick wie vom Donner gerührt auf unsicherem Grund, ehe auch er hineinplatscht. Wir kämpfen, um Tier und Mensch herauszuziehen, die Salzkruste splittert unter den Hufen des wild ausschlagenden Pferds, das Loch wird größer, ein brackiger Gestank breitet sich aus. Wir haben den See noch nicht hinter uns gelassen, stellen wir nun fest: er erstreckt sich hier unter unseren Füßen, manchmal unter einer Decke, die viele Fuß dick ist, manchmal bloß unter einer dünnen

Salzkruste. Wie lange ist es her, seit die Sonne zum letzten Mal dieses tote Wasser beschienen hat? Auf festerem Grund zünden wir ein Feuer an, um den zitternden Mann zu wärmen und seine Kleider zu trocknen. Er schüttelt den Kopf. »Ich habe immer gehört, hüte dich vor den grünen Stellen, aber ich habe das noch nie selbst erlebt«, sagt er. Er ist unser Führer, der Einzige von uns, der schon östlich des Sees unterwegs gewesen ist. Danach treiben wir unsere Pferde noch härter an, wir haben es eilig, dem toten See zu entkommen, haben Angst umzukommen in einer Flüssigkeit, kälter als Eis, mineralisch, unterirdisch, ohne Sauerstoff. Wir senken die Köpfe und stemmen uns gegen den Wind, unsere Mäntel blähen sich hinter uns, so suchen wir unseren Weg über zerklüftete Salzkrusten und meiden den glatten Boden. Durch den Staubstrom, der majestätisch über den Himmel zieht, glüht die Sonne wie eine Apfelsine, aber sie erwärmt nichts. Wenn es dunkel wird, schlagen wir die Zeltpflöcke in Spalten des felsharten Salzes; wir verbrauchen unser Feuerholz verschwenderisch schnell und beten wie Seeleute um Land.

Am fünften Tag lassen wir den Seeboden hinter uns und durchqueren einen glatten kristallinen Salzgürtel, der bald Sand und Steinen weicht. Alle schöpfen Mut, sogar die Pferde, die während der Durchquerung des Salzgebiets nichts außer ein paar Handvoll Leinsamen und einem Eimer brackigen Wassers bekommen haben. Ihre Verfassung verschlechtert sich zusehends.

Und was die Männer angeht, sie murren nicht. Das frische Fleisch geht zur Neige, aber es bleiben noch

Pökelfleisch und getrocknete Bohnen und viel Mehl und Tee, die Grundnahrungsmittel für unterwegs. Bei jedem Halt brauen wir Tee und backen kleine Fladen in Fett, köstliche Bissen für Hungrige. Die Männer kochen; weil sie dem Mädchen gegenüber Hemmungen haben, ihre Stellung nicht genau kennen, vor allem nicht wissen, was es bedeutet, dass wir sie zu den Barbaren bringen, sprechen sie kaum mit ihr, vermeiden es, sie anzusehen, und selbstverständlich bitten sie nicht um Hilfe bei der Nahrungszubereitung. Ich schiebe sie nicht in den Vordergrund, weil ich hoffe, dass die Zurückhaltung unterwegs verschwinden wird. Ich habe diese Männer ausgesucht, weil sie zäh und ehrlich und willig sind. Sie folgen mir so unbekümmert, wie sie es unter diesen Umständen können, obwohl die schmucken lackierten Lamellenrüstungen, die die beiden jungen Soldaten getragen haben, als wir durch das große Tor ritten, jetzt als Bündel auf die Packpferde geschnallt sind und ihre Schwertscheiden voller Sand sind.

Die sandige Ebene beginnt in eine Dünenlandschaft überzugehen. Wir kommen langsamer vorwärts, während wir uns die Dünen hinauf und wieder hinunterkämpfen. Für die Pferde ist es das schlechteste Terrain, das man sich vorstellen kann, da ihre Hufe tief im Sand versinken. Ich schaue unseren Führer an, aber er kann nur mit den Schultern zucken: »Das geht noch meilenweit so, wir müssen da durch, es gibt keinen anderen Weg.« Auf einer Düne stehend beschirme ich meine Augen und starre nach vorn – ich sehe nichts als wirbelnden Sand.

An diesem Abend verweigert eins der Packpferde das Futter. Am Morgen will es sich trotz heftigster Schläge nicht erheben. Wir verteilen die Lasten neu und werfen etliches Feuerholz weg. Während sich die anderen in Marsch setzen, bleibe ich zurück. Ich könnte schwören, das Tier weiß, was geschehen wird. Beim Anblick des Messers rollt es mit den Augen. Als das Blut aus seinem Hals schießt, rappelt es sich aus dem Sand auf und wankt ein oder zwei Schritte mit dem Wind, ehe es stürzt. In extremen Situationen, so habe ich sagen hören, zapfen die Barbaren die Adern ihrer Pferde an. Werden wir es noch erleben, dass wir bereuen, dieses Blut so verschwenderisch im Sand vergossen zu haben?

Am siebenten Tag, als die Dünen endlich hinter uns liegen, entdecken wir vor dem stumpfen Graubraun der leeren Landschaft einen dunkler getönten Graustreifen. Beim Näherkommen sehen wir, dass er sich meilenweit nach Osten und nach Westen erstreckt. Man kann sogar die schwarzen Silhouetten verkümmerter Bäume erkennen. Wir haben Glück, sagt unser Führer – dort muss es Wasser geben.

Wir sind ganz zufällig auf das Bett eines uralten Endsees gestoßen. Was einst seine Ufer waren, wird gesäumt von totem Schilf, geisterhaft weiß, das sich spröde anfühlt. Die Bäume sind Pappeln, auch lange schon tot. Sie sind abgestorben, weil das unterirdische Wasser sich vor vielen Jahren zu weit zurückgezogen hat, als dass ihre Wurzeln es noch erreichen könnten.

Wir befreien die Pferde von ihren Lasten und fangen an zu graben. In zwei Fuß Tiefe erreichen wir schweren blauen Lehm. Darunter ist wieder Sand, dann wieder eine Lehmschicht, spürbar feucht. Bei einer Tiefe von sieben Fuß muss ich passen, als ich mit Graben dran bin, weil mein Herz wild klopft und es mir in den Ohren dröhnt. Die drei Männer schuften weiter und heben die lose Erde auf einer an den Ecken zusammengebundenen Zeltbahn aus der Grube.

Bei zehn Fuß sammelt sich Wasser um ihre Füße. Es ist süß, keine Spur salzig, wir lächeln uns erfreut an; aber das Wasser sammelt sich sehr langsam, und die Seiten der Grube müssen ständig ausgegraben werden, weil sie nachgeben. Erst spät am Nachmittag können wir unser letztes brackiges Wasser ausschütten und die Schläuche neu füllen. In fast vollständiger Dunkelheit lassen wir das Fass in unseren Brunnen hinab und tränken die Pferde.

Inzwischen haben die Männer, da es Pappelholz im Überfluss gibt, zwei kleine Öfen Rücken an Rücken in den Lehm gegraben und ein loderndes Feuer auf ihnen entfacht, um den Lehm zu härten. Als das Feuer nachlässt, können sie die Glut in die Öfen bugsieren und sich daran machen, Brot zu backen. Das Mädchen steht da und beobachtet das alles, auf ihre Stöcke gelehnt, an denen ich Holzscheiben befestigt habe, um ihr im Sand behilflich zu sein. In der freien und leichten kameradschaftlichen Atmosphäre dieses guten Tages, und mit der Aussicht auf einen Ruhetag, wird munter geplaudert. Mit ihr scherzend machen die Männer ihr erstes freundschaftliches Angebot: »Komm, setz dich zu uns und koste mal, was Männer so backen!« Sie lächelt zurück und reckt ihr Kinn, was vielleicht nur ich als angestrengten Versuch, etwas zu sehen, erkenne. Vorsichtig setzt sie sich neben die Männer und genießt die Hitze, die die Öfen ausstrahlen.

Ich selbst sitze weiter weg, windgeschützt im Eingang meines Zeltes, neben mir flackert eine der Öllampen – so mache ich die heutige Eintragung im Tagebuch, höre aber auch zu. Das spöttische Geplänkel im Kauderwelsch der Grenze geht weiter, und sie ist nicht um Worte verlegen. Ich bin überrascht von ihrer Redegewandtheit, ihrer Schnelligkeit, ihrer Selbstsicherheit. Ich ertappe mich sogar bei einer Regung des Stolzes: sie ist nicht bloß die Nutte des Alten, sie ist eine witzige, attraktive junge Frau! Wenn ich mich von Anfang an dieses unbekümmerten, scherzhaften Kauderwelschs ihr gegenüber zu bedienen gewusst hätte, dann hätten wir uns vielleicht mehr füreinander erwärmt. Doch statt sie aufzumuntern, habe ich sie wie ein Narr mit Trübsal bedrückt. Die Welt sollte wirklich den Singenden und Tanzenden gehören! Sinnlose Bitterkeit, unnütze Melancholie, nutzloses Bedauern! Ich blase die Lampe aus, stütze das Kinn auf die Faust und starre zum Feuer hin, während ich meinen Magen knurren höre.

Ich schlafe einen Schlaf der äußersten Erschöpfung. Ich werde kaum wach, als sie die Ecke des großen Bärenfells hebt und sich an mich kuschelt. »Ein Kind friert in der Nacht« – das denke ich in meiner Verwirrung, ziehe sie in meine Armbeuge, döse weiter. Vielleicht schlafe ich eine Weile lang fest. Dann, hellwach, spüre ich ihre tastende Hand unter meinen Sachen, ihre Zunge, die mein Ohr beleckt. Lust durchrieselt mich, ich gähne, strecke mich und lächle im Dunkeln. Ihre Hand findet, was sie sucht. »Was soll's?«, denke ich. »Wenn wir nun hier in der Einöde umkommen? Wir wollen wenigstens nicht trübselig sterben!« Unter ihrem Kittel ist sie nackt. Mit einem Schwung bin ich auf ihr; sie ist warm, geschwollen, bereit für mich; in einer Minute sind fünf Monate sinnlosen Zögerns ausgelöscht, und ich gleite wieder leicht in lustvolle Versunkenheit.

Als ich aufwache, ist mein Gedächtnis so leer, dass Entsetzen in mir hochkommt. Nur mit gewaltiger Anstrengung kann ich mich wieder in Zeit und Raum einfügen: in ein Bett, ein Zelt, eine Nacht, eine Welt, einen Körper, der nach Westen und Osten zeigt. Obwohl ich mit dem Gewicht eines toten Ochsen auf ihr liege, schläft das Mädchen, und ihre Arme liegen schlaff auf meinem Rücken. Ich rolle mich herunter, ordne unsere Decken und versuche, mich zu fassen. Keinen Moment lang stelle ich mir vor, dass ich am Morgen das Lager abbrechen und zur Oase und zur sonnigen Villa des Magistrats zurückmarschieren und meine restlichen Tage mit einer jungen Braut leben könnte, friedlich neben ihr schlafend, dass ich Kinder mit ihr haben und den Wechsel der Jahreszeiten beobachten könnte. Ich scheue nicht vor dem Gedanken zurück, dass sie sehr wahrscheinlich kein Verlangen nach mir gehabt hätte, wenn sie nicht den Abend mit den jungen Männern am Lagerfeuer verbracht hätte. Vielleicht hat sie in Wahrheit einen von ihnen umarmt, als ich sie in den Armen hielt. Ich verfolge den Nachhall dieses Gedankens in mir ganz genau, kann aber kein Sinken des Herzens entdecken, das mir anzeigt, dass es mich verletzt. Sie schläft; meine Hand gleitet über ihren glatten Bauch hin und her, streichelt ihre Schenkel. Es ist vollbracht, ich bin zufrieden. Gleichzeitig bin ich zu glauben geneigt, dass es nicht geschehen wäre, wenn meine Trennung von ihr nicht kurz bevorstünde. Und wenn ich ehrlich sein soll, ist das Vergnügen, das ich an ihr habe, das Vergnügen, dessen fernes Nachglühen meine Hand noch spürt, auch nicht sehr tief gehend. Wenn sie mich berührt, hüpft mein Herz nicht höher, klopft mein Puls nicht heftiger als vorher. Ich bin mit ihr zusammen nicht wegen irgendwelcher Freuden, die sie versprechen oder spenden mag, sondern aus anderen Gründen, die mir so dunkel sind wie je. Nur ist es mir nicht entgangen, dass im Dunkeln im Bett die Zeichen, die ihre Folterer auf ihr hinterlassen haben, die verdrehten Füße, die halb blinden Augen, leicht vergessen sind. Ist es denn so, dass ich die ganze Frau will, dass mein Vergnügen an ihr getrübt ist, bis diese Zeichen auf ihr gelöscht sind und sie wieder ganz sie selbst geworden ist; oder ist es so (ich bin nicht töricht, lasst mich diese Dinge aussprechen), dass es diese Zeichen an ihr sind, die mich zu ihr hingezogen haben, die aber zu meiner Enttäuschung nicht tief genug gehen, wie ich merke? Zu viel oder zu wenig: will ich sie oder die Spuren einer Geschichte, die ihr Körper aufweist? Lange liege ich da und starre anscheinend in pechschwarze Nacht, obwohl ich weiß, dass ich nur den Arm auszustrecken brauche, um das Zeltdach zu berühren. Kein Gedanke, der mir kommt, keine noch so widersprüchliche Äußerung über den Ursprung meines Begehrens scheint mich aus der Fassung zu bringen. »Ich muss müde sein«, denke ich. »Oder vielleicht ist, was ausgesprochen werden kann, falsch ausgedrückt.« Meine Lippen bewegen sich, formen Worte, immer wieder neu. »Oder vielleicht ist es so, dass nur das, was nicht ausgesprochen worden ist, durchlebt werden muss.« Ich starre diese letzte Aussage an, ohne in mir als Antwort darauf eine Regung zu entdecken, die in Richtung Zustimmung oder Widerspruch geht. Die Worte werden immer undurchschaubarer für mich; bald haben sie jegliche Bedeutung verloren. Ich seufze am Ende eines langen Tages, mitten in einer langen Nacht. Dann drehe ich mich zu dem Mädchen um, umarme sie, ziehe sie dicht an mich. Sie schnurrt im Schlaf, in den ich ihr bald folge.

Wir ruhen am achten Tag, denn die Pferde sind jetzt in einem wirklich erbärmlichen Zustand. Sie kauen hungrig auf den saftlosen Fasern der toten Schilfgräser herum. Sie schwemmen ihre Bäuche mit Wasser auf und haben starke Blähungen. Wir haben den letzten Leinsamen an sie verfüttert und sogar etwas von unserem Brot. Wenn wir nicht morgen oder übermorgen Gras finden, werden sie umkommen.

Wir lassen unseren Brunnen hinter uns und den Erdhaufen, den wir aufgeschüttet haben, um zügig nach Norden zu marschieren. Alle außer dem Mädchen laufen. Wir haben soviel wie möglich zurückgelassen, um die Last für die Pferde zu verringern; aber da wir ohne Feuer nicht überleben können, müssen sie noch immer sperrige Holzbündel tragen.

»Wann werden wir die Berge sehen?«, frage ich unseren Führer.

»In einem Tag, zwei Tagen. Schwer zu sagen. Ich habe diese Gegend noch nicht bereist.« Er hat am östlichen Seeufer und am Rand der Wüste gejagt und keinen Grund gehabt, sie zu durchqueren. Ich warte und gebe ihm jede Chance, offen mit seiner Meinung herauszurücken, aber er scheint nicht beunruhigt, er glaubt nicht, dass wir in Gefahr sind. »Vielleicht zwei Tage, bis wir die Berge zu sehen bekommen, dann noch einen Tagesmarsch, bis wir sie erreichen.« Er kneift die Augen zusammen und späht in den braunen Dunst, der den Horizont verschleiert. Er fragt nicht, was wir tun werden, wenn wir die Berge erreichen.

Dann ist diese flache, steinige Einöde zu Ende, und wir steigen eine Reihe von felsigen Hügeln hinauf zu einem nicht sehr hoch gelegenen Plateau, wo wir Büschel welkes Wintergras finden. Die Tiere rupfen wie wild daran. Es ist eine große Erleichterung, sie fressen zu sehen.

Mitten in der Nacht schrecke ich hoch, erfüllt von einem unheilvollen Gefühl, dass etwas nicht stimmt. Das Mädchen setzt sich neben mir auf: »Was ist los?«, fragt sie.

»Hör doch. Der Wind hat sich gelegt.«

In einen Pelz gewickelt, kriecht sie barfuß hinter mir aus dem Zelt. Es schneit sanft. Die Erde liegt ringsum weiß unter einem verschleierten Vollmond. Ich helfe ihr auf die Füße und stütze sie, dabei starre ich hinauf in die Leere, aus der die Schneeflocken herabfallen, in einer Stille, die spürbar ist nach einer Woche, in der der Wind unablässig in unseren Ohren gedröhnt hat. Die Männer aus dem anderen Zelt kommen zu uns heraus. Wir lächeln uns einfältig an. »Frühlingsschnee«, sage ich, »der letzte Schnee des Jahres.« Sie nicken. Ein Pferd, das sich ganz in der Nähe schüttelt, erschreckt uns.

In der Wärme des eingeschneiten Zelts schlafe ich wieder mit ihr. Sie ist passiv, passt sich mir an. Als wir anfangen, bin ich sicher, dass es die rechte Zeit ist; ich umarme sie mit größtem Vergnügen und voller Kraft; aber mittendrin verliere ich offenbar die Verbindung zu ihr, und der Akt erschöpft sich. Meine Intuitionen sind offensichtlich trügerisch. Trotzdem schlägt mein Herz weiter mit liebevoller Zuneigung für dieses Mädchen, das so flink in meiner Armbeuge einschläft. Es wird ein anderes Mal geben, und falls nicht, macht es mir auch nichts aus, glaube ich.

Eine Stimme ruft durch den Schlitz des Zelteingangs: »Sie müssen aufwachen, Herr!«

Benommen wird mir klar, dass ich verschlafen habe. Es ist die Stille, denke ich bei mir – als wären wir in eine Flaute geraten.

Ich krieche aus dem Zelt ans Tageslicht. »Sehen Sie, Herr!«, sagt der Mann, der mich geweckt hat, und zeigt nach Nordosten. »Ein Unwetter kommt auf uns zu!«

Über die verschneite Ebene kommt eine gigantische schwarze Woge auf uns zugerollt. Sie ist noch einige Meilen entfernt, doch man kann sehen, wie sie beim Näherkommen die Erde verschlingt. Ihr Kamm ist in den finsteren Wolken verborgen. »Ein Sturm!«, schreie ich. Noch nie habe ich etwas so Furchterregendes gesehen. Die Männer beeilen sich, ihr Zelt abzubrechen. »Holt die Pferde her, pflockt sie hier in der Mitte an!« Die ersten Böen erreichen uns schon, der Schnee beginnt zu wirbeln und zu fliegen.

Das Mädchen stützt sich neben mir auf ihre Stöcke. »Kannst du es sehen?«, frage ich. Angestrengt schaut sie auf ihre seltsame Art und nickt. Die Männer machen sich daran, das zweite Zelt abzubrechen. »Der Schnee war also doch kein gutes Zeichen!« Sie antwortet nicht. Obwohl ich weiß, dass ich helfen sollte, kann ich die Augen nicht losreißen von der großen schwarzen Wand, die mit der Geschwindigkeit eines galoppierenden Pferdes auf uns zu getobt kommt. Der Wind wird noch stärker, wirft uns fast um; in unseren Ohren ist wieder das vertraute Heulen.

Ich raffe mich auf. »Schnell, schnell!«, rufe ich und klatsche in die Hände. Ein Mann kniet und schlägt die Zeltbahnen zusammen, rollt die Filzmatten auf und verstaut das Bettzeug; die anderen beiden holen die Pferde her. »Setz dich hin!«, rufe ich dem Mädchen zu und beeile mich, um beim Packen zu helfen. Die

Sturmwand ist nicht länger schwarz, sondern ein Chaos aus wirbelndem Sand und Schnee und Staub. Dann steigert sich der Wind urplötzlich zu einem Kreischen, die Mütze wird mir vom Kopf gerissen, und der Sturm packt uns. Ich werde auf den Rücken geworfen – nicht vom Wind, sondern von einem Pferd, das sich losreißt und mit angelegten Ohren und rollenden Augen umherirrt. »Fangt es ein!«, schreie ich. Meine Worte sind nur ein Flüstern, ich kann sie selbst nicht hören. Das Pferd verschwindet wie ein Phantom. Im selben Augenblick wird das Zelt hoch in die Luft gewirbelt. Ich werfe mich auf die zusammengerollten Filzmatten und halte sie am Boden, vor Wut auf mich stöhnend. Dann kämpfe ich mich zentimeterweise, auf Händen und Füßen kriechend und die Matten mit mir zerrend, zum Mädchen zurück. Es ist, als müsse man durch Wasser gegen den Strom kriechen. Die Augen, die Nase, der Mund sind schon voller Sand, ich ringe nach Luft.

Das Mädchen steht da und hat die Arme wie Flügel ausgebreitet und über die Hälse zweier Pferde gelegt. Sie scheint mit ihnen zu sprechen: obwohl die Augen der Tiere wild funkeln, stehen sie still.

»Unser Zelt ist fort!«, schreie ich ihr ins Ohr und reiße den Arm zum Himmel hoch. Sie wendet sich um; ihr Gesicht unter der Mütze ist in einen schwarzen Schal gewickelt; sogar die Augen sind bedeckt. »Zelt ist fort!«, schreie ich wieder. Sie nickt.

Fünf Stunden lang ducken wir uns hinter das aufgeschichtete Feuerholz und die Pferde, während der Wind uns mit Schnee, Eis, Regen, Sand und kleinen

Steinchen peitscht. Die Kälte dringt schmerzhaft bis ins Mark. Die dem Wind zugekehrten Flanken der Pferde sind mit einer Eisschicht überzogen. Wir drängen uns aneinander, Mensch und Tier, teilen unsere Wärme, versuchen auszuharren.

Dann legt sich der Wind mittags so plötzlich, als wäre irgendwo ein Tor geschlossen worden. Uns klingen die Ohren in der ungewohnten Stille. Wir sollten unsere gefühllosen Glieder bewegen, uns abklopfen, die Tiere beladen, irgendetwas tun, um das Blut in unseren Adern wieder in Bewegung zu bringen, aber wir wollen nur noch etwas länger in unserem Nest hocken. Eine unheilvolle Lethargie! Meine Stimme kommt krächzend aus meiner Kehle: »Los, Männer, wir wollen aufladen.«

Buckel im Sand zeigen an, wo unser im Stich gelassenes Gepäck vergraben liegt. Wir suchen in Windrichtung nach dem verlorenen Zelt, können aber nichts entdecken. Wir helfen den Pferden, mit knackenden Gelenken auf die Beine zu kommen, und beladen sie. Die Kälte des Sturms ist nichts verglichen mit der Kälte danach, die sich wie ein eisiges Sargtuch auf uns legt. Unser Atem wird zu Raureif, wir zittern in unseren Stiefeln. Nach drei unsicheren, schwankenden Schritten setzt sich das vorderste Pferd auf die Hinterhand. Wir werfen das Feuerholz, das es trägt, weg, helfen ihm mit einem Stock auf, peitschen es weiter. Ich verfluche mich, nicht zum ersten Mal, dass ich mich in einer tückischen Jahreszeit mit einem unsicheren Führer auf eine harte Reise gemacht habe.

Der zehnte Tag: wärmere Luft, klarerer Himmel, ein milderer Wind. Wir trotten weiter über die Ebene, als unser Führer plötzlich schreit und auf etwas zeigt. »Die Berge!«, denke ich, und mein Herz hüpft. Aber was er sieht, sind nicht die Berge. Die Pünktchen in der Ferne, auf die er zeigt, sind Menschen, Reiter – das können nur Barbaren sein! Ich wende mich an das Mädchen, dessen unsicheres Reittier ich führe. »Wir sind fast da«, sage ich. »Da vorn sind Menschen, wir werden bald wissen, wer sie sind.« Der Druck der letzten Tage hebt sich von meinen Schultern. Ich setze mich an die Spitze, schlage ein schnelleres Tempo an und steuere auf die drei winzigen Gestalten in der Ferne zu.

Eine halbe Stunde lang bewegen wir uns zügig auf sie zu, bevor wir merken, dass wir nicht näher an sie herankommen. Wenn wir uns bewegen, bewegen auch sie sich. »Sie beachten uns nicht«, denke ich und überlege, ob man ein Feuer anzünden sollte. Aber wenn ich Halt gebiete, scheinen die drei Pünktchen auch anzuhalten; wenn wir weitermarschieren, setzen auch sie sich in Bewegung. »Sind das Spiegelungen von uns, täuscht das Licht etwas vor?«, frage ich mich. Wir können den Abstand nicht aufholen. Wie lange folgen sie uns schon? Oder glauben sie, wir würden sie verfolgen?

»Halt, es hat keinen Sinn, ihnen hinterherzulaufen«, sage ich zu den Männern. »Probieren wir doch mal, ob sie einen von uns allein heranlassen.« Ich steige also auf das Reitpferd des Mädchens und reite allein auf die Fremden zu. Eine kleine Weile scheinen sie still zu stehen, zu beobachten und abzuwarten. Dann weichen sie allmählich zurück, sie flimmern am Rand des Staubnebels. Obwohl ich mein Pferd antreibe, ist es zu schwach, um mehr als einen wackligen Trott zustande zu bringen. Ich gebe die Verfolgung auf, steige ab und warte, bis meine Gefährten heran sind.

Um die Kraft unserer Pferde zu erhalten, haben wir unsere Märsche immer mehr verkürzt. An diesem Nachmittag bewegen wir uns nicht weiter als sechs Meilen über festes flaches Terrain, die drei Reiter immer gerade noch in Sichtweite vor uns, bevor wir das Lager aufschlagen. Die Pferde können eine Stunde auf dem kümmerlichen Stoppelgras, das sie vielleicht finden, weiden; dann binden wir sie dicht beim Zelt an und stellen eine Wache auf. Die Nacht bricht herein, die Sterne zeigen sich an einem dunstigen Himmel. Wir lagern am Feuer und genießen seine Wärme, kosten das Schmerzen müder Glieder aus und zögern, uns im einzigen Zelt zusammenzudrängen. Als ich angestrengt nach Norden blicke, kann ich schwören, dass ich das Flackern eines anderen Feuers sehen kann; aber als ich es den anderen zeigen will, ist die Nacht undurchdringlich schwarz.

Die drei Männer erklären sich bereit, im Freien zu schlafen und abwechselnd Wache zu schieben. Ich bin gerührt. »In ein paar Tagen«, sage ich, »wenn es wärmer ist.« Wir schlafen unruhig, vier Körper in einem Zelt zusammengepfercht, das für zwei gedacht ist, und das Mädchen liegt sittsam ganz außen.

Vor der Dämmerung bin ich auf und schaue angestrengt nach Norden. Als die Rosa- und Fliederfarben des Sonnenaufgangs zu Gold werden, tauchen die Pünktchen wieder auf der sonst leeren Ebene auf, keine drei von ihnen, sondern acht, neun, zehn, vielleicht zwölf.

Mit einer Stange und einem weißen Leinenhemd mache ich eine Fahne und reite auf die Fremden zu. Der Wind hat sich gelegt, die Luft ist klar, ich zähle, während ich reite: zwölf winzige Gestalten neben einer Anhöhe, und weit hinter ihnen eine geisterhaft schwache Andeutung vom Blau der Berge. Dann, als ich noch beobachte, beginnen sich die Gestalten zu bewegen. Sie formieren sich zu einer Reihe und klettern wie Ameisen auf die Anhöhe. Oben angekommen, machen sie Halt. Aufgewirbelter Staub verbirgt sie, dann tauchen sie wieder auf: zwölf Reiter am Horizont. Ich trotte weiter, die weiße Fahne flattert über meiner Schulter. Obwohl ich die Anhöhe im Blick behalte, verpasse ich den Moment, wo sie verschwinden.

»Wir dürfen sie einfach nicht beachten«, sage ich meiner Truppe. Wir packen um und setzen uns wieder in Richtung der Berge in Bewegung. Obwohl die Traglasten mit jedem Tag leichter werden, tut es uns im Herzen weh, dass wir die abgemagerten Tiere vorwärtspeitschen müssen.

Bei dem Mädchen haben Blutungen eingesetzt, ihre monatliche Periode ist da. Sie kann es nicht verbergen, sie hat keine Intimsphäre, es gibt nicht den kleinsten Busch, hinter den sie sich ducken könnte. Sie ist verstimmt und die Männer auch. Es ist die alte Geschichte:

die Regelblutung einer Frau ist ein schlechtes Omen, schlecht für die Ernte, schlecht für die Jagd, schlecht für die Pferde. Sie werden mürrisch; sie wollen sie von den Pferden trennen, was nicht möglich ist, sie wollen nicht, dass sie ihr Essen anfasst. Voller Scham hält sie sich den ganzen Tag abseits und kommt zum Abendessen nicht zu uns. Nachdem ich fertig gegessen habe, bringe ich eine Schüssel Bohnen und Klöße zum Zelt, wo sie sitzt.

»Du solltest mich nicht bedienen«, sagt sie. »Ich sollte eigentlich nicht einmal im Zelt sein. Aber man kann sonst nirgends hin.« Sie nimmt ihren Ausschluss fraglos hin.

»Mach dir nichts draus«, sage ich zu ihr. Ich berühre mit der Hand ihre Wange, setze mich eine Weile hin und schaue ihr beim Essen zu.

Es ist sinnlos, die Männer dazu bringen zu wollen, im Zelt mit ihr zu schlafen. Sie schlafen draußen, unterhalten das Feuer und wechseln sich mit der Wache ab. Am Morgen veranstalte ich um ihretwillen eine kurze Reinigungszeremonie mit dem Mädchen (denn ich bin unrein geworden, weil ich in ihrem Bett geschlafen habe): mit einem Stock zeichne ich eine Linie in den Sand, führe sie darüber, wasche ihre und meine Hände, dann führe ich sie wieder über die Linie in das Lager zurück. »Dasselbe wirst du morgen früh wieder machen müssen«, sagt sie leise. In den zwölf Tagen unterwegs sind wir uns näher gekommen als in den Monaten des Zusammenlebens in einer Wohnung.

Wir haben die Ausläufer des Gebirges erreicht. Die fremden Reiter arbeiten sich weit vor uns das gewundene Bett eines ausgetrockneten Flusses hinauf. Wir haben den Versuch aufgegeben, sie einzuholen. Wir verstehen jetzt, dass sie uns, indem sie uns begleiten, auch führen.

Als das Gelände felsiger wird, kommen wir immer langsamer vorwärts. Wenn wir Rast machen oder die Fremden bei den Windungen des Flussbetts aus den Augen verlieren, haben wir keine Angst, dass sie verschwinden könnten.

Als wir dann einen Höhenrücken erklimmen, uns damit abmühen, die Pferde zum Weitergehen zu bewegen, indem wir sie ziehen und schieben, stehen wir ganz unvermittelt vor ihnen. Hinter den Felsen tauchen sie aus einer versteckten Schlucht auf, Reiter auf zerzausten Ponys, zwölf oder mehr, in Schafsledermäntel und -mützen gekleidet, mit braunen Gesichtern, wettergegerbt, schlitzäugig, leibhaftige Barbaren auf heimischem Boden. Ich bin nahe genug, dass ich sie von meinem Standort aus riechen kann: Pferdeschweiß, Rauch, halb gegerbtes Leder. Einer der Männer richtet eine uralte Muskete auf meine Brust. Die Feuerwaffe ist fast mannslang und unmittelbar hinter der Mündung ist ein zweibeiniger Ständer befestigt. Mein Herz setzt aus. »Nein«, flüstere ich; mit außerordentlicher Vorsicht lasse ich die Zügel des Pferdes, das ich führe, fallen und weise leere Hände vor. Genauso langsam drehe ich mich um, nehme die Zügel auf und führe, auf dem Geröll rutschend und gleitend, das Pferd die dreißig Schritte zum Fuß der Anhöhe hinunter, wo meine Kameraden warten.

Die Barbaren stehen über uns, ihre Konturen zeichnen sich gegen den Himmel ab. Da ist das Pochen meines Herzens, das Schnaufen der Pferde, das Klagen des Winds und kein anderer Laut. Wir haben die Grenzen des Reichs überquert. Dieser Moment wiegt schwer.

Ich helfe dem Mädchen vom Pferd. »Hör gut zu«, sage ich. »Ich werde dich den Hang hochführen, und du kannst mit ihnen sprechen. Nimm deine Stöcke mit, der Boden ist voller Geröll, es gibt keinen anderen Weg hinauf. Wenn du mit ihnen gesprochen hast, kannst du entscheiden, was du tun willst. Wenn du mit ihnen gehen willst, wenn sie dich zu deiner Familie zurückbringen, dann geh mit ihnen. Verstehst du mich? Ich zwinge dich nicht.«

Sie nickt. Sie ist sehr nervös.

Den Arm um sie gelegt, helfe ich ihr den steinigen Hang hoch. Die Barbaren rühren sich nicht. Ich zähle drei von den langläufigen Musketen; sonst führen sie die kurzen Bogen bei sich, die mir vertraut sind. Als wir oben ankommen, weichen sie etwas zurück.

»Kannst du sie sehen?«, frage ich keuchend.

Sie dreht den Kopf in der merkwürdig unmotivierten Art. »Nicht gut«, sagt sie.

»Blind – wie heißt das Wort für blind?«

Sie sagt es mir. Ich spreche die Barbaren an. »Blind«, sage ich und berühre meine Augenlider. Sie reagieren nicht. Die zwischen den Ohren des Ponys ruhende Feuerwaffe zeigt noch immer auf mich. Die Augen ihres Besitzers glänzen froh. Die Stille dehnt sich.

»Sprich mit ihnen«, sage ich ihr. »Sage ihnen, warum

wir hier sind. Erzähle ihnen deine Geschichte. Erzähle ihnen die Wahrheit.«

Sie blickt mich von der Seite an und bedenkt mich mit einem kleinen Lächeln. »Soll ich wirklich die Wahrheit erzählen?«

»Erzähl ihnen die Wahrheit. Was sonst?«

Das Lächeln verschwindet nicht von ihren Lippen. Sie schüttelt den Kopf und schweigt.

»Erzähl ihnen, was du willst. Nur möchte ich dich jetzt, wo ich dich zurückgebracht habe, so weit ich konnte, klar und deutlich bitten, mit mir in die Stadt zurückzukehren. Aus freien Stücken.« Ich packe sie beim Arm. »Verstehst du mich? Das ist, was ich wünsche.«

»Warum?« Das Wort fällt mit tödlicher Sanftheit von ihren Lippen. Sie weiß, dass es mich verwirrt, mich von Anfang an verwirrt hat. Der Mann mit dem Gewehr kommt langsam näher, bis er uns fast erreicht hat. Sie schüttelt den Kopf. »Nein. Ich möchte nicht dorthin zurück.«

Ich klettere den Hang hinunter. »Macht ein Feuer an, kocht Tee, wir machen hier Halt«, sage ich den Männern. Von oben herab dringt wie ein Wasserfall der leise Redefluss des Mädchens zu mir, unterbrochen von Windböen. Sie lehnt auf ihren beiden Stöcken, die Reiter steigen ab und drängen sich um sie. Ich kann kein Wort verstehen. »Was für eine Verschwendung«, denke ich: »sie hätte mir an den langen untätigen Winterabenden ihre Sprache beibringen können! Jetzt ist es zu spät.«

Aus meiner Satteltasche hole ich die beiden Silberplatten, die ich durch die Wüste mitgeschleppt habe. Ich nehme den Seidenballen aus seiner Hülle. »Das möchte ich dir schenken«, sage ich. Ich führe ihre Hand, damit sie die Weichheit der Seide fühlen kann und die ziselierten Verzierungen auf den Platten – Fische und Blätter miteinander verflochten. Ich habe auch ihr kleines Bündel mitgebracht. Was es enthält, weiß ich nicht. Ich lege es auf den Boden. »Werden sie dich in die Heimat bringen?«

Sie nickt. »Im Hochsommer, hat er gesagt. Er hat gesagt, er will auch ein Pferd. Für mich.«

»Sag ihm, wir haben einen langen harten Weg vor uns. Unsere Pferde sind in schlechtem Zustand, wie er selbst sehen kann. Frage, ob wir nicht stattdessen von ihnen Pferde kaufen können. Sage, dass wir in Silber bezahlen.«

Sie übersetzt für den Alten, während ich warte. Seine Gefährten sind abgestiegen, doch er sitzt immer noch auf seinem Pferd und hat das riesige alte Gewehr an seinem Riemen über dem Rücken hängen. Steigbügel, Sattel, Zaum, Zügel: kein Metall, sondern Knochen und feuergehärtetes Holz, mit Darm zusammengenäht, mit Riemen festgebunden. Die Körper in Wolle und Tierhäute gekleidet und von Kindesbeinen an mit Fleisch und Milch ernährt, sie wissen nicht, wie angenehm sich Baumwolle anfühlt; die Vorzüge der milden Früchte von Feld und Garten kennen sie nicht – das also ist das Volk, das durch die Ausdehnung des Reichs aus den Ebenen vertrieben und in die Berge gedrängt wird. Nie zuvor bin ich Nordleuten auf ihrem eigenen Boden auf gleichberechtigter Basis begegnet; die Barbaren, die ich kenne, sind die Besucher der Oase, die zu Tauschgeschäften kommen, und die paar, die am Fluss lagern, und Jolls unglückliche Gefangene. Was für ein Ereignis und gleichzeitig welche Schande, heute hier zu sein! Eines Tages werden meine Nachfolger die Gebrauchsgegenstände dieser Menschen sammeln, Pfeilspitzen, geschnitzte Messergriffe, Holzschalen, um sie neben meinen Vogeleiern und kalligraphischen Rätseln auszustellen. Und hier kitte ich die Beziehungen zwischen den Menschen der Zukunft und den Menschen der Vergangenheit und gebe unter Entschuldigungen einen Körper zurück, den wir ausgesaugt haben – ein Vermittler, ein Schakal des Reichs im Schafskleid!

»Er sagt nein.«

Ich hole einen der kleinen Silberbarren aus meiner Tasche und halte ihm den hin. »Sag, das ist für ein Pferd.«

Er beugt sich herab, nimmt den glänzenden Barren und beißt vorsichtig darauf; dann lässt er ihn in seinem Mantel verschwinden.

»Er sagt nein. Das Silber ist für das Pferd, das er nicht nimmt. Er nimmt mein Pferd nicht, dafür nimmt er das Silber.«

Ich verliere fast die Geduld; aber was bringt es, wenn ich feilsche? Sie geht, sie ist fast schon fort. Das ist die letzte Gelegenheit, ihr gegenüberzustehen und sie anzusehen, die Regungen meines Herzens zu prüfen, die letzte Gelegenheit für den Versuch zu verstehen, wer sie wirklich ist; ich weiß, danach werde ich anfangen, sie aus meinem Repertoire von Erinnerungen nach meinen fragwürdigen Bedürfnissen umzuformen. Ich berühre ihre Wange, nehme ihre Hand. Auf diesem tristen Hang mitten am Vormittag kann ich in mir keine Spur des dumpfen Triebs entdecken, der mich Nacht für Nacht zu ihrem Körper zog, nicht einmal eine Spur der kameradschaftlichen Zuneigung, die es während der Reise gab. Da ist nur eine große Leere und Verzweiflung, dass es so sein muss. Als ich ihre Hand fester drücke, kommt keine Erwiderung. Ich sehe nur zu deutlich, was ich sehe: ein gedrungenes Mädchen mit breitem Mund und Ponyfrisur, das über meine Schulter in den Himmel starrt; eine Fremde; Besucherin aus fernen Gegenden, die jetzt auf der Heimreise ist, nach einem alles andere als glücklichen Besuch. »Leb wohl«, sage ich. »Leb wohl«, sagt sie. In ihrer Stimme ist nicht mehr Leben als in meiner. Ich steige langsam den Hang hinunter; als ich unten angekommen bin, haben sie ihr die Stöcke abgenommen und helfen ihr auf ein Pony.

Soweit man das überhaupt mit Sicherheit sagen kann, ist der Frühling da. Die Luft ist mild, die grünen Spitzen junger Gräser zeigen sich hier und da, Wüstenwachteln stieben vor uns auf und fliehen. Wenn wir erst jetzt statt vor zwei Wochen von der Oase aufbrechen würden, würden wir schneller vorankommen und nicht unser Leben riskieren. Würden wir dann aber soviel Glück haben, die Barbaren zu finden? Ich bin mir sicher, genau heute brechen sie ihre Zelte ab, packen ihre Karren, treiben ihre Herden für die Frühjahrswanderung zusammen. Es war nicht verkehrt von mir, das Wagnis aufzunehmen, obwohl ich weiß, dass die Männer mir Vorwürfe machen. (»Uns im Winter hier rauszubringen!«, sagen sie sich wohl. »Wir hätten nie zustimmen sollen!« Und was müssen sie jetzt denken, wo sie mitbekommen haben, dass sie nicht in diplomatischer Mission mit mir zu den Barbaren unterwegs waren, wie ich angedeutet hatte, sondern nur als Geleitschutz für eine Frau, für eine zurückgelassene Barbarengefangene, eine unbedeutende Person, für die Nutte des Magistrats?)

Wir versuchen, den Weg, den wir gekommen sind, so genau wie möglich zurückzuverfolgen, und verlassen uns auf die Sterne, deren Konstellation ich vorsichtshalber festgehalten habe. Wir haben Rückenwind, das Wetter ist wärmer, die Lasten der Pferde sind leichter, wir wissen, wo wir sind, es gibt keinen Grund, weshalb wir nicht schnell vorwärtskommen sollten. Aber bei der ersten Nachtrast gibt es einen Rückschlag. Ich werde ans Lagerfeuer gerufen, wo einer der jungen Soldaten niedergeschlagen mit dem Gesicht in den Händen hockt. Die Stiefel hat er ausgezogen, die Fußlappen abgewickelt.

»Schauen Sie sich seinen Fuß an, Herr«, sagt unser Führer.

Der rechte Fuß ist geschwollen und entzündet. »Was

ist los?«, frage ich den jungen Mann. Er hebt den Fuß und zeigt mir eine blut- und eiterverkrustete Ferse. Noch durch den Gestank der schmutzigen Fußlappen hindurch nehme ich Fäulnisgeruch wahr.

»Wie lang ist dein Fuß schon so?«, schreie ich. Er verbirgt sein Gesicht. »Warum hast du nichts gesagt? Habe ich euch allen nicht eingeschärft, dass ihr die Füße sauber halten sollt, dass ihr jeden zweiten Tag die Fußlappen wechseln und sie waschen sollt, dass ihr Salbe auf Blasen tun und sie verbinden sollt? Das war nicht umsonst gesagt! Wie willst du mit einem Fuß in diesem Zustand reisen?«

Der junge Mann sagt nichts. »Er wollte uns nicht aufhalten«, flüstert sein Freund.

»Er wollte uns nicht aufhalten, aber nun müssen wir ihn den ganzen Rückweg schleppen!«, schreie ich. »Kocht Wasser ab, seht zu, dass er seinen Fuß säubert und verbindet!«

Ich habe Recht gehabt. Als sie ihm am nächsten Morgen beim Anziehen der Schuhe helfen wollen, kann er seine Qualen nicht verbergen. Mit einem Sack um den verbundenen Fuß gewickelt und dort festgebunden kann er bei leichterem Terrain humpeln; aber zum größten Teil muss er reiten.

Wir werden alle froh sein, wenn die Reise vorüber ist. Wir haben uns satt.

Am vierten Tag erreichen wir das Bett des toten Sees und folgen ihm etliche Meilen nach Südosten, bis wir an unserem alten Wasserloch mit seiner Gruppe kahler Pappelstämme ankommen. Dort rasten wir einen Tag lang und sammeln Kräfte für die schlimmste Strecke. Wir backen einen Vorrat an Fladen und kochen den letzten Topf Bohnen zu einem Brei.

Ich halte mich abseits. Die Männer sprechen leise miteinander und verstummen, wenn ich näher komme. Die ganze frühere Erregung ist heraus aus der Expedition, nicht nur weil der Höhepunkt so enttäuschend gewesen ist – ein Palaver in der Wüste, und dann kehrt marsch! –, sondern weil die Gegenwart des Mädchens die Männer zu Imponiergehabe angespornt hat, zu brüderlicher Rivalität, die jetzt verkommen ist zu missmutiger Gereiztheit, die sich wohl oder übel gegen mich richtet, weil ich sie auf eine riskante Tour mitgenommen habe; sie richtet sich auch gegen die Pferde wegen ihrer Widerspenstigkeit, gegen den Kameraden mit dem schlimmen Fuß, weil er sie aufhält, gegen die höllisch schwere Ausrüstung, die sie tragen müssen, sogar gegen sich selbst. Ich gehe mit gutem Beispiel voran und breite meine Bettrolle neben dem Feuer unter den Sternen aus, weil ich die Kälte draußen der erstickenden Wärme eines Zeltes mit drei übellaunigen Männern vorziehe. Am nächsten Abend will keiner das Zelt aufbauen, und wir schlafen alle im Freien.

Am siebenten Tag kämpfen wir uns durch die Salzwüste. Wir verlieren ein weiteres Pferd. Die Männer sind der ewigen Bohnen und Fladen überdrüssig und fragen, ob sie es schlachten und essen dürfen. Ich erlaube es, beteilige mich aber nicht daran. »Ich gehe mit den Pferden voraus«, sage ich. Sollen sie sich doch am Festessen gütlich tun. Ich will sie nicht hindern, sich vorzustellen, dass es meine Kehle ist, die sie durchschneiden, meine Eingeweide, die sie herausreißen, meine Knochen, die sie zerbrechen. Vielleicht sind sie danach freundlicher.

Sehnsüchtig denke ich an die vertraute Routine meiner Pflichten, an den nahenden Sommer, die langen verträumten Siestas, Gespräche mit Freunden in der Dämmerung unter den Walnussbäumen, wenn Jungen Tee und Limonade bringen und die begehrten Mädchen in ihrem Sonntagsstaat zu zweit oder zu dritt vor uns auf dem Platz auf und ab spazieren. Es sind nur wenige Tage her, dass ich mich von dem anderen Mädchen getrennt habe, und schon erstarrt sein Gesicht in meinem Gedächtnis, wird trüb, undurchdringlich, als überzöge es sich mit einem Panzer. Als ich über das Salz stapfe, ertappe ich mich dabei, wie ich mich wundere, dass ich einen Menschen aus einem so entlegenen Königreich lieben konnte. Jetzt will ich nur noch ein bequemes Leben in einer vertrauten Welt, ich will in meinem eigenen Bett sterben und meine alten Freunde sollen mich zu Grabe tragen.

Schon aus einer Entfernung von zehn Meilen können wir die am Horizont aufragenden Wachttürme erkennen; während wir noch auf dem Pfad am Südufer des Sees sind, tritt das Ocker der Mauern aus dem Grau des Wüstenhintergrunds hervor. Ich schaue mich nach den Männern hinter mir um. Auch sie schreiten schneller aus, sie können ihre Aufregung kaum verbergen. Seit drei Wochen haben wir nicht gebadet oder unsere Sachen gewechselt, wir stinken, unsere Haut ist ausgedörrt und schwarz gefurcht, gegerbt von Wind und Sonne, wir sind erschöpft, doch wir marschieren wie Männer, sogar der Junge, der jetzt auf seinem bandagierten Fuß daherhumpelt, hat die Brust herausgedrückt. Es hätte schlimmer kommen können: es hätte vielleicht besser ablaufen können, aber es hätte schlimmer kommen können. Selbst die Pferde, deren Bäuche vom Sumpfgras aufgedunsen sind, werden wieder munter.

Auf den Feldern zeigen sich die ersten grünen Halme. Die dünnen Töne einer Trompete dringen an unser Ohr; die Reiter des Begrüßungstrupps kommen aus den Toren, die Sonne blitzt auf ihren Helmen. Wir sehen wie Vogelscheuchen aus – es wäre besser gewesen, wenn ich den Männer befohlen hätte, für die letzten paar Meilen ihre Rüstung anzulegen. Ich beobachte, wie die Reiter auf uns zukommen, und erwarte, dass sie jeden Moment in Galopp fallen, Freudenschüsse abgeben und schreien. Aber ihr Verhalten bleibt nüchtern, sie sind überhaupt kein Begrüßungstrupp, merke ich allmählich, keine Kinder laufen hinter ihnen her – der Trupp teilt sich und umzingelt uns, kein Gesicht ist dabei, das ich kenne, ihre Augen sind hart, sie beantworten meine Fragen nicht, sondern führen uns wie Gefangene durch das offene Tor in die Stadt. Erst als wir auf dem Platz ankommen und die Zelte sehen und den Radau hören, verstehen wir: die Armee ist da, der angekündigte Feldzug gegen die Barbaren ist im Gang.

IV

An meinem Schreibtisch in der Amtsstube hinter dem Gerichtssaal sitzt ein Mann. Ich habe ihn nie zuvor gesehen, aber die Abzeichen auf seiner fliederblauen Uniformjacke sagen mir, dass er Angehöriger der Abteilung III der Staatspolizei ist. Neben seinem Ellbogen liegt ein Stapel brauner Aktenmappen, die mit rosa Band zusammengebunden sind; eine liegt geöffnet vor ihm. Ich erkenne die Mappen: sie enthalten Steuerunterlagen von vor fünfzig Jahren. Ist es möglich, dass er sie kontrolliert? Wonach sucht er? Ich sage: »Kann ich Ihnen irgendwie behilflich sein?«

Er beachtet mich nicht, und die zwei steifen Soldaten, die mich bewachen, könnten ebenso gut aus Holz sein. Ich bin weit entfernt davon, mich zu beklagen. Nach den Wochen in der Wüste bedeutet es keine Härte, müßig herumzustehen. Außerdem spüre ich ganz von fern den Hauch eines Triumphgefühls bei der Aussicht, dass die falsche Freundschaft zwischen mir und der Abteilung III ihr Ende finden könnte.

»Kann ich Oberst Joll sprechen?«, frage ich. Ich klopfe auf den Busch – wer sagt denn, dass Joll zurückgekommen ist?

Er antwortet nicht und tut weiter so, als studiere er

die Akten. Ein gut aussehender Mann, mit ebenmäßigen weißen Zähnen und schönen blauen Augen. Aber eitel, denke ich. Ich male mir aus, wie er sich neben einem Mädchen im Bett aufsetzt, seine Muskeln für sie spielen lässt, sich an ihrer Bewunderung weidet. Die Art Mann, der seinen Körper wie eine Maschine antreibt, stelle ich mir vor, völlig ahnungslos, dass er seinen eigenen Rhythmus hat. Wenn er mich ansieht, was er gleich tun wird, wird er durch dieses hübsche, unbewegliche Gesicht und diese klaren Augen wie ein Schauspieler durch eine Maske schauen.

Er blickt vom Blatt vor sich auf. Es ist genau, wie ich mir dachte. »Wo sind Sie gewesen?«, fragt er.

»Ich war auf einer langen Reise. Es schmerzt mich, dass ich bei Ihrer Ankunft nicht hier gewesen bin, um Sie gastfreundlich zu begrüßen. Aber jetzt bin ich wieder da, und alles, was mir gehört, steht Ihnen zur Verfügung.«

Seine Abzeichen weisen ihn als Leutnant aus. Leutnant in der Abteilung III – was bedeutet das? Schätzungsweise fünf Jahre, in denen er Leute schlägt und in den Hintern tritt; Verachtung für die reguläre Polizei und für den normalen Gang des Gesetzes; Verabscheuung der verbindlichen bürgerlichen Redeweise, wie ich sie pflege. Aber vielleicht tue ich ihm Unrecht – ich bin schon lange weg aus der Hauptstadt.

»Sie haben landesverräterischen Feindkontakt gehabt«, sagt er.

Jetzt ist es also heraus. »Landesverräterischer Feindkontakt« – eine Phrase aus einem Buch.

»Hier herrscht Frieden«, sage ich, »wir haben keine Feinde.« Schweigen. »Wenn ich mich nicht irre«, sage ich. »Wenn nicht wir der Feind sind.«

Ich bin nicht sicher, dass er mich versteht. »Die Eingeborenen sind im Krieg mit uns«, sagt er. Ich bezweifle, dass er je in seinem Leben einen Barbaren zu Gesicht bekommen hat. »Warum haben Sie Kontakt mit ihnen gehabt? Wer hat Ihnen erlaubt, Ihren Posten zu verlassen?«

Ich tue die Provokation mit einem Schulterzucken ab. »Es ist eine Privatsache«, sage ich. »Das müssen Sie mir glauben. Ich will nicht darüber sprechen. Ich will nur soviel sagen, dass der Posten eines Bezirksmagistrats nicht verlassen werden kann wie ein Wachposten.«

Mein Gang ist beschwingt, als ich zwischen meinen beiden Wärtern zum Gefängnis abgeführt werde. »Ich hoffe, Sie werden mir gestatten, mich zu waschen«, sage ich, aber sie reagieren nicht.

Ich kenne den Grund für meine freudige Erregung: mein Bündnis mit den Wächtern des Reichs existiert nicht mehr, ich habe mich in Opposition begeben, die Fesseln sind zerrissen, ich bin ein freier Mann. Wer würde da nicht lächeln? Doch was für eine gefährliche Freude! Ganz so leicht ist Erlösung wohl nicht zu erlangen. Und steckt irgendein Prinzip hinter meiner Opposition? Bin ich nicht einfach zu einer Reaktion provoziert worden, weil ich mit ansehen musste, wie einer der neuen Barbaren meinen Schreibtisch usurpierte und sich an meinen Dokumenten zu schaffen machte? Und diese Freiheit, die ich dabei bin wegzuwerfen, welchen

Wert hat sie denn für mich? Habe ich mich wirklich der ungebundenen Freiheit des vergangenen Jahrs erfreut, in dem ich mehr denn je zuvor mein Leben selbst bestimmen konnte? Nehmen wir zum Beispiel meine Freiheit, aus dem Mädchen zu machen, wonach mir zumute war, Ehefrau oder Geliebte oder Tochter oder Sklavin, alles zugleich oder nichts von all dem, frei nach Lust und Laune, weil ich ihr gegenüber zu nichts verpflichtet war, außer wonach mir von einem Augenblick zum anderen zumute war – wer würde es nicht begrüßen, wenn er vom Druck einer solchen Freiheit durch das Gefängnis befreit würde? An meiner Opposition ist nichts Heroisches – ich will das keinen Moment vergessen.

Es ist derselbe Raum in der Kaserne, den sie im vergangenen Jahr für ihre Verhöre benutzt haben. Ich stehe da, während die Matten und Bettrollen der Soldaten, die hier geschlafen haben, herausgezogen und neben der Tür gestapelt werden. Meine eigenen drei Männer, noch schmutzig und abgerissen, tauchen aus der Küche auf und gaffen. »Was esst ihr da?«, schreie ich. »Bringt mir was, bevor sie mich einsperren!« Einer von ihnen kommt herübergetrottet mit seiner Schüssel voll heißem Hirsebrei. »Hier«, sagt er. Die Wächter bedeuten mir, hineinzugehen. »Einen Augenblick bitte«, sage ich, »erlauben Sie, dass er meine Bettrolle holt, dann werde ich Sie nicht mehr belästigen.« Sie warten, während ich in einem Flecken Sonnenlicht stehe und den Brei wie ein Verhungernder in mich hineinlöffele. Der Junge mit dem schlimmen Fuß steht mit einer

Schale Tee neben mir und lächelt. »Danke«, sage ich. »Hab keine Angst, euch werden sie nichts tun, ihr habt nur gemacht, was man euch befohlen hat.« Mit meiner Bettrolle und dem alten Bärenfell unter dem Arm gehe ich in meine Zelle. Die Rußflecken sind noch immer an der Wand, wo die Kohlenpfanne gestanden hat. Die Tür schließt sich, und es wird dunkel.

Ich schlafe den ganzen Tag und die ganze Nacht, und das Zuschlagen von Spitzhacken hinter der Mauer an meinem Kopf oder das ferne Rumpeln von Schubkarren und die Schreie der Arbeiter stören mich kaum. In meinen Träumen bin ich wieder in der Wüste, bewege mich mühevoll durch endlosen Raum auf ein unklares Ziel zu. Ich seufze und lecke mir die Lippen. »Was ist das für ein Lärm?«, frage ich den Wärter, als er mir Essen bringt. Sie reißen die Häuser ab, die an die Südmauer der Kaserne angebaut sind, sagt er mir – sie wollen die Kaserne erweitern und richtige Gefängniszellen bauen. »Ach ja«, sage ich, »es ist Zeit, dass die schwarze Blume der Zivilisation blüht.« Er versteht nicht.

Es gibt kein Fenster, nur oben in der Mauer ein Loch. Doch nach ein, zwei Tagen haben sich meine Augen an das Dunkel gewöhnt. Ich muss mich vor dem Licht schützen, wenn morgens und abends die Tür aufgerissen wird und ich zu essen bekomme. Die beste Stunde ist der frühe Morgen, wenn ich aufwache, daliege und den ersten Vögeln draußen lausche, den viereckigen Rauchabzug nicht aus den Augen lasse und auf den Moment warte, wo die Dunkelheit dem ersten taubengrauen Licht weicht.

Ich bekomme die gleichen Rationen wie die einfachen Soldaten. Jeden zweiten Tag wird das Kasernentor für eine Stunde zugesperrt, und man lässt mich zum Waschen und Hofgang hinaus. Stets drücken sich Gesichter ans Torgitter und verfolgen glotzend das Spektakel, das der Fall des einst Mächtigen bietet. Viele erkenne ich; aber keiner grüßt mich.

Nachts, wenn alles still ist, gehen die Schaben auf Erkundungstour. Ich höre, oder vielleicht bilde ich mir das nur ein, das Schwirren ihrer hornigen Flügeldecken, das Huschen ihrer Beine über den gefliesten Boden. Sie werden vom Gestank des Eimers in der Ecke angelockt, von den Krumen auf dem Boden; gewiss auch von diesem Fleischberg, der verschiedenartige Gerüche des Lebens und des Verfalls verströmt. Eines Nachts weckt mich der federleichte Tritt eines dieser Wesen, das mir über den Hals huscht. Danach fahre ich nachts oft hoch, zucke zusammen, bürste mich mit den Händen ab, spüre das eingebildete Tasten ihrer Fühler auf meinen Lippen, meinen Lidern. Aus solchen Anfängen entstehen Wahnvorstellungen: ich bin gewarnt.

Ich starre den ganzen Tag lang die leeren Wände an, weil ich nicht glauben kann, dass die Spuren der in diesen Mauern zugefügten Schmerzen und Demütigungen sich unter einem Blick, der eindringlich genug ist, nicht offenbaren werden; oder ich schließe die Augen und versuche, mein Gehör zu schärfen für die unendlich leisen Töne, die von den Schreien aller, die hier gelitten haben, stammen müssen und noch von Wand zu Wand widerhallen. Ich bete, dass der Tag kommt, an dem diese Mauern eingerissen werden und die ruhelosen Echos schließlich entweichen können; obwohl es schwer ist, das Geräusch von Ziegel auf Ziegel beim Mauern ganz in der Nähe zu ignorieren.

Sehnsüchtig erwarte ich jedes Mal den Hofgang, wenn ich den Wind im Gesicht und die Erde unter den Füßen spüren, andere Gesichter sehen und menschliche Rede hören kann. Nach zwei Tagen Einsamkeit erscheinen mir meine Lippen schlaff und nutzlos, meine eigene Rede ist mir fremd. Der Mensch wurde wahrhaftig nicht geschaffen, um allein zu sein! Unvernünftigerweise organisiere ich meinen Tag um die Stunden herum, an denen ich Essen bekomme. Ich schlinge mein Essen wie ein Wolf hinunter. Ein tierisches Leben verwandelt mich in ein Tier.

Trotzdem kann ich mich nur an den leeren Tagen, wenn ich völlig auf mich selbst gestellt bin, ernsthaft damit befassen, die in diesen Mauern gefangenen Geister der Männer und Frauen heraufzubeschwören, die nach einem Besuch hier kein Bedürfnis mehr hatten zu essen und nicht mehr ohne Hilfe gehen konnten.

Immer wird irgendwo ein Kind geschlagen. Ich denke an eine, die trotz ihres Alters noch ein Kind war; die hierher gebracht und vor den Augen ihres Vaters misshandelt wurde; die mit ansah, wie er vor ihr gedemütigt wurde, und sah, dass er wußte, was sie sah.

Oder vielleicht konnte sie da schon nicht mehr sehen und musste es auf andere Weise erfassen: zum Beispiel durch den Ton, den seine Stimme annahm, wenn er sie anflehte aufzuhören.

Stets kommt bei mir der Augenblick, wo ich vor den Details dessen, was sich hier abgespielt hat, zurückschrecke.

Danach hatte sie keinen Vater mehr. Ihr Vater hatte sich selbst ausgelöscht, er war ein toter Mann. An diesem Punkt, als sie sich vor ihm verschloss, muss es gewesen sein, dass er sich auf seine Vernehmer warf, wenn an ihrer Geschichte etwas dran ist, und sich wie ein wildes Tier an ihnen festkrallte, bis er niedergeknüppelt wurde.

Viele Stunden hintereinander sitze ich mit geschlossenen Augen mitten auf dem Boden im schwachen Tageslicht und versuche das Bild dieses Mannes, an den ich mich nur so schwach erinnern kann, heraufzubeschwören. Was ich sehe, ist nur eine Gestalt, genannt *Vater*, und sie könnte die Gestalt jeden Vaters sein, der weiß, dass sein Kind geschlagen wird, es aber nicht beschützen kann. Einem geliebten Menschen gegenüber kann er seine Pflicht nicht erfüllen. Er weiß, das wird ihm nie vergeben werden. Dieses Wissen der Väter, dieses Wissen, dass er sich schuldig macht, ist mehr, als er ertragen kann. Kein Wunder, dass er sterben wollte.

Ich habe dem Mädchen meinen Schutz gegeben, habe ihr auf meine zweideutige Art angeboten, ihr Vater zu sein. Aber ich bin zu spät gekommen – sie glaubte nicht mehr an Väter. Ich wollte das Rechte tun, ich wollte wiedergutmachen: diese anständige Regung will ich nicht bestreiten, wieviel fragwürdigere Motive auch dabei sein mochten – es muss immer einen Platz für Reue und Wiedergutmachung geben. Doch ich hätte nie erlauben sollen, dass man die Stadttore für Leute öffnet, die behaupten, es gäbe höhere Belange als die des menschlichen Anstands. Sie entblößten den Vater vor ihren Augen und ließen ihn vor Schmerz unartikuliert schreien; sie fügten ihr Schmerz zu, und er konnte sie nicht hindern (an einem Tag, an dem ich mich in meiner Amtsstube mit den Hauptbüchern beschäftigte). Danach war sie kein vollwertiger Mensch mehr, uns allen verschwistert. Gewisse Gefühle starben, gewisse Regungen des Herzens waren ihr nicht mehr möglich. Auch ich, wenn ich lange genug in dieser Zelle mit ihren Geistern lebe – nicht nur denen von Vater und Tochter, sondern auch dem Geist des Mannes, der selbst bei Lampenlicht die runden schwarzen Scheiben vor den Augen nicht entfernte, und dem des Gehilfen, der die Kohlenpfanne am Glühen halten musste –, werde dem schädlichen Einfluss erliegen und mich in ein Wesen verwandeln, das an nichts glaubt.

So kreise ich also weiter über der beharrlichen Gestalt des Mädchens und stoße auf sie nieder, werfe ein Netz der Bedeutung nach dem anderen über sie. Sie stützt sich auf ihre beiden Stöcke und richtet den verschleierten Blick nach oben. Was sieht sie? Die schützenden Schwingen eines Wächter-Albatros oder die schwarze Gestalt einer feigen Krähe, die sich nicht zuzuschlagen traut, solange die Beute noch atmet?

Obwohl die Wärter Befehl haben, sich auf kein Gespräch mit mir einzulassen, ist es nicht schwer, die Gesprächsfetzen, die ich bei meinen Hofgängen aufschnappe, zu einer zusammenhängenden Geschichte zusammenzufügen. Man spricht jetzt nur noch vom Feuer an den Flussufern. Vor fünf Tagen war es bloß ein dunklerer Fleck vor dem Dunstschleier im Nordwesten. Seitdem hat es sich langsam den Flusslauf hintergefressen, ist manchmal schwächer geworden, doch stets von neuem aufgeflammt und ist nun von der Stadt aus deutlich zu sehen als braune Rauchschwaden über dem Delta, wo der Fluss in den See mündet.

Ich kann erraten, was geschehen ist. Jemand ist zur Ansicht gelangt, dass die Flussufer den Barbaren zu viel Deckung bieten, dass der Fluss leichter zu verteidigen wäre, wenn man die Ufer roden würde. Da haben sie also den Busch angezündet. Weil der Wind von Norden weht, hat sich das Feuer über das ganze flache Tal ausgebreitet. Ich habe früher schon Buschfeuer gesehen. Das Feuer rast durchs Schilf, die Pappeln lodern wie Fackeln. Tiere, die schnell genug sind – Antilopen, Hasen, Raubkatzen –, fliehen; Vogelschwärme stieben panisch davon; alles andere wird vernichtet. Aber am Fluss gibt es so viele kahle Stellen, dass sich Feuer selten weiterfressen. Es ist also klar, diesmal muss ein Trupp dem Feuer flussabwärts folgen und für seinen Unterhalt sorgen. Es kümmert sie nicht, dass der Wind die Erde abtragen wird, wenn der Boden ohne Vegetation ist, und die Wüste vordringen wird. So also bereitet das Expeditionskorps seinen Feldzug gegen die

Barbaren vor, indem es die Erde verwüstet und unser Erbe sinnlos vernichtet.

Die Regale sind aufgeräumt, vom Staub befreit und poliert. Die Oberfläche des Schreibtisches glänzt kräftig, sie ist leer, bis auf eine Schale mit kleinen bunten Murmeln. Das Zimmer ist makellos sauber. Eine Vase mit Hibiskusblüten steht auf einem Tisch in der Ecke und füllt die Luft mit Duft. Auf dem Boden liegt ein neuer Teppich. Meine Amtsstube hat noch nie attraktiver ausgesehen.

Ich stehe in denselben Sachen, in denen ich die Reise gemacht habe, neben meinem Bewacher und warte; die Unterwäsche habe ich ein- oder zweimal gewaschen, aber mein Mantel riecht noch nach dem Rauch vom Lagerfeuer. Ich schaue dem Spiel des Sonnenlichts mit den Mandelblüten vor dem Fenster zu und bin zufrieden.

Nach einer langen Weile kommt er herein, wirft ein Bündel Papiere auf den Schreibtisch und setzt sich. Er starrt mich wortlos an. Er versucht, wenn auch etwas zu theatralisch, mich zu beeindrucken. Die sorgfältige Umgestaltung meiner Amtsstube, von einem unordentlichen und staubigen Zimmer zu einem Raum von leerer Aufgeräumtheit, die stolzierenden Schritte, mit denen er durch den Raum geht, die wohl überlegte Unverschämtheit, mit der er mich mustert, sollen alle eines sagen: nicht nur, dass er jetzt zu bestimmen hat (wie könnte ich das bestreiten?), sondern dass er weiß, wie er sich in einem Amtszimmer zu verhalten hat, dass er sogar eine funktionell elegante Note einzuführen versteht. Warum bin ich ihm diese Vorführung wert? Weil ich trotz meiner stinkenden Sachen und meines wilden Barts einer *alten Familie* entstamme, wie verachtenswert degeneriert ich hier am Ende der Welt auch bin? Hat er Angst davor, dass ich ihn verspotte, wenn er sich nicht mit einer Ausstattung wappnet, die er sich durch aufmerksames Studium der Amtszimmer seiner Vorgesetzten in der Abteilung III abgeschaut hat – da bin ich mir sicher. Er wird mir nicht glauben, wenn ich ihm sage, dass das keine Rolle spielt. Ich muss aufpassen, dass ich nicht schmunzele.

Er räuspert sich. »Ich lese Ihnen jetzt aus den Zeugenaussagen vor, die wir eingeholt haben, Magistrat«, sagt er, »damit Sie einen Eindruck von der Schwere der gegen Sie vorgebrachten Anklagepunkte haben.« Er winkt, und der Wachsoldat verlässt den Raum.

»Aus einer Aussage: ›Sein Verhalten als Beamter ließ viel zu wünschen übrig. Seine Entscheidungen waren von Willkür geprägt, Antragsteller mussten gelegentlich monatelang auf eine Anhörung warten, und seine Buchführung war unzuverlässig.‹« Er legt das Blatt hin. »Ich darf erwähnen, dass eine Überprüfung Ihrer Bücher bestätigt hat, dass es Unregelmäßigkeiten gegeben hat. ›Obwohl er der oberste Verwaltungsbeamte für den Bezirk war, hatte er ein Verhältnis mit einer Dirne, was ihn so in Anspruch nahm, dass er seine Pflichten vernachlässigte. Das Verhältnis schadete dem Ansehen der

Reichsverwaltung, weil die fragliche Frau von den gemeinen Soldaten frequentiert worden war und in zahlreichen obszönen Geschichten vorkam.‹ Die Geschichten will ich nicht wiedergeben.

Ich will Ihnen eine andere Aussage vorlesen. ›Am ersten März, vierzehn Tage vor Eintreffen des Expeditionskorps, befahl er mir und zwei weiteren Männern (die Namen folgen), uns sofort für eine lange Reise fertig zu machen. Wir waren überrascht, als wir feststellten, dass das Barbarenmädchen mit uns reisen sollte, aber wir stellten keine Fragen. Wir waren auch über die Hast der Vorbereitungen erstaunt. Wir begriffen nicht, warum wir nicht auf das Frühjahrstauwetter warten konnten. Erst nach unserer Rückkehr verstanden wir, dass er im Sinn gehabt hatte, die Barbaren vor dem bevorstehenden Feldzug zu warnen ... Wir nahmen ungefähr am achtzehnten März Verbindung zu den Barbaren auf. Er hatte lange Beratungen mit ihnen, von denen wir ausgeschlossen blieben. Ein Austausch von Geschenken fand auch statt. Zu dieser Zeit sprachen wir untereinander darüber, was wir tun würden, wenn er uns befehlen würde, zu den Barbaren überzugehen. Wir beschlossen, dass wir uns weigern und unseren Weg nach Hause selbst finden würden ... Das Mädchen kehrte zu ihren Leuten zurück. Er war vernarrt in sie, aber sie machte sich nichts aus ihm.‹

So.« Er legt die Blätter sorgfältig ab und glättet die Ecken. Ich schweige weiter. »Ich habe nur Auszüge vorgelesen. Damit Sie beurteilen können, wie die Sache aussieht. Es ist schlimm, wenn wir uns einschalten und die örtliche Verwaltung säubern müssen. Es gehört nicht einmal zu unseren Aufgaben.«

»Ich werde mich vor einem Gericht verteidigen.«

»Ach ja?«

Ihr Vorgehen wundert mich nicht. Ich kenne sehr gut das Gewicht, das Andeutungen und Nuancen bekommen können, oder wie eine Frage so gestellt werden kann, dass die Antwort schon vorgegeben ist. Sie werden das Gesetz gegen mich nutzen, soweit es ihrem Zweck dient, dann werden sie zu anderen Methoden übergehen. Das ist die Vorgehensweise der Abteilung III. Für Leute, die nicht dem Gesetz unterstehen, ist ein Gerichtsverfahren nur ein Instrument unter vielen.

Ich spreche. »Keiner würde es wagen, mir diese Dinge ins Gesicht zu sagen. Wer hat die erste Aussage gemacht?«

Er winkt ab und lehnt sich zurück. »Spielt keine Rolle. Sie werden Gelegenheit bekommen, darauf zu antworten.«

So betrachten wir einander in der Stille des Vormittags, bis er die Zeit für gekommen hält, in die Hände zu klatschen, damit mich der Wachsoldat wegbringt.

In der Einsamkeit meiner Zelle denke ich viel über ihn nach und versuche, seinen Hass zu verstehen, versuche, mich so zu sehen, wie er mich sieht. Ich denke über die Mühe nach, die er sich mit meinem Amtszimmer gemacht hat. Er wirft meine Papiere nicht einfach in die Ecke und legt seine Stiefel auf meinen Schreibtisch, sondern macht sich die Umstände, mir seine Auffassung von gutem Geschmack zu demonstrieren. Warum? Ein Mann mit der Taille eines Jungen und den muskulösen Armen eines Straßenkämpfers, in die fliederblaue Uniform gezwängt, die die Abteilung III für sich kreiert hat. Bestimmt eitel, gierig nach Lob. Ein unersättlicher Weiberheld, unbefriedigt, unbefriedigend. Dem man erzählt hat, er könne nur nach oben gelangen, wenn er über eine Leichenpyramide klettert. Der davon träumt, dass er mir eines Tages den Fuß auf die Kehle setzen und zudrücken wird. Und ich? Es fällt mir schwer, seinen Hass zu erwidern. Der Weg nach oben muss schwer sein für junge Männer ohne Geld, ohne Gönner, mit keiner nennenswerten Schulbildung, Männer, die genauso leicht zu Kriminellen wie zu Dienern des Reichs werden könnten (doch welchen besseren Dienstbereich könnten sie wählen als den der Abteilung III!).

Doch ich stecke die Demütigungen der Haft nicht so leicht weg. Wenn ich auf meiner Matte sitze und die drei Flecken an der Wand anstarre und merke, wie meine Gedanken zum tausendsten Mal zu den Fragen gleiten: *Warum sind sie in einer Reihe? Wer hat sie dort hinterlassen? Bedeuten sie etwas?* – oder wenn ich feststelle, dass ich beim Auf- und Abschreiten *eins-zwei-drei-vier-fünf-sechs-eins-zwei-drei...* zähle, oder wenn ich mir mit der Hand geistesabwesend übers Gesicht fahre, wird mir manchmal bewusst, wie klein sie meine Welt doch gemacht haben, wie ich täglich mehr vertiere oder zu einem einfachen Mechanismus werde, zum Beispiel einem Kinderkreisel, auf dessen Rand acht kleine Figuren erscheinen: Vater, Liebhaber, Reiter, Dieb ... Dann wird mir schwindlig vor Angst, und ich stürme durch die Zelle, fuchtele mit den Armen, reiße an meinem Bart, stampfe mit dem Fuß auf, tue alles Mögliche, um mich zu überraschen, um mich daran zu erinnern, dass die Welt draußen vielfältig und reich ist.

Es gibt noch andere Demütigungen. Meine Bitten um saubere Kleidung finden kein Gehör. Ich habe nichts anzuziehen, als was ich mitgebracht habe. Jeden Tag mit Hofgang wasche ich unter den Augen des Wachsoldaten ein Kleidungsstück, ein Hemd oder ein Paar Unterhosen, mit Asche und kaltem Wasser, und nehme es zum Trocknen mit in meine Zelle (das Hemd, das ich zum Trocknen im Hof gelassen hatte, war zwei Tage später verschwunden). Ich habe stets den modrigen Geruch von Wäsche, die nie die Sonne gesehen hat, in der Nase.

Schlimmer noch. Bei der monotonen Diät von Suppe und Haferbrei und Tee ist es eine Qual für mich geworden, mich zu entleeren. Tagelang schiebe ich es auf, leide an Verstopfungen und Blähungen, bis ich mich überwinden kann, mich über den Eimer zu hocken und die stechenden Schmerzen und das Reißen von Gewebe, das mit diesen Entleerungen verbunden ist, zu ertragen.

Keiner schlägt mich, keiner lässt mich hungern, keiner spuckt mich an. Wie kann ich mich als Opfer von Verfolgung betrachten, wenn meine Leiden so belanglos sind? Aber durch ihre Belanglosigkeit sind sie umso erniedrigender. Ich denke daran, wie ich gelächelt habe, als sich zum ersten Mal die Tür hinter mir schloss und der Schlüssel im Schloss drehte. Es schien keine große Strafe, aus der Einsamkeit des täglichen Lebens in die Abgeschiedenheit einer Zelle zu kommen, wenn ich eine Welt von Gedanken und Erinnerungen mitbringen konnte. Aber nun beginne ich zu begreifen, wie elementar die Freiheit ist. Welche Freiheit ist mir geblieben? Die Freiheit zu essen oder zu hungern, still zu sein oder vor mich hin zu brabbeln, an die Tür zu schlagen oder zu schreien. Wenn mir Unrecht widerfuhr, als sie mich hier einsperrten, vielleicht ein nicht allzu schlimmes Unrecht, so bin ich nun nichts weiter als ein Häufchen Elend aus Blut, Knochen und Fleisch.

Das Abendessen wird mir vom kleinen Enkelsohn der Köchin gebracht. Ich bin sicher, dass es ihn wundert, dass der alte Magistrat ganz allein in einen dunklen Raum gesperrt wurde, aber er stellt keine Fragen. Er kommt sehr aufrecht und stolz herein und trägt das Tablett, während der Wachsoldat die Tür aufhält. »Ich danke dir«, sage ich, »ich bin so froh, dass du gekommen bist, ich habe solchen Hunger bekommen ...« Ich lasse meine Hand auf seiner Schulter liegen und fülle den Raum zwischen uns mit menschlichen Worten, während er ernst darauf wartet, dass ich das Essen koste und gut finde. »Und wie geht es deiner Großmama heute?«

»Es geht ihr gut, Herr.«

»Und dem Hund? Ist der Hund schon zurückgekommen?« (Über den Hof herüber ruft die Großmutter nach ihm.)

»Nein, Herr.«

»Es ist ja Frühling, Paarungszeit; Hunde gehen andere besuchen, bleiben tagelang weg, dann kommen sie zurück und erzählen dir nicht, wo sie gewesen sind. Du musst dir keine Gedanken machen, er wird wiederkommen.«

»Ja, Herr.«

Ich koste die Suppe, wie er es möchte, und schmatze. »Richte deiner Großmutter aus, vielen Dank für das Essen, es schmeckt prima.«

»Ja, Herr.« Wieder ruft es nach ihm; er nimmt den Becher und den Teller von heute Morgen und will gehen.

»Und sage mir: Sind die Soldaten schon zurückgekommen?«, frage ich schnell.

»Nein, Herr.«

Ich halte die Tür auf und stehe einen Moment auf der Schwelle und lausche dem letzten Gezwitscher der Vögel in den Bäumen unter dem großen violetten Himmel, während das Kind mit seinem Tablett über den Hof geht. Ich kann ihm nichts geben, nicht mal einen Knopf; mir bleibt nicht einmal die Zeit, ihm zu zeigen, wie es mit den Knöcheln knacken oder wie es seine Nase mit der Faust einfangen kann.

Ich vergesse das Mädchen allmählich. Als ich auf den Schlaf zutreibe, wird mir mit nüchterner Klarheit bewusst, dass ein ganzer Tag vergangen ist, an dem ich nicht an sie gedacht habe. Schlimmer, ich kann mich nicht genau erinnern, wie sie aussieht. Ihre leeren Augen schienen immer einen Dunst auszuströmen, eine Leere, die sie ganz verschlang. Ich starre in die Dunkelheit und warte darauf, dass sich ein Bild zeigt; aber die einzige Erinnerung, auf die ich mich ganz verlassen kann, ist die an meine öligen Hände, die über ihre Knie, ihre Waden, ihre Knöchel gleiten. Ich versuche, mich an unsere wenigen Intimitäten zu erinnern, bringe sie aber durcheinander mit Erinnerungen an all das andere warme Fleisch, in das ich mich im Lauf eines Lebens versenkt habe. Ich bin dabei, sie zu vergessen, sie absichtlich zu vergessen, wie ich weiß. Vom Augenblick an, als ich am Kasernentor vor ihr stehen blieb und sie erwählte, kannte ich den tieferen Grund nicht, weshalb ich sie brauchte; und jetzt bin ich emsig dabei, sie in Vergessenheit zu versenken. Kalte Hände, kaltes Herz: ich erinnere mich an das Sprichwort, lege die Handflächen an die Wange, seufze im Dunkeln.

Im Traum kniet jemand im Schutz der Mauer. Der Platz ist völlig leer; der Wind wirbelt den Staub bis an die Wolken; sie duckt sich hinter den Kragen ihres Mantels, zieht ihre Mütze ins Gesicht.

Ich stehe vor ihr. »Wo tut es weh?«, frage ich. Ich fühle, wie sich die Worte in meinem Mund bilden, dann höre ich, wie sie dünn, körperlos hervorkommen, wie Worte, die irgendein anderer spricht.

Sie streckt umständlich die Beine aus und berührt die Knöchel. So klein ist sie, dass sie in dem Männermantel, den sie anhat, fast verschwindet. Ich knie mich hin, ziehe ihr die dicken Wollsocken aus, wickle die Bandagen ab. Die Füße liegen vor mir im Staub, vom Körper losgelöst, monströs, zwei gestrandete Fische, zwei riesige Kartoffeln.

Ich hebe einen davon auf meinen Schoß und fange an, ihn zu massieren. Hinter ihren Lidern quellen Tränen hervor und laufen ihr die Wangen hinunter. »Es tut weh!«, jammert sie mit dünnem Stimmchen. »Sch!«, sage ich, »ich halte dich warm.« Ich nehme den anderen Fuß und presse die beiden an mich. Der Wind überschüttet uns mit Staub; zwischen meinen Zähnen knirscht es. Ich wache auf mit schmerzendem Zahnfleisch und Blut im Mund. Die Nacht ist still, der Mond nicht zu sehen. Eine Weile liege ich da und schaue in die Schwärze hinauf, dann gleite ich in den Traum zurück.

Ich gehe durch das Kasernentor und stehe vor einem Hof, so endlos wie die Wüste. Es besteht keine Hoffnung, dass ich die andere Seite erreiche, aber ich marschiere weiter mit dem Mädchen auf meinen Armen, dem einzigen Schlüssel zum Labyrinth, den ich habe, ihr Kopf sinkt an meine Schulter, ihre toten Füße baumeln auf der anderen Seite herab.

Es gibt andere Träume, in denen die Gestalt, die ich *das Mädchen* nenne, Form, Geschlecht und Größe ändert. In einem Traum gibt es zwei Formen, die Entsetzen in mir wecken: sie sind massig und leer und wachsen unaufhörlich, bis sie den ganzen Raum ausfüllen, in dem ich schlafe. Ich wache mit Erstickungsgefühlen auf, schreie, meine Kehle ist wie zugeschnürt.

Die Struktur der Tage andererseits ist so eintönig wie Haferbrei. Nie zuvor ist mir das tägliche Einerlei so unter die Nase gerieben worden. Der Gang der Ereignisse draußen in der Welt, die moralische Dimension meiner Notlage, wenn es denn eine ist, sogar die Aussicht, mich vor Gericht zu verteidigen – für all das habe ich jegliches Interesse verloren, weil der Druck des Hungers und der Körperfunktionen und der Langeweile eines Lebens von Stunde zu Stunde so groß ist. Ich habe mich erkältet; mein ganzes Wesen ist beschäftigt mit Schnüffeln und Niesen, mit dem Elend, bloß ein Körper zu sein, der sich krank fühlt und gesund sein will.

Eines Nachmittags verstummt plötzlich das leise, unregelmäßige Kratzen und Klirren der Maurerkellen auf der anderen Seite der Mauer. Ich liege auf meiner Matte und spitze die Ohren: es ist ein fernes Summen in der Luft, der ruhige Nachmittag ist spannungsgeladen, entlädt sich aber nicht in deutbaren Lauten, sondern belässt mich in meinem nervösen, ruhelosen Zustand. Ein Sturm? Obwohl ich das Ohr an die Tür presse, kann ich nichts ausmachen. Der Kasernenhof ist leer.

Später geht das Klirren der Maurerkellen weiter.

Gegen Abend geht die Tür auf und mein kleiner Freund kommt mit dem Essen herein. Ich sehe, dass er fast platzt, weil er mir etwas erzählen will; doch der Wachsoldat ist mit ihm hereingekommen und hat eine Hand auf seine Schulter gelegt. Deshalb sprechen nur seine Augen zu mir: ich könnte schwören, dass sie mir vor Aufregung leuchtend sagen wollen, dass die Soldaten zurück sind. Wenn das so ist, warum sind keine

Hornsignale und keine Freudenschreie zu hören, warum keine Pferde, die über den großen Platz traben, warum keine Vorbereitungen für ein Fest? Warum hat der Wachsoldat den Jungen so fest gepackt und reißt ihn weg, bevor ich ihm einen Kuss auf seinen rasierten Schädel geben kann? Offenbar ist die Antwort, dass die Soldaten zurück sind, doch nicht als Sieger. Wenn das so ist, muss ich mich vorsehen.

Später am Abend dringt plötzlich Lärm vom Hof und Stimmengewirr. Türen werden aufgerissen und zugeworfen, Füße gehen hin und her. Einiges von dem, was gesagt wird, kann ich deutlich hören: nicht von Strategien oder Armeen der Barbaren ist die Rede, sondern von schmerzenden Füßen und Erschöpfung, es gibt einen Wortwechsel über kranke Männer, die Betten haben müssen. Nach einer Stunde ist alles wieder still. Der Hof ist leer. Daher gibt es keine Gefangenen. Das zumindest ist Grund zur Freude.

Es ist mitten am Vormittag, und ich habe noch kein Frühstück gehabt. Ich gehe in meiner Zelle auf und ab, und mein Magen knurrt wie der einer hungrigen Kuh. Beim Gedanken an salzigen Hirsebrei und schwarzen Tee läuft mir das Wasser im Mund zusammen, ich kann es nicht verhindern.

Es deutet auch nichts darauf hin, dass man mich rauslassen wird, obwohl heute Hofgangtag ist. Die Maurer sind wieder bei der Arbeit; aus dem Hof dringen Geräusche vom Alltagstreiben; ich höre sogar die Köchin nach ihrem Enkelsohn rufen. Ich donnere an die Tür, doch keiner reagiert.

Am Nachmittag dreht sich dann der Schlüssel geräuschvoll im Schloss, und die Tür geht auf. »Was wollen Sie?«, sagt mein Wärter. »Warum haben Sie an die Tür geschlagen?« Wie er mich verabscheuen muss! Seine Tage damit zuzubringen, eine verschlossene Tür zu bewachen und sich um die körperlichen Bedürfnisse eines anderen Mannes zu kümmern! Auch er ist seiner Freiheit beraubt, und er hält mich für den Räuber.

»Wollen Sie mich heute nicht rauslassen? Ich habe noch nichts zu essen gehabt.«

»Haben Sie mich deswegen gerufen? Sie kriegen Ihr Essen. Lernen Sie Geduld. Sie sind sowieso zu fett.«

»Halt. Ich muss meinen Eimer leeren. Es stinkt hier drin. Ich möchte den Fußboden wischen. Ich möchte auch meine Sachen waschen. Ich kann in Sachen, die so stinken, nicht vor dem Oberst erscheinen. Das würde meinen Wärtern nur Unehre machen. Ich brauche heißes Wasser und Seife und einen Lappen. Lassen Sie mich schnell meinen Eimer leeren und heißes Wasser aus der Küche holen.«

Meine Vermutung in Bezug auf den Oberst muss stimmen, denn er widerspricht mir nicht. Er macht die Tür weiter auf und tritt beiseite. »Beeilung!«, sagt er.

In der Küche ist nur ein Küchenmädchen. Sie erschrickt, als wir zwei hereinkommen, ja, sie scheint drauf und dran wegzulaufen. Was für Geschichten hat man über mich erzählt?

»Gib ihm heißes Wasser«, befiehlt der Wärter. Sie

duckt sich und dreht sich zum Herd um, wo immer ein großer Kessel mit heißem Wasser ist.

Über die Schulter sage ich zum Wärter: »Ein Eimer – ich hole einen Eimer für das Wasser.« Mit wenigen Schritten gehe ich quer durch die Küche zur düsteren Nische, wo außer den Säcken mit Mehl und Salz, gemahlener Hirse und getrockneten Erbsen und Bohnen auch die Mopps und Besen aufbewahrt werden. In Kopfhöhe baumelt an einem Nagel der Schlüssel zum Keller, wo die Hammelhälften hängen. Im Handumdrehen habe ich ihn in die Tasche gesteckt. Als ich mich umdrehe, habe ich einen hölzernen Eimer in der Hand. Ich hebe ihn hoch, während das Mädchen heißes Wasser hineinschöpft. »Wie geht's?«, sage ich. Ihre Hand zittert so sehr, dass ich ihr die Schöpfkelle aus der Hand nehmen muss. »Kann ich bitte ein Stück Seife und einen alten Lappen haben?«

Als ich wieder in meiner Zelle bin, ziehe ich mich aus und wasche mich in dem wohlig warmen Wasser. Ich wasche meine zweite Unterhose, die wie verfaulte Zwiebeln stinkt, wringe sie aus, hänge sie an den Nagel hinter der Tür und leere den Eimer über den gefliesten Boden. Dann lege ich mich hin, um auf den Einbruch der Dunkelheit zu warten.

Der Schlüssel dreht sich glatt im Schloss. Wie viele Leute außer mir wissen noch, dass der Kellerschlüssel auch die Tür zu meiner Zelle öffnet, dazu noch den großen Schrank im Hauptsaal der Kaserne, dass der

Schlüssel zur Wohnung über der Küche ein Duplikat des Schlüssels zur Waffenkammer ist, dass der Schlüssel zur Treppe des Nordwestturms auch für die Treppe zum Nordostturm passt, dazu noch zum kleineren Schrank im Saal und zur Luke über der Wasserleitung im Hof? Nicht umsonst verbringt man dreißig Jahre bis zum Hals in den Alltagsdetails einer kleinen Siedlung steckend.

Die Sterne blinken von einem klaren schwarzen Himmel herab. Durch die Gitterstäbe des Hoftors dringt der Schein eines Feuers auf dem Platz dahinter. Neben dem Tor kann ich, wenn ich die Augen anstrenge, den dunklen Umriss eines Menschen erkennen, der dort an die Wand gelehnt sitzt oder sich schlafend zusammengerollt hat. Sieht er mich in der Tür meiner Zelle? Minutenlang stehe ich wachsam da. Er regt sich nicht. Dann drücke ich mich langsam an der Wand entlang, und meine bloßen Füße verursachen dort ein ganz leises Knirschen, wo Kies liegt.

Ich schleiche um die Ecke und an der Küchentür vorbei. Die nächste Tür führt in meine alte Wohnung im ersten Stock. Sie ist verschlossen. Die dritte und letzte Tür steht offen. Sie führt zu dem kleinen Raum, der manchmal als Krankenzimmer benutzt wird, und manchmal einfach, um Leute unterzubringen. Gebückt krieche ich auf das schwachblaue Viereck des vergitterten Fensters zu und taste mit der Hand vor mir her, weil ich Angst habe, über die Körper zu stolpern, die ich rings um mich atmen höre.

Eine Stimme löst sich aus dem allgemeinen Chor:

der Schläfer zu meinen Füßen atmet schnell, bei jedem Ausatmen stöhnt er ein wenig. Träumt er? Ich warte, während er wenige Zentimeter vor mir in der Dunkelheit weiter wie eine Maschine keucht und stöhnt. Dann krieche ich vorbei.

Ich stehe am Fenster und schaue über den Marktplatz, so halb und halb gefasst auf Lagerfeuer, auf angepflockte Pferde, zusammengestellte Waffen und Zeltreihen. Aber es gibt fast nichts zu sehen: die Glut eines einzigen, niederbrennenden Feuers, und vielleicht leuchten weit hinten zwei weiße Zelte unter den Bäumen. Das Expeditionskorps ist also noch nicht zurück! Oder ist es möglich, dass diese wenigen Seelen hier allein übrig geblieben sind? Mein Herz setzt bei dem Gedanken aus. Aber das ist nicht möglich! Diese Männer sind nicht in kriegerische Handlungen verstrickt gewesen; schlimmstenfalls sind sie am oberen Flusslauf durchs Land gestreift, haben unbewaffnete Schafhirten aufgestöbert, ihre Frauen vergewaltigt, ihre Behausungen geplündert, die Herden auseinander getrieben; bestenfalls haben sie überhaupt niemanden angetroffen – ganz bestimmt nicht die versammelten Barbarenstämme, vor deren Wut die Abteilung III uns schützen will.

Finger, so leicht wie die Flügel eines Schmetterlings, berühren meinen Knöchel. Ich sinke auf die Knie. »Ich habe Durst«, vertraut mir eine Stimme an. Sie gehört dem Mann, der vorher gekeucht hat. Er hat also nicht geschlafen.

»Still, mein Sohn«, flüstere ich. Wenn ich angestrengt

hinschaue, kann ich das Weiße seiner nach oben gedrehten Augäpfel erkennen. Ich berühre seine Stirn: er hat Fieber. Seine Hand reckt sich hoch und packt meine. »Ich habe solchen Durst!«, sagt er.

»Ich bringe dir Wasser«, flüstere ich ihm ins Ohr, »aber dann musst du versprechen, still zu sein. Hier sind kranke Männer, sie müssen schlafen.«

Der Schatten neben dem Tor hat sich nicht bewegt. Vielleicht ist dort nichts, vielleicht nur ein alter Sack oder ein Stapel Feuerholz. Auf Zehenspitzen gehe ich über den Kies zum Trog, an dem sich die Soldaten waschen. Das Wasser ist nicht sauber, aber ich kann es nicht riskieren, den Hahn aufzudrehen. An der Seite des Trogs hängt ein zerbeulter Topf. Ich schöpfe ihn voll Wasser und gehe auf Zehenspitzen zurück.

Der Junge versucht sich aufzurichten, ist aber zu schwach. Ich stütze ihn, während er trinkt.

»Was ist passiert?«, flüstere ich. Einer der anderen Schläfer bewegt sich. »Bist du verletzt oder bist du krank?«

»Mir ist so heiß!«, stöhnt er. Er will seine Decke abwerfen, doch ich hindere ihn daran. »Du musst das Fieber ausschwitzen«, flüstere ich. Er schüttelt den Kopf langsam hin und her. Ich halte sein Handgelenk, bis er wieder einschläft.

Drei Stäbe sind in einen hölzernen Rahmen eingelassen – alle Erdgeschossfenster des Kasernenblocks sind vergittert. Ich stemme den Fuß gegen den Rahmen, packe den mittleren Stab und ziehe. Ich schwitze und mühe mich, da spüre ich einen schmerzhaften Stich im

Rücken, aber der Stab gibt nicht nach. Dann bricht der Rahmen ganz plötzlich, und ich muss mich festklammern, damit ich nicht auf den Rücken falle. Der Junge fängt wieder zu stöhnen an, ein anderer Schläfer räuspert sich. Vor Überraschung schreie ich fast auf bei dem Schmerz, der mich durchzuckt, als ich das rechte Bein belaste.

Das Fenster selbst ist offen. Die Stäbe beiseite drückend zwänge ich Kopf und Schultern durch die Lücke, arbeite mich nach draußen und falle schließlich hinter der gestutzten Hecke, die sich an der Nordmauer der Kaserne hinzieht, auf die Erde. Meine Gedanken kreisen nur um den Schmerz, ich will nur in der bequemsten Position, die ich einnehmen kann, liegen bleiben, auf der Seite, mit angezogenen Knien. Mindestens eine Stunde lang, während der ich auf der Flucht hätte sein können, liege ich dort und höre durch das offene Fenster die Seufzer der Schläfer, die Stimme des Jungen, der vor sich hin murmelt. Die letzte Glut des Feuers auf dem Platz erlischt. Mensch und Tier schlafen. Es ist die Stunde vor der Morgendämmerung, die kälteste Stunde. Ich spüre, wie mir die Kühle des Bodens in die Knochen kriecht. Wenn ich noch länger hier liege, werde ich erstarren und am Morgen in einer Schubkarre in meine Zelle zurückgefahren werden. Wie eine verletzte Schnecke krieche ich an der Mauer entlang zur dunklen Mündung der ersten Straße, die vom Platz abgeht.

Die Pforte zum kleinen Grundstück hinter der Gastwirtschaft hängt verrottet in den Angeln. Hier riecht es nach Fäulnis. Schalen, Knochen, Abfälle, Asche werden von der Küche aus hierher geworfen, um mit der Mistgabel untergegraben zu werden; aber der Boden ist erschöpft, die Mistgabel, die den Abfall von dieser Woche untergräbt, bringt den von der vergangenen Woche mit hoch. Tagsüber schwirrt die Luft vor Fliegen; in der Dämmerung werden Küchenschaben und Kakerlaken lebendig.

Unter der hölzernen Treppe, die zum Balkon und den Dienstbotenunterkünften führt, ist eine Nische, wo Holz gestapelt ist und wohin sich die Katzen bei Regen zurückziehen. Ich krieche dort hinein und rolle mich auf einem alten Sack zusammen. Er riecht nach Urin, bestimmt ist er voller Flöhe, mir ist so kalt, dass meine Zähne klappern; aber in diesem Moment beschäftigt mich allein, wie ich den Schmerz im Rücken erträglicher machen kann.

Ich wache auf durch das Gepolter von Füßen auf der Treppe. Es ist Tag; ganz durcheinander, mit schwerem Kopf, ducke ich mich in meine Höhle. Jemand öffnet die Küchentür. Aus allen Winkeln kommen Hühner angerannt. Es ist nur eine Frage der Zeit, wann ich entdeckt werde.

So kühn ich vermag, doch ungewollt einen Jammerlaut ausstoßend, steige ich die Treppe hoch. Wie muss ich auf die Welt wirken mit meinem schmuddeligen Hemd und ebensolchen Hosen, meinen nackten Füßen, meinem wilden ungepflegten Bart? Wie ein Diener, bete ich, wie ein Pferdeknecht, der nach einer durchzechten Nacht heimkommt.

Der Flur ist leer, die Tür zum Zimmer des Mädchens offen. Das Zimmer ist sauber und aufgeräumt wie immer – das flauschige Fell auf dem Boden neben dem Bett, der rotkarierte Vorhang vor dem Fenster, die Truhe an der Wand hinten, darüber eine Kleiderstange. Ich vergrabe das Gesicht im Duft ihrer Kleider und denke an den kleinen Jungen, der mir das Essen gebracht hat, und daran, wie ich, wenn meine Hand auf seiner Schulter ruhte, die heilende Kraft dieser Berührung durch einen Körper laufen fühlte, der steif vor unnatürlicher Einsamkeit geworden war.

Das Bett ist gemacht. Als ich mit der Hand unter die Decke fahre, bilde ich mir ein, dass ich das schwache Nachglühen ihrer Körperwärme spüren kann. Nichts wäre angenehmer für mich, als mich in ihr Bett zu kuscheln, meinen Kopf auf ihr Kissen zu legen, meine Schmerzen und Beschwerden zu vergessen, die Jagd auf mich, die inzwischen begonnen haben muss, zu ignorieren und wie das kleine Mädchen in der Geschichte in Vergessenheit zu geraten. Wie aufreizend ich heute morgen die Anziehungskraft des Weichen, Warmen, Duftenden empfinde! Mit einem Seufzer kniee ich mich hin und zwänge meinen Körper unter das Bett. Mit dem Gesicht nach unten, so eng zwischen Boden und Bettlatten eingezwängt, dass das Bett hochgehoben wird, wenn ich die Schultern bewege, versuche ich mich auf einen Tag im Versteck einzustellen.

Ich döse und wache, von einem formlosen Traum in

den nächsten gleitend. Gegen Mittag ist es zu heiß zum Schlafen geworden. So lange ich kann, liege ich schwitzend in meinem engen, staubigen Versteck. Obwohl ich es hinauszögere, kommt dann die Zeit, wo ich mich erleichtern muss. Stöhnend schiebe ich mich Zentimeter für Zentimeter unter dem Bett hervor und hocke mich über den Nachttopf. Wieder der Schmerz, das Zerreißen von Gewebe. Ich tupfe mich mit einem schmutzigen weißen Taschentuch ab – es zeigt Blutspuren. Das Zimmer stinkt; sogar ich, der ich wochenlang mit einem Aborteimer in der Ecke gelebt habe, bin angeekelt. Ich öffne die Tür und humple den Korridor hinunter. Vom Balkon schaut man auf Reihen von Dächern, dann hinter ihnen über die Südmauer und die Wüste, die sich in die blaue Ferne erstreckt. Außer einer Frau auf der anderen Seite der Gasse, die ihre Schwelle kehrt, ist niemand zu sehen. Hinter ihr krabbelt ein Kind auf Händen und Knien und schiebt etwas im Staub, ich kann nicht sehen, was. Sein süßer kleiner Po reckt sich in die Luft. Als die Frau mir den Rücken zuwendet, trete ich aus dem Schatten und schwappe den Inhalt des Nachttopfes auf den Abfallhaufen unten. Sie bekommt nichts mit.

Schon beginnt sich eine Trägheit über die Stadt zu senken. Die Arbeit des Vormittags ist vorbei; in Erwartung der Mittagshitze ziehen sich die Menschen in ihre schattigen Höfe oder in das kühle Grün der inneren Räume zurück. Das Plätschern von Wasser in der Gosse wird leiser und hört auf. Zu hören sind nur noch der helle Hammerschlag des Hufschmieds, das Gurren der

Turteltauben und irgendwo weit weg das Weinen eines Babys.

Seufzend lege ich mich aufs Bett und gebe mich der süßen Erinnerung an Blumenduft hin. Wie einladend, sich jetzt der übrigen Stadt bei ihrer Siesta anzuschließen! Diese Tage, diese heißen Frühlingstage, die schon sommerlich werden – wie leicht fällt es mir, in ihre träge Stimmung zu gleiten! Wie kann ich hinnehmen, dass mein Leben eine so verhängnisvolle Wende genommen hat, wenn die Welt weiter so ruhig in geregelten Bahnen verläuft? Es bereitet keine Mühe zu glauben, dass ich, wenn die Schatten länger werden und der erste Windhauch die Blätter bewegt, aufwache und gähne, mich dann anziehe, die Treppe hinunter und über den Platz zu meinem Amtszimmer gehe, unterwegs Freunden und Nachbarn zunickend, dass ich ein oder zwei Stunden dort verbringe, meinen Schreibtisch aufräume, dann abschließe, dass alles weiter so sein wird, wie es immer gewesen ist. Ich muss doch tatsächlich den Kopf schütteln und mit den Augen zwinkern, um mir klarzumachen, dass ich hier als Gejagter liege, dass Soldaten in Erfüllung ihrer Pflicht herkommen, mich wegzerren und wieder einsperren werden, so dass ich den Himmel und andere Menschen nicht sehen kann. »*Warum?*«, stöhne ich ins Kissen: »*Warum ausgerechnet ich?*« So verwirrt und weltfremd wie ich war noch keiner. Das reinste Baby! Aber wenn sie können, werden sie mich wegsperren und vermodern lassen, in Abständen werden sie meinen Körper mit ihrer bösartigen Aufmerksamkeit bedenken, dann werden sie mich eines Tages ohne Vorwarnung holen und im Eiltempo durch einen der nichtöffentlichen Prozesse jagen, die sie unter den Notstandsgesetzen führen. Der steife kleine Oberst wird den Vorsitz haben, sein Henker die Anklage verlesen, und zwei untergeordnete Offiziere werden als Beisitzer fungieren, um dem Verfahren einen legalen Anstrich in einem sonst leeren Gerichtssaal zu geben; und dann werden sie, besonders wenn sie Rückschläge erlitten haben, besonders wenn die Barbaren sie gedemütigt haben, mich des Landesverrats für schuldig befinden – kann ich daran noch zweifeln? Sie werden mich aus dem Gerichtssaal heraus zum Scharfrichter schleppen, und ich werde mich mit Händen und Füßen wehren und weinen, einfältig wie am Tag meiner Geburt werde ich mich bis zum Schluss an den Glauben klammern, dass den Unschuldigen nichts Böses geschehen kann. »Du lebst in einem Traum!«, sage ich mir; ich spreche die Worte laut aus, starre sie an, versuche, sie zu verstehen: »Du musst aufwachen!« Ganz bewusst versuche ich, Bilder von Unschuldigen heraufzubeschwören, die ich gekannt habe: der Junge, der nackt im Licht der Laterne dalag und die Hände auf die Lenden gepresst hatte, die gefangenen Barbaren, die im Staub hockten und ihre Augen beschatteten, in Erwartung dessen, was kommen sollte. Warum sollte es unvorstellbar sein, dass der Behemoth, der sie zertrampelte, auch mich zertrampeln wird? Ich glaube allen Ernstes, dass ich den Tod nicht fürchte. Wovor ich zurückschrecke, ist, so glaube ich, die Schande, so einfältig und verwirrt zu sterben, wie ich bin.

Ein Gewirr von Stimmen, Männer- und Frauenstimmen, kommt vom Hof unten. Als ich in mein Versteck husche, höre ich das Gepolter von Tritten auf der Treppe. Sie entfernen sich zum anderen Ende des Balkons, dann kommen sie langsam zurück und bleiben an jeder Tür stehen. Die Trennwände zwischen den Verschlägen dieses oberen Stockwerks, wo die Dienstboten schlafen und ein Soldat der Garnison sich für eine Nacht Privatleben erkaufen kann, bestehen nur aus tapezierten Latten – deutlich höre ich, wie mein Verfolger nacheinander alle Türen aufreißt. Ich drücke mich gegen die Wand. Hoffentlich riecht er mich nicht.

Die Schritte biegen um die Ecke und kommen den Korridor herunter. Meine Tür wird aufgemacht, einige Augenblicke aufgehalten, wieder geschlossen. Eine Probe habe ich also bestanden.

Ein schnellerer, leichterer Schritt ist zu hören: jemand kommt den Korridor heruntergelaufen und betritt das Zimmer. Mein Kopf schaut nach der falschen Richtung, ich kann ihre Füße nicht sehen, aber ich weiß, dass es das Mädchen ist. Jetzt sollte ich mich zeigen und sie bitten, mich zu verstecken, bis es Nacht wird und ich mich aus der Stadt und hinunter zum Seeufer schleichen kann. Aber wie kann ich das tun? Wenn das Bett aufgehört hat zu beben und ich aufgetaucht bin, wird sie schon um Hilfe schreiend geflohen sein. Und wer sagt denn, dass sie einem der vielen Männer, die hier in diesem Zimmer gewesen sind, Zuflucht gewähren würde, einem der vielen wechselnden Männer, bei denen sie ihren Lebensunterhalt verdient, einem in Ungnade gefallenen Mann, einem Mann auf der Flucht? Würde sie mich, so wie ich bin, überhaupt erkennen? Ihre Füße tänzeln durchs Zimmer, bleiben hier stehen, bleiben da stehen. Ich kann keinen Sinn und Zweck in ihren Bewegungen erkennen. Ich liege still, atme leise, der Schweiß tropft an mir herab. Plötzlich ist sie fort – die Treppe knarrt, dann herrscht Stille.

Auch bei mir flaut die Erregung ab, in einer klarsichtigen Phase erkenne ich, wie lächerlich das ist, das ganze Gerenne und Verstecken, wie töricht es ist, an einem heißen Nachmittag unter einem Bett zu liegen und auf eine Gelegenheit zu warten, mich ins Schilfdickicht zu schleichen, um dort wahrscheinlich von Vogeleiern und Fischen, die ich mit den Händen fange, zu leben, in einem Erdloch zu schlafen und auszuharren, bis dieser Abschnitt der Geschichte vorübergeht und das Grenzgebiet wieder zu seiner alten Schläfrigkeit zurückkehrt. Die Wahrheit ist, dass ich außer mir bin; mich hat das Entsetzen gepackt, als ich in meiner Zelle gesehen habe, wie die Finger des Wärters sich in die Schulter des kleinen Jungen krampften, um ihn daran zu erinnern, dass er nicht mit mir reden darf. Da wurde mir klar, was auch immer an diesem Tag geschehen war – ich hatte die Konsequenzen zu tragen. Hinein bin ich in diese Zelle als geistig gesunder Mann, der von der Gerechtigkeit seiner Sache überzeugt ist, wenn ich auch nach wie vor kaum beschreiben kann, worin diese Sache eigentlich besteht; aber nach zwei Monaten unter Kakerlaken, in denen ich nichts gesehen habe außer vier Wänden und einem rätselhaften Rußfleck, nichts gerochen habe außer dem Gestank meines eigenen Körpers, mit keinem gesprochen habe außer im Traum mit einem Gespenst, dessen Lippen versiegelt zu sein scheinen, bin ich viel weniger selbstbewusst. Das Verlangen, einen anderen menschlichen Körper zu berühren und von ihm berührt zu werden, überfällt mich manchmal mit solcher Macht, dass ich stöhne; wie ich den einzigen kurzen Kontakt, den ich mit dem Jungen morgens und abends haben konnte, herbeisehnte! In den Armen einer Frau in einem richtigen Bett zu liegen, gut zu essen, in der Sonne zu spazieren – um wie viel wichtiger scheint das alles zu sein als das Recht, ohne Rat der Polizei zu entscheiden, wer meine Freunde und wer meine Feinde sein sollten! Wie kann ich im Recht sein, wenn es in der Stadt keine Menschenseele gibt, die meine Eskapade mit dem Barbarenmädchen gutheißt oder die nicht bittere Gefühle mir gegenüber hegen würde, wenn junge Männer von hier von meinen Barbaren-Schützlingen getötet werden würden? Und was hat das Leiden, das mir die Männer in Fliederblau zufügen, für einen Sinn, wenn meine Überzeugung nicht felsenfest ist? Es spielt keine Rolle, ob ich meinen Vernehmern die Wahrheit sage, jedes Wort wiederhole, das ich bei meinem Zusammentreffen mit den Barbaren gesagt habe, es würde nicht einmal eine Rolle spielen, wenn sie versucht wären, mir zu glauben, sie würden doch mit ihrem finsteren Geschäft fortfahren, denn es gehört zu ihrem Glaubensbekenntnis, dass die letzte Wahrheit erst in äußerster Not gesagt wird. Ich laufe vor Schmerz und

Tod davon. Ich habe keinen Fluchtplan. Wenn ich mich im Schilf versteckte, würde ich innerhalb einer Woche sterben oder ausgeräuchert werden. In Wahrheit suche ich bloß Ruhe und fliehe in das einzige weiche Bett und in die freundlichen Arme, die mir geblieben sind.

Erneut Tritte. Ich erkenne den flinken Gang des Mädchens, diesmal nicht allein, sondern mit einem Mann. Sie kommen ins Zimmer. Der Stimme nach zu urteilen kann er nur ein Junge sein. »Du darfst ihnen nicht erlauben, dich so zu behandeln! Du bist nicht ihre Sklavin!«, sagt er heftig.

»Du verstehst das nicht«, antwortet sie. »Ich möchte jedenfalls jetzt nicht darüber sprechen.« Stille, dann intimere Laute.

Ich erröte. Es ist unerträglich, dass ich das miterleben muss. Doch wie der Hahnrei in der Posse halte ich den Atem an und versinke immer tiefer in Schande.

Einer der beiden setzt sich aufs Bett. Stiefel poltern zu Boden, Kleider rascheln, zwei Körper strecken sich eine Handbreit über mir aus. Die Latten biegen sich und drücken sich mir in den Rücken. Ich schließe meine Ohren, weil ich mich schäme, die Worte zu belauschen, die sie einander sagen, aber ich kann nicht verhindern, dass ich das Flattern und Stöhnen höre, das ich von dem Mädchen so gut kenne, wenn es die Lust packt, dem Mädchen, das ich selbst liebkost habe.

Die Latten drücken mich stärker, ich mache mich so dünn wie ich kann, das Bett fängt an zu knarren. Schwitzend, erhitzt, angewidert, weil ich spüre, wie erregt ich ungewollt bin, stöhne ich tatsächlich: das lange tiefe Stöhnen ringt sich aus meiner Kehle und vermischt sich unbemerkt mit ihrem Keuchen.

Dann ist es vorbei. Sie seufzen und beruhigen sich, das Rucken und Winden endet, sie ruhen Seite an Seite und gleiten in den Schlaf, während ich, unglücklich, steif, hellwach, auf meine Chance zur Flucht warte. Es ist die Stunde, wo selbst die Hühner dösen, die Stunde, wo nur eine das Regiment führt: die Sonne. Die Hitze in dem winzigen Zimmer unter dem Flachdach ist inzwischen erstickend. Ich habe den ganzen Tag nichts gegessen oder getrunken.

Mich mit den Füßen gegen die Wand stemmend, schiebe ich mich unter dem Bett vor, bis ich mich vorsichtig aufsetzen kann. Der Schmerz im Rücken, der Schmerz eines alten Mannes, meldet sich wieder. »Entschuldigung«, flüstere ich. Sie schlafen wirklich, wie Kinder, Junge und Mädchen, nackt, Hand in Hand, schweißbedeckt, ihre Gesichter sind entspannt und entrückt. Eine Woge von Scham erfasst mich mit doppelter Kraft. Die Schönheit des Mädchens weckt kein Verlangen in mir: stattdessen scheint es obszöner denn je, dass dieser schwere, schlaffe, stinkende alte Körper (wie war es möglich, dass sie den Gestank nicht bemerkten?) sie jemals in den Armen gehalten haben sollte. Was habe ich denn die ganze Zeit nur getrieben, mich solchen Kindern, die zarten Blumen gleichen, aufzudrängen – nicht nur ihr, sondern auch der anderen? Ich hätte bei den Groben und Verwelkten, zu denen ich gehöre, bleiben sollen: fette Frauen mit scharf riechenden Achselhöhlen und übler Laune, Huren mit ausgeleierten Fotzen. Auf Zehenspitzen gehe ich hinaus, hinke die Treppe hinunter und trete in den blendenden Sonnenschein.

Die obere Klappe der Küchentür steht offen. Eine Alte, krumm und zahnlos, steht dort und ißt aus einem gusseisernen Topf. Unsere Augen treffen sich; sie hört auf zu essen, der Löffel schwebt in der Luft, der Mund steht ihr offen. Sie erkennt mich. Ich hebe eine Hand und lächle – ich bin überrascht, wie leicht das Lächeln mir fällt. Der Löffel bewegt sich, die Lippen schließen sich über ihm, ihr Blick gleitet weg, ich gehe weiter.

Das Nordtor ist verschlossen und verriegelt. Ich steige die Treppe zum Wachtturm an der Mauerecke hoch und starre gierig über die geliebte Landschaft: der grüne Gürtel, der sich am Fluss entlang hinzieht, jetzt ist er stellenweise schwarz; das hellere Grün der Sumpfwiesen, wo das neue Schilf sprießt; die blendende Fläche des Sees.

Aber irgendetwas stimmt nicht. Wie lange war ich von der Welt weggesperrt, zwei Monate oder zehn Jahre? Der junge Weizen unter der Mauer sollte nun kräftige achtzehn Zoll hoch stehen. Es ist aber nicht so: außer am westlichen Rand der bewässerten Fläche sind die jungen Pflanzen verkümmert und kränklich gelb. Näher zum See gibt es große kahle Flecken und eine Reihe grauer Haufen bei den Bewässerungsanlagen.

Vor meinen Augen fügen sich die vernachlässigten Felder, der Platz in der prallen Sonne, die leeren Straßen zu einem neuen und finsteren Bild zusammen. Die Stadt ist verlassen – was soll man sonst annehmen? –, und die Geräusche, die ich in der vorgestrigen Nacht gehört habe, müssen keine Geräusche der Ankunft, sondern der Abreise gewesen sein! Mein Herz macht einen Satz (vor Entsetzen? vor Dankbarkeit?) bei dem Gedanken. Doch ich muss mich irren: wenn ich den Platz unter mir genauer betrachte, sehe ich zwei Jungen unter den Maulbeerbäumen seelenruhig mit Murmeln spielen; und nach dem zu schließen, was ich von der Gastwirtschaft mitbekommen habe, verläuft das Leben in gewohnten Bahnen.

Im Südwestturm hockt ein Wachtposten auf seinem Hochsitz und starrt mit leerem Blick in die Wüste hinaus. Ich bin nur noch einen Schritt von ihm entfernt, ehe er mich bemerkt und hochfährt.

»Machen Sie sich hinunter«, sagt er lustlos, »Sie dürfen sich nicht hier oben aufhalten.« Ich habe ihn noch nie gesehen. Ich stelle fest, dass ich nicht einen der Soldaten, die hier früher in Garnison lagen, gesehen habe, seit ich meine Zelle verlassen habe. Warum gibt es hier nur Fremde?

»Kennst du mich nicht?«, frage ich.

»Gehen Sie hinunter.«

»Gleich. Aber zuerst habe ich eine wichtige Frage. Ich kann nämlich keinen anderen fragen – alle anderen schlafen offenbar oder sind fort. Ich möchte Folgendes wissen: Wer bist du? Wo sind alle, die ich kenne? Was ist dort draußen auf den Feldern passiert? Es sieht so aus, als wäre Erde weggeschwemmt worden. Aber wie konnte das passieren?« Seine Augen verengen sich, als ich das herunterhaspele. »Tut mir leid, dass ich so

dumm frage, aber ich hatte Fieber, ich war bettlägerig«
– der kuriose Ausdruck kommt ungebeten –, »und heute darf ich zum ersten Mal aufstehen. Deshalb ...«

»Sie müssen sich vor der Mittagssonne hüten, Vater«, sagt er. Seine Ohren ragen unter einer Mütze hervor, die zu groß für ihn ist. »Es wäre besser für Sie, zu dieser Tageszeit zu ruhen.«

»Ja ... Könntest du mir was zu trinken geben?« Er reicht mir seine Feldflasche und ich trinke das lauwarme Wasser und versuche, nicht zu zeigen, wie riesengroß mein Durst ist. »Aber was ist denn geschehen?«

»Die Barbaren. Sie haben ein Stück Damm dort drüben durchstochen und die Felder überflutet. Keiner hat sie gesehen. Sie sind nachts gekommen. Am Morgen darauf war da wie ein zweiter See.« Er hat seine Pfeife gestopft, jetzt bietet er sie mir an. Höflich lehne ich ab (»Ich fange dann bloß an zu husten, und das ist schlecht für mich«). »Ja, die Bauern sind sehr unglücklich. Sie sagen, die Ernte ist ruiniert, und es ist zu spät, um noch einmal zu pflanzen.«

»Das ist schlimm. Das bedeutet, uns steht ein harter Winter bevor. Wir werden den Gürtel sehr eng schnallen müssen.«

»Ja, ich beneide euch Leutchen nicht. Sie könnten es wieder tun, die Barbaren, was? Sie könnten diese Felder jederzeit überfluten, wenn es ihnen in den Sinn kommt.«

Wir sprechen über die Barbaren und ihre verräterische Art. Sie stellen sich nie zum offenen Kampf, sagt er; ihre Art ist es, sich von hinten an dich anzuschlei-

chen und dir ein Messer in den Rücken zu stoßen.
»Warum können sie uns nicht in Ruhe lassen? Sie haben doch ihre eigenen Territorien.« Ich lenke das Gespräch auf die alten Zeiten, als an der Grenze alles ruhig war. Er nennt mich »Vater«, was seine bäuerliche Art ist, mir Respekt zu erweisen, und er hört mir zu, wie man verrückten alten Leuten zuhört, alles ist besser, nehme ich an, als den ganzen Tag in die Leere hinaus zu starren.

»Sag mal«, frage ich, »vorgestern Nacht habe ich Reiter gehört und gedacht, die große Expedition sei zurück.«

»Nein«, lacht er, »das waren nur ein paar zurückgeschickte Männer. Man hat sie in einem der großen Wagen zurückgebracht. Das muss es gewesen sein, was Sie gehört haben. Das Wasser hat sie krank gemacht – dort draußen ist das Wasser schlecht, habe ich gehört –, da hat man sie zurückgeschickt.«

»Aha! Ich wusste nicht, was los war. Aber wann erwartet man die Haupttruppe zurück?«

»Bald, sie muss bald kommen. Man kann ja dort draußen nicht von den Früchten des Landes leben. Noch nie habe ich eine so öde Gegend gesehen.«

Ich steige die Treppe hinunter. Nach unserer Unterhaltung fühle ich mich fast ehrwürdig. Komisch, dass ihn niemand aufgefordert hat, nach einem fetten Alten in schäbigen Klamotten Ausschau zu halten! Oder hat man ihn vielleicht seit gestern Abend dort oben hocken lassen, ohne dass er mit einer Menschenseele sprechen konnte? Wer hätte gedacht, dass ich so glatt lügen kann! Es ist mitten am Nachmittag. Mein Schatten gleitet tintenschwarz neben mir her. Ich scheine das einzige lebende Wesen in diesen vier Mauern zu sein, das sich bewegt. Ich bin in solcher Hochstimmung, dass ich singen möchte. Sogar mein schmerzender Rücken spielt keine Rolle mehr.

Ich öffne die kleine Seitenpforte und gehe hinaus. Mein Freund im Wachtturm schaut auf mich herunter. Ich winke, und er winkt zurück. »Sie werden einen Hut brauchen!«, ruft er. Ich lege die Hand auf meinen hutlosen Schädel, zucke mit den Schultern, lächle. Die Sonne knallt vom Himmel.

Der Frühjahrsweizen ist in der Tat vernichtet. Warmer ockerfarbener Schlamm quillt zwischen meinen Zehen hoch. Stellenweise stehen noch Pfützen. Viele von den Jungpflanzen hat es völlig aus dem Boden gespült. Alle weisen eine gelbliche Verfärbung der Blätter auf. Das Gebiet, das dem See am nächsten ist, hat es am schlimmsten getroffen. Nichts ist stehen geblieben, die Bauern haben tatsächlich schon angefangen, die abgestorbenen Pflanzen zum Verbrennen aufzuschichten. Auf den weiter entfernten Feldern hat eine Erhebung von wenigen Zentimetern viel ausgemacht. Daher kann vielleicht ein Viertel der Anpflanzungen gerettet werden.

Den Damm selbst, den niedrigen Erdwall, der fast zwei Meilen lang ist und das Wasser zurückhält, wenn der See seinen sommerlichen Höchststand erreicht, hat man repariert, aber fast das ganze komplizierte System von Kanälen und Schleusen, das Wasser zu den Feldern leitet, ist weggespült worden. Der Damm und das

Wasserschöpfrad am Seeufer sind unversehrt, doch vom Pferd, das sonst das Rad dreht, ist nichts zu sehen. Ich schätze, auf die Bauern wartet wochenlange harte Arbeit. Und ihre Arbeit kann jederzeit zunichte gemacht werden durch ein paar mit Spaten bewaffnete Männer! Wie können wir so einen Krieg gewinnen? Was haben militärische Operationen nach dem Lehrbuch für einen Sinn, Einsätze und Strafkommandos mitten ins Feindesland hinein, wenn wir bei uns zu Hause ausgeblutet werden können?

Ich schlage die alte Straße ein, die um die westliche Stadtmauer biegt, ehe sie sich in einem Pfad verliert, der nirgendwo anders hinführt als zu den vom Sand verschütteten Ruinen. Dürfen die Kinder dort noch spielen, frage ich mich, oder halten ihre Eltern sie mit Geschichten von Barbaren, die in den Senken lauern, zu Hause? Ich schaue die Mauer hinauf; aber mein Freund im Turm scheint eingeschlafen zu sein.

Alles, was wir vergangenes Jahr ausgegraben haben, ist vom Treibsand wieder verschüttet worden. Nur Eckpfähle ragen hier und da in der Einöde auf, in der, wie man annehmen muss, einmal Menschen gewohnt haben. Ich scharre eine Kuhle für mich und setze mich hinein, um mich auszuruhen. Hier würde wohl keiner nach mir suchen. Ich könnte mich an diesen alten Pfahl mit seinem verwitterten Schnitzwerk, das Delphine und Wellen darstellt, lehnen und würde von der Sonne versengt, vom Wind ausgedörrt und schließlich vom Frost steif gefroren werden, und man würde mich erst in einer fernen Friedenszeit finden, wenn die Kinder

der Oase zu ihrem Spielplatz zurückkommen und das Skelett finden, das der Wind freigelegt hat, das Skelett eines alten Wüstenbewohners, der in nicht zu identifizierende Lumpen gekleidet ist.

Als ich aufwache, fröstele ich. Die Sonne steht riesengroß und rot über dem westlichen Horizont. Wind kommt auf: schon hat sich Flugsand an meiner Seite aufgetürmt. Ich spüre vor allem Durst. Der Plan, mit dem ich gespielt habe, die Nacht hier unter den Geistern zu verbringen und zitternd vor Kälte darauf zu warten, dass die vertrauten Mauern und Baumwipfel wieder aus dem Dunkel hervortreten, ist unerträglich. Außerhalb der Mauern bleibt mir nichts als zu verhungern. Mausähnlich von Loch zu Loch huschend verliere ich sogar den Anschein von Unschuld. Warum sollte ich das Werk meiner Feinde selbst besorgen? Wenn sie mein Blut vergießen wollen, dann sollen sie zumindest die Schuld selbst tragen. Die düstere Furcht des vergangenen Tages hat ihre Macht eingebüßt. Vielleicht ist diese Eskapade nicht umsonst gewesen, wenn ich meinen Geist der Empörung wiederfinde, wie gedämpft auch immer.

Ich rüttele am Tor zum Kasernenhof. »Wisst ihr nicht, wer hier ist? Ich habe meinen freien Tag gehabt, lasst mich jetzt wieder rein!«

Es kommt jemand angerannt – in dem trüben Licht betrachten wir einander durch die Gitterstäbe –, es ist der Mann, der als mein Wärter eingesetzt ist. »Still!«, stößt er leise zwischen den Zähnen hervor und zerrt am Riegel. Hinter ihm sind murmelnde Stimmen zu hören, sammeln sich Leute.

Er packt mich beim Arm und führt mich im Trab über den Hof. »Wer ist das?«, ruft einer. Eine Erwiderung liegt mir auf der Zunge, ich will den Schlüssel hervorholen und ihn schwenken, als mir klar wird, wie unbesonnen das wäre. Ich warte also an meiner alten Tür, bis mein Wärter sie aufschließt, mich hineinstößt und uns beide einschließt. Seine Stimme dringt aus der Dunkelheit gepresst vor Wut zu mir: »Hör zu: wenn du irgendeinem erzählst, dass du draußen warst, mach ich dir das Leben zur Hölle! Verstanden? Ich zahl's dir heim! Du sagst gar nichts! Wenn einer dich über diesen Abend ausfragt, sagst du, ich habe dich zum Hofgang rausgeführt, weiter nichts. Verstehst du mich?«

Ich löse seine Finger von meinem Arm und weiche zurück. »Du siehst, wie leicht es für mich wäre, wegzulaufen und bei den Barbaren Zuflucht zu suchen«, murmele ich. »Warum bin ich wohl zurückgekommen? Du bist nur ein einfacher Soldat, du kannst nur Befehlen gehorchen. Trotzdem: denk darüber nach.« Er packt mich beim Handgelenk, und wieder löse ich seine Finger. »Denk darüber nach, warum ich zurückgekommen bin und was es bedeutet hätte, wenn ich's nicht getan hätte. Von den Männern in Fliederblau kannst du kein Mitgefühl erwarten, das ist dir doch wohl klar. Denk dran, was passieren könnte, wenn ich wieder rauskäme.« Jetzt ergreife ich seine Hand. »Aber keine Sorge, ich werde nichts sagen; erzähle, was du willst, und ich bestätige es. Ich weiß, was es heißt, Angst zu haben.« Ein langes, misstrauisches Schweigen. »Weißt du, was ich vor allem will?«, frage ich. »Ich möchte etwas zu essen und zu trinken. Ich bin ausgehungert, ich habe den ganzen Tag nichts gegessen.«

Alles ist also wieder wie vorher. Diese absurde Kerkerhaft geht weiter. Ich liege auf dem Rücken und beobachte Tag für Tag, wie das Lichtviereck über mir erst heller und dann wieder dunkler wird. Ich lausche auf die fernen Laute, die von der Kelle des Maurers und vom Hammer des Zimmermanns zu mir durch die Mauer dringen. Ich esse und trinke, und wie alle anderen auch warte ich.

Zunächst hört man weit weg Musketenschüsse, so leise wie von Spielzeuggewehren. Dann antworten ihnen aus größerer Nähe, von den Stadtmauern selbst, Gewehrsalven. Dann ein Getrampel vieler Füße auf dem Kasernenhof. »Die Barbaren!«, schreit jemand; aber ich glaube, er irrt sich. Über dem ganzen Getümmel fängt die große Glocke an zu läuten. Mit einem Ohr an der Türritze knie ich und versuche herauszufinden, was da vor sich geht.

Der Lärm vom Platz steigert sich vom Radau zum lang anhaltenden Gebrüll, aus dem keine einzelne Stimme herauszuhören ist. Die gesamte Stadt muss wohl zur Begrüßung herbeigeströmt kommen, Tausende jubelnde Menschen. Gewehrsalven krachen immer noch. Dann ändert sich die Tonlage des Gebrülls, es wird höher und erregter. Gerade noch hörbar dringen jetzt blecherne Hornsignale herüber.

Die Versuchung ist zu groß. Was habe ich zu verlieren? Ich schließe die Tür auf. In einem Sonnenglast, der so grell ist, dass ich die Augen zukneifen und beschatten muss, gehe ich über den Hof und reihe mich hinten in die Menge ein. Die Salven und das Beifallsgebrüll halten an. Die alte Frau in Schwarz neben mir stützt sich auf meinen Arm und stellt sich auf die Zehen. »Können Sie was sehen?«, fragt sie. »Ja, ich sehe Reiter«, antworte ich; aber sie hört mir nicht zu.

Ich erkenne eine lange Reihe Reiter, die unter fliegenden Fahnen durchs Tor reiten und auf die Mitte des Platzes zusteuern, wo sie absitzen. Eine Staubwolke schwebt über dem gesamten Platz, aber ich sehe sie lächeln und lachen – einer von ihnen reitet mit zum Triumph erhobenen Händen, ein anderer schwenkt eine Blumengirlande. Sie kommen langsam vorwärts, weil die Menge sich um sie drängt und sie anfassen will, mit Blumen wirft, vor Freude mit ausgestreckten Händen über dem Kopf klatscht, Freudentänze aufführt. Kinder schießen an mir vorbei, drängeln sich durch die Beine der Erwachsenen, um ihren Helden näher zu sein. Eine Salve nach der anderen kommt von den Stadtmauern, auf denen jubelnde Menschen aufgereiht sind.

Ein Teil der Reiter steigt nicht ab. Angeführt von einem streng blickenden jungen Korporal, der die grüngoldene Bataillonsstandarte trägt, arbeitet sich der Trupp durch das Gewühl zum anderen Ende des Platzes vor und beginnt ihn dann zu umrunden, während die

Menge langsam nachdrängt. Das Wort läuft wie ein Feuer von Nachbar zu Nachbar: »*Barbaren!*«

Das Pferd des Standartenträgers wird geführt von einem Mann, der einen Knüppel schwingt, um den Weg frei zu machen. Ihm folgt ein anderer Soldat mit einem Seil; und am anderen Ende des Seils kommt, am Hals aneinander gefesselt, eine Reihe Männer, Barbaren, splitternackt, die Hände auf merkwürdige Art ans Gesicht haltend, als hätte jeder Einzelne von ihnen Zahnschmerzen. Einen Moment lang erstaunt mich diese Körperhaltung und die Art, wie sie auf Zehenspitzen eilfertig ihrem Führer folgen, bis ich etwas Metallisches blitzen sehe und sofort verstehe. Eine einfache Drahtschlinge ist durch den Handteller eines jeden Mannes und durch die durchbohrten Wangen gezogen worden. »Das macht sie sanft wie Lämmer«, hat mir einmal ein Soldat erzählt, fällt mir ein, der den Trick schon gesehen hatte. »Sie denken an nichts anderes, als wie sie sich ganz ruhig verhalten können.« Das Herz krampft sich mir zusammen. Ich weiß jetzt, dass ich meine Zelle nicht hätte verlassen sollen.

Ich muss mich schnell umdrehen, damit mich die beiden nicht sehen, die mit ihrer berittenen Begleitung die Nachhut bilden: der barhäuptige junge Hauptmann, dessen erster Triumph das ist, und Schulter an Schulter mit ihm der Polizeioberst Joll, nach seinem monatelangen Feldzug schlanker und brauner.

Die Runde ist gemacht, jeder hat die Gelegenheit, die zwölf elenden Gefangenen zu sehen, seinen Kindern zu beweisen, dass es die Barbaren wirklich gibt. Nun strömt die Menge, und ich folge ihr zögernd, auf das große Tor zu, wo ihr ein Halbkreis von Soldaten den Weg versperrt, bis sie, vorn und hinten bedrängt, feststeckt.

»Was passiert da?«, frage ich meinen Nachbarn.

»Keine Ahnung«, sagt er, »aber hilf mir doch mal, den Jungen hochzuheben.« Ich helfe ihm, das Kind, das er auf dem Arm hat, auf die Schultern zu heben. »Siehst du was?«, fragt er das Kind.

»Ja.«

»Was machen sie?«

»Sie lassen die Barbaren hinknien. Was wollen sie mit denen machen?«

»Keine Ahnung. Wir werden ja sehen.«

Langsam, mit gigantischer Anstrengung, drehe ich mich um und schiebe mich aus der Menschenmenge heraus. »Entschuldigung ... Entschuldigung ...«, sage ich, »die Hitze – mir wird schlecht.« Zum ersten Mal sehe ich, wie man sich umdreht und auf mich zeigt.

Ich sollte wieder in meine Zelle gehen. Als Geste wird das keine Wirkung haben, sie wird gar nicht wahrgenommen werden. Doch um meinetwillen, als Geste nur für mich, sollte ich in die kühle Dunkelheit zurückkehren, die Tür zuschließen und den Schlüssel verbiegen, ich sollte meine Ohren verschließen vor dem blutrünstig-patriotischen Gebrüll und meine Lippen zusammenpressen und nie wieder sprechen. Wer weiß, vielleicht tue ich meinen Mitbürgern Unrecht, vielleicht ist eben jetzt der Schuhmacher zu Hause und pocht auf seinen letzten Schuh und summt dabei, um das Gebrüll zu übertönen, vielleicht palen Hausfrauen in ihrer Küche Erbsen aus den Schoten und erzählen Geschichten, um ihre unruhigen Kinder zu beschäftigen, vielleicht gibt es Bauern, die immer noch ruhig die Gräben ausbessern. Wenn es solche Kameraden gibt, wie schade, dass ich sie nicht kenne! In diesem Augenblick ist für mich, der ich mich von der Menge entferne, vor allem wichtig, dass ich mich von der Greueltat, die gleich geschehen soll, weder verseuchen lasse, noch mich mit ohnmächtigem Hass auf die Menschen, die sie verüben, vergifte. Die Gefangenen kann ich nicht retten, deshalb will ich mich selbst retten. Es soll wenigstens gesagt werden, wenn es jemals zu einer solchen Aussage kommt, wenn jemals in einer weit entfernten Zeit irgendein Mensch an unseren Lebensumständen interessiert ist, dass es in diesem entlegensten Vorposten unseres lichten Reichs einen Menschen gegeben hat, der in seinem Herzen kein Barbar gewesen ist.

Ich gehe durch das Kasernentor in meinen Gefängnishof. Am Wassertrog mitten im Hof nehme ich einen leeren Eimer und fülle ihn. Wasser schwappt aus dem Eimer, den ich vor mir hertrage, als ich mich dem hinteren Ende der Menschenmenge wieder nähere. »Entschuldigung«, sage ich und schiebe. Leute fluchen auf mich, machen Platz, der Eimer kippt ein wenig, Wasser fließt über den Rand, ich dränge mich vor, bis ich in kürzester Zeit plötzlich ganz vorn in der ersten Reihe stehe, hinter dem Rücken der Soldaten, die mit Hilfe von Stöcken, die sie rechts und links gepackt halten, zwischen sich eine Arena für ein exemplarisches Schauspiel freihalten.

Vier der Gefangenen knien auf dem Boden. Die anderen acht, immer noch aneinander gefesselt, hocken im Schatten der Mauer und sehen zu, die Hände an den Wangen.

Die knienden Gefangenen beugen sich nebeneinander über eine lange dicke Stange. Ein Strick läuft von der Drahtschlinge durch den Mund des ersten Mannes, unter der Stange durch, hinauf zur Schlinge des zweiten Mannes, dann wieder unter der Stange durch, hoch zur dritten Schlinge, unter der Stange durch und zur vierten Schlinge. Während ich hinsehe, zieht ein Soldat den Strick langsam an und die Gefangenen beugen sich weiter vor, bis sie schließlich soweit vorgebeugt knien, dass sie mit dem Gesicht die Stange berühren. Einer von ihnen krümmt vor Schmerzen die Schultern und stöhnt. Die anderen sind still, ihre Gedanken konzentrieren sich ganz und gar darauf, dem Strick Folge zu leisten, damit der Draht ihnen nicht ins Fleisch schneiden kann.

Die Soldaten werden mit knappen Gesten von Oberst Joll angeleitet. Obwohl ich bloß einer in einer vieltausendköpfigen Menge bin, obwohl seine Augen wie eh und je hinter den dunklen Gläsern verborgen sind, starre ich ihn mit einem Gesicht an, auf dem eine Frage förmlich brennt, und ich weiß sofort, dass er mich sieht.

Hinter mir höre ich deutlich das Wort *Magistrat*. Bilde ich es mir nur ein oder rücken meine Nachbarn von mir ab?

Der Oberst tritt vor. Er beugt sich nacheinander über

jeden Gefangenen, verreibt eine Handvoll Staub auf dem nackten Rücken und schreibt mit einem Stück Holzkohle ein Wort darauf. Ich lese die Wörter verkehrt herum: FEIND ... FEIND ... FEIND ... FEIND. Er tritt zurück und faltet die Hände. Aus einem Abstand von nicht mehr als zwanzig Schritten mustern wir einander.

Dann fängt das Prügeln an. Die Soldaten benutzen die gedrungenen grünen Stöcke aus Schilfrohr, lassen sie mit dem lauten Klatschen von Wäschebleueln niedersausen, dass sich rote Striemen auf Rücken und Gesäß der Gefangenen bilden. Langsam und vorsichtig strecken die Gefangenen die Beine aus, bis sie flach auf dem Bauch liegen, alle außer dem einen, der gestöhnt hat und der nun bei jedem Schlag nach Luft schnappt.

Die schwarze Kohle und der ockerbraune Staub werden nach und nach von Schweiß und Blut weggespült. Ich begreife, das Spiel ist, sie so lange zu schlagen, bis ihre Rücken abgewaschen sind.

Ich beobachte das Gesicht eines kleinen Mädchens, das in der vordersten Reihe steht und sich an den Rock ihrer Mutter klammert. Es macht runde Augen, der Daumen steckt im Mund: still, ängstlich, neugierig saugt es den Anblick in sich auf, den diese großen nackten Männer bieten, als sie geschlagen werden. Auf jedem Gesicht um mich, sogar auf den lächelnden, sehe ich den gleichen Ausdruck: nicht Hass, nicht Blutdurst, sondern eine Neugier, die so stark ist, dass sie ihre Körper auslaugt und nur die Augen leben, Organe einer neuen Beutegier.

Die prügelnden Soldaten ermüden. Einer steht da, die Hände in die Hüften gestemmt, keucht, lacht und gestikuliert zur Menge hin. Der Oberst sagt etwas – daraufhin hören alle vier mit ihrer Arbeit auf, kommen heran und bieten ihre Stöcke den Zuschauern an.

Ein Mädchen – sie kichert und versteckt ihr Gesicht – wird von ihren Freundinnen vorgeschoben und mit: »Mach schon, hab keine Angst!«, angefeuert. Ein Soldat drückt ihr einen Stock in die Hand und führt sie hin. Verwirrt, verlegen steht sie da und hat noch immer eine Hand über dem Gesicht. Schreie, Scherze, obszöne Ratschläge fliegen zu ihr. Sie hebt den Stock, läßt ihn auf das Gesäß des Gefangenen sausen, lässt ihn fallen und huscht unter aufbrandendem Beifall in Deckung.

Es gibt eine Rangelei um die Stöcke, die Soldaten können kaum Ordnung halten, ich verliere die Gefangenen auf dem Boden aus den Augen, als sich die Leute vordrängen, um mitzumachen oder bloß um die Prügelei besser sehen zu können. Verlassen stehe ich mit meinem Eimer zwischen den Füßen da.

Dann ist die Prügelorgie vorbei, die Soldaten sammeln sich, die Meute zieht sich zurück, die Arena wird wieder hergestellt, obwohl enger als vorher.

Über dem Kopf hält Oberst Joll jetzt einen Hammer und zeigt ihn der Meute, einen gewöhnlichen Vierpfünder, wie man ihn zum Einschlagen der Zeltpflöcke benutzt. Wieder sieht er mich an. Das Geschwätz verstummt.

»*Nein!*« Ich vernehme das erste Wort aus meiner

Kehle, rau, nicht laut genug. Dann wieder: »*Nein!*« Diesmal dröhnt das Wort wie ein Glockenschlag aus meinem Brustkasten. Der Soldat, der mir im Weg steht, torkelt beiseite. Ich bin in der Arena und hebe die Hände, um die Menge zu beruhigen: »*Nein! Nein! Nein!*«

Als ich mich zu Oberst Joll umdrehe, steht er mit verschränkten Armen keine fünf Schritt von mir entfernt. Ich zeige mit dem Finger auf ihn. »*Du!*«, schreie ich. Es soll alles gesagt werden. Er soll der sein, über den der Zorn hereinbricht. »Du verdirbst diese Menschen!«

Er zuckt nicht, er sagt nichts.

»*Du!*« Mein Arm zeigt auf ihn wie ein Gewehr. Meine Stimme erfüllt den Platz. Es ist absolut still; oder vielleicht bin ich nur zu berauscht, um etwas zu hören.

Von hinten kracht etwas auf mich herunter. Ich stürze in den Staub, keuche, spüre alten Schmerz im Rücken brennen. Ein Stock saust herab. Als ich die Hande hebe, um ihn abzuwehren, bekommt meine Hand einen vernichtenden Schlag ab.

Jetzt ist es wichtig, dass ich aufstehe, wie schwer der Schmerz das auch macht. Ich komme auf die Füße und sehe, wer es ist, der mich schlägt. Es ist der Gedrungene mit den Streifen eines Feldwebels, der beim Prügeln geholfen hat. Mit leicht gebeugten Knien und geblähten Nasenflügeln steht er da und hat seinen Stock zum nächsten Schlag erhoben. »Warte!«, stoße ich hervor und strecke die schlaffe Hand aus. »Ich glaube, sie ist gebrochen!« Er schlägt zu und ich fange den Schlag mit dem Unterarm ab. Ich verstecke den Arm, ducke den Kopf und versuche, den Mann zu packen und festzuhalten. Schläge fallen auf meinen Kopf und die Schultern. Egal – ich will nur ein paar Minuten, um meine Ansprache zu Ende zu bringen, die ich nun einmal angefangen habe. Ich packe ihn bei der Uniformjacke und drücke ihn an mich. Obwohl er mit mir ringt, kann er seinen Stock nicht gebrauchen; über seine Schulter schreie ich wieder.

»Nicht damit!«, schreie ich. Der Hammer liegt in den vor der Brust verschlungenen Armen des Obersts. »Nicht einmal für ein Tier würde man einen Hammer benutzen, nicht einmal für ein Tier!« In einem furchtbaren Zornesausbruch schleudere ich den Feldwebel von mir. Ich besitze göttergleiche Stärke. Gleich wird sie mich verlassen – ich will sie nutzen, so lange sie vorhält. »Seht her!«, schreie ich. Ich zeige auf die vier Gefangenen, die gefügig auf der Erde liegen, die Lippen an der Stange, die Hände wie Affenpfoten ans Gesicht gedrückt, sie ahnen nichts vom Hammer, sie wissen nicht, was hinter ihnen geschieht, sie sind erleichtert, dass das anstößige Zeichen von ihrem Rücken geprügelt worden ist, und hoffen, dass die Bestrafung zu Ende ist. Ich recke die gebrochene Hand gen Himmel. »Seht her!«, schreie ich. »Wir sind das Wunderwerk der Schöpfung! Aber von manchen Schlägen kann sich dieser wunderbare Körper nicht erholen! Wie –!« Mir fehlen die Worte. »Seht diese *Menschen* an!«, fange ich wieder an. »Menschen!« Wer in der Menge in der Lage dazu ist, reckt den Hals, um auf die Gefangenen zu schauen, sogar auf die Fliegen, die sich nun auf den blutenden Striemen niederlassen.

Ich höre den Schlag kommen und drehe mich danach um. Er trifft mich voll ins Gesicht. »Ich bin blind!«, denke ich und taumele in die Finsternis, die sogleich herabsinkt. Ich schlucke Blut; auf meinem Gesicht blüht etwas auf, es beginnt als rosige Wärme und wird zu brennendem Schmerz. Ich verberge das Gesicht in den Händen und stampfe im Kreis herum, versuche nicht zu schreien und nicht hinzufallen.

Was ich als Nächstes sagen wollte, weiß ich nicht mehr. Ein Wunderwerk der Schöpfung – ich verfolge den Gedanken, aber er entflieht wie eine Rauchfahne. Es kommt mir in den Sinn, dass wir Insekten mit den Füßen zertreten, auch sie sind Wunderwerke der Schöpfung – Käfer, Würmer, Kakerlaken, Ameisen – jedes in seiner Art.

Ich löse die Finger von den Augen, und eine graue Welt taucht wieder auf, in Tränen schwimmend. Ich bin so unendlich dankbar, dass ich keinen Schmerz mehr spüre. Während ich rechts und links beim Ellbogen gepackt und durch die murmelnde Menge eilig zurück in meine Zelle gebracht werde, stelle ich fest, dass ich sogar lächle.

Dieses Lächeln, diese aufwallende Freude hinterlassen einen beunruhigenden Nachgeschmack. Ich weiß, dass sie einen Fehler machen, wenn sie auf diese Art mit mir kurzen Prozess machen. Denn ich bin kein Redner. Was hätte ich wohl gesagt, wenn sie mir das Weiterreden gestattet hätten? Dass es schlimmer ist, die Füße eines Mannes zu Brei zu schlagen, als ihn im Kampf zu töten? dass es jedem Schande macht, wenn ein Mädchen einen Mann schlagen darf? dass Zurschaustellung von Grausamkeiten die Herzen der Unschuldigen verdirbt? Die Worte, die sie mich nicht aussprechen ließen, wären wahrscheinlich sehr belanglos gewesen, kaum Worte, die den Volkszorn schüren. Wofür stehe ich denn eigentlich – außer für einen altmodischen Ehrenkodex, wie sich ein Mann seinen gefangenen Feinden gegenüber zu benehmen hat, und wogegen wende ich mich außer gegen die neue Wissenschaft der Erniedrigung, die Menschen tötet, die auf den Knien liegen, verwirrt und gedemütigt sind? Hätte ich es denn gewagt, vor diese Menge zu treten und Gerechtigkeit für diese lächerlichen gefangenen Barbaren zu fordern, die den Hintern in die Luft recken? *Gerechtigkeit*: wenn dieses Wort erst ausgesprochen ist, wo wird das enden? Da ist es leichter, *Nein!* zu schreien. Leichter, mich schlagen und zum Märtyrer machen zu lassen. Es ist leichter, meinen Kopf auf den Richtblock zu legen, als Gerechtigkeit für die Barbaren zu fordern. Denn wozu soll das führen, als dass wir die Waffen niederlegen und die Tore der Stadt für die Menschen öffnen, deren Land wir geraubt haben? Der alte Magistrat, Verteidiger der Rechtsstaatlichkeit, auf seine Weise ein Feind des Staates, angegriffen und eingekerkert, von unanfechtbarer Rechtschaffenheit, hat seine eigenen bohrenden Zweifel.

Ich weiß, dass meine Nase gebrochen ist, vielleicht auch das Jochbein, wo das Fleisch durch den Stockschlag aufgeplatzt ist. Mein linkes Auge schwillt zu.

Als die Taubheit abklingt, setzt ein krampfartiger Schmerz ein, der alle ein oder zwei Minuten so stark wird, dass ich nicht mehr still liegen kann. Auf dem Höhepunkt des Schmerzanfalls trotte ich im Raum herum, halte mir dabei das Gesicht und winsele wie ein Hund; in den seligen Tälern zwischen den Gipfeln atme ich tief durch, versuche, mich in den Griff zu bekommen und nicht allzu erbärmlich zu schreien. Es ist mir, als könnte ich das Gebrüll des Pöbels auf dem Platz aufbranden und abflauen hören, bin aber nicht sicher, ob es nicht bloß in meinen Ohren braust.

Sie bringen mir wie gewöhnlich das Abendessen, aber ich kann nicht essen. Ich kann nicht still sitzen, ich muss hin und her laufen oder mich hinhocken und vor und zurück wiegen, um nicht zu schreien, meine Sachen zu zerreißen, mich zu zerkratzen oder sonst etwas zu tun, was Menschen tun, wenn sie es nicht mehr aushalten können. Ich weine und fühle die Tränen in der offenen Wunde brennen. Wieder und wieder summe ich das alte Lied von dem Reiter und dem Wacholderbusch, klammere mich sogar dann noch an die Worte in meinem Gedächtnis, als sie aufgehört haben, etwas zu bedeuten. Eins, zwei, drei, vier ... zähle ich. Es wird ein grandioser Sieg sein, rede ich mir ein, wenn ich die Nacht durchhalte.

In den frühen Morgenstunden, als ich so schwindlig vor Erschöpfung bin, dass ich taumele, gebe ich schließlich nach und schluchze herzzerreißend wie ein Kind: ich sitze in einer Ecke an die Wand gelehnt und weine, die Tränen laufen mir unaufhörlich aus den Augen. Ich weine und weine, während der pochende Schmerz nach seinem eigenen Zyklus kommt und geht. In dieser Position streckt der Schlaf mich nieder wie ein Blitz. Erstaunt komme ich im dünnen grauen Tageslicht zu mir, in einer Ecke zusammengesunken, ohne Gefühl für die verstrichene Zeit. Obwohl der pochende Schmerz noch da ist, stelle ich fest, dass ich ihn ertragen kann, wenn ich mich nicht bewege. Ja, er ist nichts Fremdes mehr. Bald wird er vielleicht genauso zu mir gehören wie das Atmen.

Ich lehne also still an der Wand, stecke die schmerzende Hand zum Trost in die Achselhöhle und sinke wieder in den Schlaf, in ein Durcheinander von Bildern, unter denen ich eins ganz besonders suche und alle anderen abwehre, die mir wie Blätter entgegenfliegen. Es ist vom Mädchen. Sie hat mir den Rücken zugewandt und kniet vor der Schneeburg oder Sandburg, die sie gebaut hat. Sie hat ein dunkelblaues Gewand an. Als ich näher komme, sehe ich, dass sie im Inneren der Burg gräbt.

Sie bemerkt mich und dreht sich um. Ich habe mich geirrt, was sie gebaut hat, ist keine Burg, sondern ein Lehmofen. Aus dem Abzug hinten steigen Rauchkringel. Auf ausgestreckten Händen bietet sie mir etwas an, einen unförmigen Klumpen, den ich unwillig durch einen Nebel betrachte. Obwohl ich den Kopf schüttele, will sich meine Sicht nicht bessern.

Sie hat eine runde, goldbestickte Kappe auf dem Kopf. Ihr Haar ist zu einem schweren Zopf geflochten, der ihr über der Schulter liegt – der Zopf ist mit Goldfäden durchflochten. »Warum hast du dich so fein gemacht?« Ich möchte sagen: »Ich habe dich nie so schön gesehen.« Sie lächelt mich an – was für schöne Zähne sie hat, was für klare, kohlschwarze Augen! Jetzt kann ich auch sehen, dass das, was sie mir hinhält, ein Brot ist, noch heiß, mit einer derben, dampfenden, aufgeplatzten Kruste. Eine Woge der Dankbarkeit erfasst mich. »Wo hat ein Kind wie du in der Wüste so gut backen gelernt?«, will ich sagen. Ich breite die Arme aus für sie und komme zu mir in Tränen, die in der Wunde auf meiner Wange brennen. Obwohl ich mich sofort wieder in die Höhle des Schlafs wühle, kann ich nicht in den Traum zurück und das Brot kosten, bei dessen Anblick mir das Wasser im Mund zusammenlief.

Oberst Joll sitzt in meinem Amtszimmer hinter dem Schreibtisch. Bücher oder Akten sind keine da; der Raum ist abgesehen von einer Vase mit frischen Blumen völlig leer.

Der hübsche Leutnant der Staatspolizei, dessen Namen ich nicht weiß, stellt die Zedernholzkiste auf den Schreibtisch und tritt zurück.

In seine Papiere blickend spricht der Oberst. »Unter den in Ihrer Wohnung gefundenen Dingen war diese Holzkiste. Schauen Sie sich die Kiste genau an. Ihr Inhalt ist ungewöhnlich. Darin befinden sich ungefähr dreihundert Täfelchen aus weißem Pappelholz, alle ungefähr zwanzig Zentimeter mal fünf Zentimeter, viele davon mit Bindfäden zusammengebunden. Das Holz ist trocken und spröde. Der Bindfaden ist manchmal neu, manchmal so alt, dass er zerfallen ist.

Wenn man den Bindfaden löst, stellt man fest, dass sich die Täfelchen aufklappen lassen und innen zwei glatte Flächen haben. Diese Flächen sind mit einer unbekannten Schrift beschrieben.

Ich denke, Sie können diese Beschreibung bestätigen.«

Ich starre in die schwarzen Gläser. Er fährt fort.

»Eine plausible Schlussfolgerung ist, dass diese Holztäfelchen Botschaften enthalten, die zwischen Ihnen und anderen Personen ausgetauscht worden sind, wir wissen nicht, wann. Es ist an Ihnen zu erklären, was der Inhalt dieser Botschaften ist und wer die anderen Personen waren.«

Er nimmt ein Täfelchen aus der Kiste und schnippt es über die polierte Schreibtischfläche zu mir hin.

Ich schaue auf die Zeilen mit Zeichen, die ein längst toter Unbekannter geschrieben hat. Ich weiß nicht einmal, ob man sie von rechts nach links oder von links nach rechts lesen muss. An den langen Abenden, die ich über meiner Sammlung brütend verbracht habe, konnte ich mehr als vierhundert verschiedene Zeichen ausmachen, vielleicht auch vierhundertundfünfzig. Ich habe keine Ahnung, wofür sie stehen. Steht jedes für eine einzelne Sache, ein Kreis für die Sonne, ein Dreieck für eine Frau, eine Welle für einen See; oder steht ein Kreis einfach für »Kreis«, ein Dreieck für »Dreieck«, eine Welle für »Welle«? Vertritt jedes Zeichen eine unterschiedliche Stellung von Zunge, Lippen, Kehlkopf,

Lungen, wenn sie zusammenarbeiten, um die Laute in einer vielgestaltigen, unvorstellbaren, ausgestorbenen Barbarensprache zu erzeugen? Oder sind meine vierhundert Zeichen nichts als Schriftvarianten eines zugrunde liegenden Repertoires von zwanzig oder dreißig Zeichen, deren primitive Formen ich nicht erkenne, weil ich zu dumm bin?

»Er schickt Grüße an seine Tochter«, sage ich. Überrascht höre ich die breit näselnde Stimme, die ich jetzt habe. Ich fahre mit dem Finger von rechts nach links die Zeile mit Zeichen entlang. »Die er lange nicht gesehen hat, wie er sagt. Er hofft, dass sie glücklich und gesund ist. Er hofft, dass die Lammzeit gut gewesen ist. Er hat ein Geschenk für sie, sagt er, das er für sie aufhebt. Er grüßt sie herzlich. Seine Unterschrift ist nicht gut zu lesen. Es könnte einfach ›Dein Vater‹ heißen oder etwas anderes sein, vielleicht ein Name.«

Ich lange in die Kiste und wähle ein anderes Täfelchen aus. Der Leutnant, der mit einem offenen Notizbüchlein auf den Knien hinter Joll sitzt, starrt mich durchdringend an, sein Stift schwebt über dem Papier.

»Auf diesem hier steht«, sage ich: »»Leider muss ich schlechte Nachrichten schicken. Die Soldaten sind gekommen und haben deinen Bruder mitgenommen. Ich bin jeden Tag zum Fort gegangen und habe darum gebeten, dass man ihn gehen lässt. Ich sitze mit bloßem Kopf im Staub. Gestern haben sie zum ersten Mal einen Mann geschickt, der mit mir gesprochen hat. Er hat gesagt, dass dein Bruder nicht mehr dort ist. Er hat gesagt, dass man ihn fortgeschickt hat. 'Wohin?' habe ich gefragt, aber er wollte es nicht sagen. Erzähl es nicht deiner Mutter, sondern bete mit mir, dass ihm nichts zustößt.‹

Und nun wollen wir mal sehen, was auf dem nächsten steht.« Der Stift ist immer noch in der Luft, er hat nichts geschrieben, er hat sich nicht bewegt. »›Gestern haben wir deinen Bruder geholt. Sie haben uns in einen Raum geführt, wo er in ein Tuch genäht auf dem Tisch lag.‹« Langsam lehnt sich Joll in seinem Stuhl zurück. Der Leutnant klappt sein Notizbuch zu und erhebt sich halb; aber mit einer Handbewegung hält ihn Joll zurück. »›Sie wollten, dass ich ihn so mitnehme, aber ich bestand darauf, dass ich ihn erst anschaue. ʼWenn ihr mir nun den falschen Körper gebt?ʼ, habe ich gesagt. – ʼIhr habt hier so viele Körper, Körper von tapferen jungen Männer.ʼ Ich habe also das Tuch geöffnet und gesehen, dass er es wirklich war. Ich habe gesehen, dass die Augenlider mit einem Stich zugenäht waren. ʼWarum habt ihr das getan?ʼ, habe ich gefragt. ʼDas ist bei uns so Brauchʼ, hat er gesagt. Ich habe das Tuch weit aufgerissen und habe gesehen, dass sein Körper voller blauer Flecken war, und ich habe gesehen, dass seine Füße geschwollen und gebrochen waren. ʼWas ist mit ihm geschehen?ʼ habe ich gefragt. ʼIch weiß es nichtʼ, hat der Mann gesagt, ʼes steht nicht auf dem Papier; wenn du Fragen hast, mußt du zum Feldwebel gehen, aber er hat viel zu tun.ʼ Wir mußten deinen Bruder hier vor ihrem Fort begraben, weil er schon zu stinken angefangen hatte. Bitte, erzähl das deiner Mutter und versuche, sie zu trösten.‹

Mal sehen, was das nächste sagt. Hier, da steht nur ein einziges Zeichen. Es ist das Zeichen der Barbaren für *Krieg*, aber es hat auch andere Bedeutungen. Es kann für *Rache* stehen, und wenn man es so herum dreht, kann es auch *Gerechtigkeit* bedeuten. Man kann nicht wissen, welche Bedeutung hier gemeint ist. Das ist eben die Verschlagenheit der Barbaren.

In der Art sind auch die restlichen Täfelchen hier.« Ich fahre mit meiner gesunden Hand in die Kiste und schiebe sie durcheinander. »Sie bilden eine Allegorie. Sie können in verschiedener Reihenfolge gelesen werden. Darüber hinaus kann jedes Täfelchen auf verschiedene Weise gelesen werden. Alle zusammen können als Haushaltsbuch gelesen werden, oder sie können als Kriegsplan gelesen werden, oder sie können andersherum gedreht und als Geschichte der letzten Jahre des Reichs gelesen werden – des alten Reichs, meine ich. Die Wissenschaftler sind sich nicht einig, wie man diese Hinterlassenschaften der alten Barbaren interpretieren soll. Allegorische Spiele wie das hier kann man überall in der Wüste ausgraben. Das da habe ich keine drei Meilen von hier in den Ruinen eines öffentlichen Gebäudes gefunden. Aussichtsreich ist es auch, wenn man auf Friedhöfen sucht, aber es ist nicht immer leicht, die Begräbnisplätze der Barbaren zu finden. Es empfiehlt sich, einfach irgendwo zu graben; vielleicht stößt man ja gleich da, wo man steht, auf Reste, Scherben, Erinnerungen an die Toten. Und dann die Luft: die Luft ist voller Seufzer und Schreie. Die gehen nie verloren – wenn man intensiv lauscht, mit einem willigen Ohr, kann man sie unaufhörlich in der zweiten Sphäre nachhallen hören. Die Nacht ist am besten geeignet: wenn man nicht einschlafen kann, dann deshalb, weil die Schreie der Toten ans Ohr gedrungen sind. Sie können auf vielerlei Weise interpretiert werden, wie ihre Schriften auch.

Vielen Dank. Ich bin fertig mit Übersetzen.«

Unterdessen habe ich Joll stets im Auge behalten. Er hat sich nicht gerührt, nur als ich das Reich erwähnte und sein Untergebener aufstand und mich schlagen wollte, hat er ihm die Hand auf den Arm gelegt.

Wenn er mir nahe kommt, werde ich ihn mit aller mir zur Verfügung stehenden Kraft schlagen. Ich werde nicht in die Grube fahren, ohne mein Zeichen auf ihnen zu hinterlassen.

Der Oberst spricht. »Sie haben keine Ahnung, wie lästig Ihr Benehmen ist. Sie sind der einzige von den Beamten, mit denen wir an der Grenze zusammenarbeiten mussten, der uns nicht voll und ganz unterstützt hat. Offen gesagt interessieren mich diese Hölzer nicht.« Er macht eine Handbewegung zu den auf dem Tisch verstreuten Täfelchen. »Es sind höchstwahrscheinlich Spielhölzer. Ich weiß, dass andere Stämme an der Grenze mit Hölzern spielen.

Ich möchte, dass Sie nüchtern überlegen: welche Zukunft haben Sie hier? Auf Ihrem Posten können Sie nicht bleiben. Sie haben sich völlig unmöglich gemacht. Selbst wenn Sie nicht irgendwann vor Gericht gestellt werden —«

»Ich warte darauf, vor Gericht gestellt zu werden!«

schreie ich. »Wann tun Sie es? Wann machen Sie mir den Prozess? Wann bekomme ich die Gelegenheit, mich zu verteidigen?« Ich bin wütend. Von der Sprachlosigkeit, die mich befallen hatte, als ich der Menge gegenüberstand, ist nichts zu spüren. Wenn ich jetzt öffentlich, in einem fairen Prozess, diesen Männern entgegentreten müsste, würde ich die Worte finden, sie zu beschämen. Es ist eine Sache der Gesundheit und der Kraft – ich fühle heiße Worte in mir aufsteigen. Doch sie werden niemals einen Mann vor Gericht bringen, solange er gesund und stark genug ist, sie zu verwirren. Sie werden mich im Dunkeln einsperren, bis ich ein brabbelnder Idiot bin, ein Gespenst meiner selbst; dann werden sie mich unter Ausschluss der Öffentlichkeit vor Gericht zerren und in fünf Minuten mit den juristischen Prozeduren fertig werden, die sie so ermüdend finden.

»Wie Sie wissen«, sagt der Oberst, »liegt die Gerichtsbarkeit während der Zeit des Notstands nicht bei zivilen Behörden, sondern bei der Abteilung III.« Er seufzt. »Magistrat, Sie scheinen zu glauben, dass wir es nicht wagen werden, Sie vor Gericht zu stellen, weil wir befürchten, dass Sie in dieser Stadt zu beliebt sind. Ich glaube, Sie wissen gar nicht, wie viel Sie sich verscherzt haben, indem Sie Ihre Pflichten vernachlässigt, Ihre Freunde gemieden und niederen Umgang gehabt haben. Unter den Leuten, mit denen ich gesprochen habe, ist keiner, der Ihr Benehmen nicht irgendwann als Beleidigung empfunden hat.«

»Mein Privatleben geht die Leute nichts an!«

»Trotzdem kann ich Ihnen sagen, dass unsere Entscheidung, Sie Ihres Postens zu entheben, überwiegend auf Zustimmung gestoßen ist. Persönlich habe ich nichts gegen Sie. Bei meiner Rückkehr vor ein paar Tagen war ich entschlossen, nur eine klare Antwort auf eine einfache Frage von Ihnen zu fordern, und danach hätten Sie als freier Mann zu Ihren Gespielinnen zurückkehren können.«

Plötzlich kommt mir in den Sinn, dass die Beleidigung vielleicht nicht grundlos geschieht, dass es diesen beiden vielleicht aus verschiedenen Gründen nur recht wäre, wenn ich die Beherrschung verlöre. Voll brennender Empörung, jeden Muskel angespannt, hüte ich meine Zunge.

»Sie scheinen jedoch einen neuen Ehrgeiz zu haben«, fährt er fort. »Sie scheinen sich einen Namen als der Eine Gerechte machen zu wollen, der Mann, der bereit ist, seine Freiheit für seine Prinzipien zu opfern.

Aber ich möchte Sie fragen: Glauben Sie, dass Ihre Mitbürger Sie so sehen nach dem lächerlichen Spektakel, das Sie gestern auf dem Platz aufgeführt haben? Glauben Sie mir, für die Menschen in dieser Stadt sind Sie nicht der Eine Gerechte, Sie sind bloß ein Hanswurst, ein Verrückter. Sie sind dreckig, Sie stinken, man riecht Sie meilenweit. Sie sehen aus wie ein alter Bettler, wie einer, der den Abfall durchwühlt. Die Leute wollen Sie in keiner Funktion zurückhaben. Sie haben keine Zukunft hier.

Sie wollen in die Geschichte als Märtyrer eingehen, vermute ich. Aber wer wird Sie in die Geschichtsbücher bringen? Diese Grenzzwischenfälle sind bedeutungslos. Bald sind sie vorüber, und die Grenzregion wird wieder für zwanzig Jahre in Schlaf versinken. Man interessiert sich nicht für die Geschichte der hintersten Provinz.«

»Es hat keine Grenzprobleme gegeben, ehe Sie gekommen sind«, sage ich.

»Das ist Unsinn«, sagt er. »Sie kennen einfach die Tatsachen nicht. Sie leben in einer vergangenen Welt. Sie glauben, wir hätten es mit kleinen Gruppen friedlicher Nomaden zu tun. In Wirklichkeit haben wir es mit einem gut organisierten Feind zu tun. Wenn Sie mit dem Expeditionskorps gekommen wären, hätten Sie sich davon überzeugen können.«

»Diese bedauernswerten Gefangenen, die Sie eingefangen haben – sind *das* die Feinde, die ich fürchten muss? Wollen Sie das sagen? *Sie selbst* sind der Feind, Oberst!« Ich kann mich nicht länger bezähmen. Ich schlage mit der Faust auf den Tisch. »*Sie* sind der Feind, *Sie* haben den Krieg begonnen und *Sie* haben ihnen alle Märtyrer gegeben, die sie brauchen – nicht erst jetzt, es hat schon vor einem Jahr angefangen, als Sie hier Ihre ersten Akte der Barbarei begangen haben! Die Geschichte wird mir Recht geben!«

»Unsinn. Die Geschichte wird sich nicht drum scheren, die Sache ist zu unbedeutend.« Er wirkt unbeeindruckt, aber ich bin sicher, dass ich ihn getroffen habe.

»Sie sind ein perverser Folterknecht! Sie verdienen, gehängt zu werden!«

»So spricht der Richter, der Eine Gerechte«, murmelt er.

Wir starren uns an.

»Und nun«, sagt er und rückt die Papiere vor sich zurecht, »möchte ich eine Darlegung aller Vorgänge zwischen Ihnen und den Barbaren während Ihres kürzlichen, ungenehmigten Besuchs bei ihnen.«

»Ich verweigere die Aussage.«

»Nun gut. Unser Gespräch ist beendet.« Er wendet sich an seinen Untergebenen. »Sie übernehmen jetzt.« Er erhebt sich und geht hinaus. Ich stehe vor dem Leutnant.

Die Wunde auf meiner Wange, die nie gewaschen oder verbunden wurde, ist geschwollen und entzündet. Ein Grind wie eine dicke Raupe hat sich darauf gebildet. Mein linkes Auge ist nur noch ein Schlitz, meine Nase ein formloser Klumpen, in dem es pocht. Ich muss durch den Mund atmen.

Ich liege im Gestank von altem Erbrochenem und kann nur noch an Wasser denken. Seit zwei Tagen habe ich nichts zu trinken bekommen.

An meinem Leiden ist nichts Erhebendes. Wenig von dem, was ich Leiden nenne, ist wirklich Schmerz. Was man mich durchmachen lässt, ist die Unterwerfung unter die elementarsten Bedürfnisse meines Körpers: zu trinken, sich zu erleichtern, die Lage zu finden, in der er am wenigsten wehtut. Als Leutnant Mandel und sein Gehilfe mich hierher zurückbrachten, die Lampe anzündeten und die Tür schlossen, habe ich mich gefragt, wie viel Schmerz wohl ein alter Mann, der gut beieinander ist, ertragen kann, um seinen exzentrischen Vorstellungen darüber, wie das Reich sich aufführen soll, treu zu bleiben. Aber meine Folterer waren nicht an Schmerzgraden interessiert. Sie waren nur daran interessiert, mir zu zeigen, was es hieß, in einem Körper zu leben, als Körper zu leben, ein Körper, der nur so lange Vorstellungen über Gerechtigkeit haben kann, wie er heil und gesund ist, der sie sehr bald vergisst, wenn man seinen Kopf festklammert und ein Schlauch gewaltsam in die Speiseröhre geschoben wird und literweise Salzwasser hindurchgegossen wird, bis er hustet und würgt und um sich schlägt und sich entleert. Sie kamen nicht, um aus mir herauszupressen, was ich zu den Barbaren gesagt hatte und was die Barbaren zu mir gesagt hatten. Daher hatte ich keine Gelegenheit, ihnen die hochtrabenden Worte ins Gesicht zu schleudern, die ich mir zurechtgelegt hatte. Sie kamen in meine Zelle, um mir zu zeigen, was es bedeutet, menschlich zu sein, und im Verlauf einer Stunde haben sie mir sehr viel gezeigt.

Es geht auch nicht darum, wer am längsten aushält. Ich habe mir einmal gedacht: »Sie sitzen in einem anderen Zimmer und sprechen über mich. Sie sagen zueinander: ›Wie lange wird's noch dauern, bis er zu Kreuze kriecht? In einer Stunde gehen wir wieder hin und schauen mal.‹«

Aber so ist es nicht. Sie haben kein ausgeklügeltes

System von Schmerz und Entzug, dem sie mich unterwerfen. Zwei Tage lang bekomme ich kein Essen und kein Wasser. Am dritten Tag werde ich damit versorgt. »Entschuldigung«, sagt der Mann, der mein Essen bringt, »wir haben es glatt vergessen.« Dass sie es vergessen haben, ist keine böse Absicht. Meine Folterer haben ihr eigenes Leben zu führen. Ich bin nicht der Mittelpunkt ihres Universums. Mandels Handlanger bringt wahrscheinlich seine Tage damit zu, Säcke im Magazin zu zählen oder auf den Schanzen zu patrouillieren und über die Hitze zu murren. Mandel selbst, da bin ich sicher, verbringt mehr Zeit damit, seine Riemen und Schnallen zu polieren, als er auf mich verschwendet. Wenn ihm danach ist, kommt er und gibt mir eine Lektion in Menschlichkeit. Wie lange noch kann ich die Zufälligkeit ihrer Übergriffe aushalten? Und was geschieht, wenn ich zusammenbreche, weine, zu Kreuze krieche, und die Übergriffe gehen doch weiter?

Sie beordern mich in den Hof. Ich stehe vor ihnen und bedecke meine Blöße, halte meine schmerzende Hand, ein müder alter Bär, so lange gehetzt, bis er zahm ist. »Lauf!«, sagt Mandel. Unter der brennenden Sonne laufe ich um den Hof. Wenn ich langsamer werde, schlägt er mich mit seinem Stock auf den Hintern, und ich laufe schneller. Die Soldaten vergessen ihre Siesta und schauen aus dem Schatten zu, die Küchenhilfen beugen sich über die Küchentür, Kinder glotzen durchs

Torgitter. »Ich kann nicht mehr!«, keuche ich. »Mein Herz!« Ich bleibe stehen, lasse den Kopf hängen, greife mir an die Brust. Alle warten geduldig, während ich mich erhole. Dann stachelt mich der Stock an, und ich trotte weiter, nicht schneller als ein Spaziergänger.

Oder aber ich vollführe Kunststücke für sie. Sie spannen in Kniehöhe ein Seil, und ich springe darüber und wieder zurück. Sie rufen den kleinen Enkelsohn der Köchin herbei und lassen ihn ein Seilende halten. »Halt es still«, sagen sie, »wir möchten nicht, dass er hinfällt.« Das Kind ergreift sein Seilende mit beiden Händen, konzentriert sich auf die wichtige Aufgabe und wartet darauf, dass ich springe. Ich sträube mich. Die Stockspitze findet ihren Weg zwischen meine Arschbacken und stößt zu. »Spring«, murmelt Mandel. Ich laufe, mache einen Hüpfer, verfange mich im Seil und bleibe dort stehen. Ich stinke nach Scheiße. Ich darf mich nicht waschen. Die Fliegen verfolgen mich überall hin, kreisen um die verlockende Wunde auf meiner Wange, lassen sich nieder, sobald ich einen Moment stillstehe. Die kreisende Bewegung meiner Hand vorm Gesicht, um sie zu vertreiben, ist schon so automatisch wie das Schwanzschlagen einer Kuh. »Sag ihm, nächstes Mal muss er es besser machen«, sagt Mandel zu dem Jungen. Der Junge lächelt und blickt beiseite. Ich setze mich in den Dreck, um auf das nächste Kunststück zu warten. »Kannst du seilspringen?«, fragt er den Jungen. »Gib dem Mann das Seil und bitte ihn, dir zu zeigen, wie man seilspringt.« Ich springe.

Das erste Mal schämte ich mich zu Tode, als ich aus

meinem Loch kommen und nackt vor diesen Müßiggängern stehen oder zu ihrer Belustigung herumhampeln musste. Jetzt bin ich über Scham hinaus. Der Schrecken des Augenblicks, wo meine Knie zu Wasser werden oder mein Herz mich wie mit Krebsscheren kneift und ich stillstehen muss, nimmt mich ganz in Anspruch; und jedes Mal stelle ich zu meinem Erstaunen fest, dass ich nach einer kleinen Pause, nach einer kleinen Dosis Schmerz zum Weiterlaufen, zum Springen oder Kriechen gebracht werden kann. Gibt es einen Punkt, wo ich mich hinlegen und sagen werde: »Bringt mich um – ich möchte lieber sterben als weitermachen«? Manchmal glaube ich, diesem Punkt nahe zu sein, aber ich irre mich immer.

An dem ganzen Geschehen ist nichts tröstlich Erhabenes. Wenn ich nachts stöhnend aufwache, dann deshalb, weil ich im Traum die erbärmlichsten Erniedrigungen noch einmal erlebe. Mir ist offenbar keine andere Art zu sterben gestattet als wie ein Hund in einem Winkel.

Dann reißen sie eines Tages die Tür auf, und ich trete hinaus und sehe nicht zwei Männer, sondern ein Kommando in Habachtstellung. »Hier«, sagt Mandel und reicht mir den Kattunkittel einer Frau. »Zieh das an.«

»Warum?«

»Schön, wenn du nackt gehen willst, bitte sehr.«

Ich ziehe mir den Kittel über den Kopf. Er reicht mir

bis zur Hälfte der Oberschenkel. Ich erhasche einen Blick auf die zwei jüngsten Küchenmädchen, die in die Küche zurücktauchen und hemmungslos kichern.

Man packt meine Handgelenke und bindet sie auf dem Rücken zusammen. »Die Zeit ist da, Magistrat«, flüstert mir Mandel ins Ohr. »Versuchen Sie es wie ein Mann zu tragen.« Ich bin sicher, dass ich Schnaps in seinem Atem rieche.

Sie führen mich aus dem Hof. Unter den Maulbeerbäumen, wo die Erde purpurrot vom Saft der heruntergefallenen Beeren ist, wartet ein Menschenknäuel. Kinder klettern in den Zweigen herum. Als ich mich nähere, verstummen alle.

Ein Soldat schleudert das Ende eines neuen weißen Hanfstrickes hinauf; eins der Kinder auf dem Baum fängt ihn auf, legt ihn über einen Ast und lässt ihn hinuntergleiten.

Ich weiß, das ist nur ein Bluff, ein neuartiger Zeitvertreib am Nachmittag für Männer, denen die alten Quälereien langweilig werden. Trotzdem werden meine Eingeweide zu Wasser. »Wo ist der Oberst?«, flüstere ich. Keiner achtet auf mich.

»Möchten Sie etwas sagen?«, fragt Mandel. »Sagen Sie, was Sie möchten. Das sei Ihnen gestattet.«

Ich schaue in seine klaren blauen Augen, so klar, als lägen Glasschalen über seinen Augäpfeln. Er erwidert meinen Blick. Ich habe keine Ahnung, was er sieht. In meinen Gedanken an ihn habe ich die Worte *Folter ... Folterknecht* vor mich hingesagt, aber das sind seltsame Worte, und je öfter ich sie wiederhole, desto seltsamer werden sie, bis sie mir wie Steine auf der Zunge liegen. Dieser Mann und der Mann, den er mitbringt, damit er ihm bei der Arbeit hilft, und ihr Oberst sind vielleicht Folterknechte, vielleicht ist das ihre Bezeichnung auf drei Karteikarten in einer Gehaltsstelle irgendwo in der Hauptstadt, obwohl auf den Karten mit größerer Wahrscheinlichkeit steht, dass sie Offiziere der Staatspolizei sind. Aber wenn ich ihn anschaue, sehe ich nur die klaren blauen Augen, das ziemlich starre gute Aussehen, die Zähne, die etwas zu lang sind, wo das Zahnfleisch zurückweicht. Er kümmert sich um meine Seele: jeden Tag schiebt er das Fleisch beiseite und setzt meine Seele dem Licht aus; wahrscheinlich hat er im Verlauf seines Arbeitslebens viele Seelen gesehen; aber die Beschäftigung mit Seelen hat offenbar genauso wenig Spuren bei ihm hinterlassen wie die Beschäftigung mit Herzen Spuren beim Arzt hinterlässt.

»Ich bemühe mich sehr, Ihre Gefühle mir gegenüber zu verstehen«, sage ich. Ich kann nur flüstern, meine Stimme bebt, ich habe Angst, und der Schweiß tropft mir von der Stirn. »Ein paar Worte von Ihnen würden mir viel mehr bedeuten als die Gelegenheit, zu diesen Leuten zu sprechen, denen ich nichts zu sagen habe. Damit ich verstehen kann, warum Sie sich dieser Arbeit widmen. Damit ich hören kann, was Sie mir gegenüber fühlen, dem Sie sehr viel Schmerz zugefügt haben und den Sie nun offenbar zu töten beabsichtigen.«

Erstaunt betrachte ich diese komplizierte Äußerung, die sich mir entwindet. Bin ich verrückt genug, dass ich ihn provozieren will?

»Siehst du diese Hand?«, sagt er. Er hält mir die Hand dicht vors Gesicht. »In jüngeren Jahren« – er beugt die Finger – »konnte ich mit diesem Finger« – er reckt seinen Zeigefinger – »eine Kürbisschale durchbohren.« Er setzt mir die Fingerspitze auf die Stirn und drückt. Ich weiche einen Schritt zurück.

Sie haben sogar eine Kappe für mich vorbereitet, einen Salzsack, den sie mir über den Kopf stülpen und mit einem Strick um den Hals zubinden. Durch das Gewebe kann ich sehen, wie sie die Leiter heranholen und an den Ast lehnen. Dorthin werde ich geführt, mein Fuß wird auf die unterste Sprosse gesetzt, die Schlinge wird mir um den Hals gelegt. »Los, steig hoch«, sagt Mandel.

Ich drehe den Kopf und sehe undeutlich zwei Gestalten, die das Ende des Seiles halten. »Mit gefesselten Händen kann ich nicht hochsteigen«, sage ich. Mein Herz hämmert. »Steig«, sagt er und hält mich am Arm fest. Das Seil wird straff. »Haltet es straff«, befiehlt er.

Ich steige die Sprossen hoch, er steigt hinter mir her und leitet mich. Ich zähle zehn Sprossen. Blätter streifen mich. Ich bleibe stehen. Sein Klammergriff um meinen Arm wird fester. »Glaubst du, wir spielen nur?«, fragt er. Er presst die Worte mit einer Wut, die ich nicht verstehe, durch die zusammengebissenen Zähne. »Glaubst du etwa, ich meine es nicht ernst?«

Im Sack brennen meine Augen vom Schweiß. »Nein«, sage ich, »ich glaube nicht, dass ihr spielt.« Solange das Seil straff bleibt, weiß ich, dass sie spielen. Wenn das Seil schlaff wird und ich abrutsche, sterbe ich.

»Was möchtest du mir also sagen?«

»Ich möchte sagen, dass zwischen mir und den Barbaren keine militärischen Angelegenheiten zur Sprache kamen. Es war eine private Angelegenheit. Ich habe die Reise gemacht, um das Mädchen zu ihrer Familie zurückzubringen. Aus keinem anderen Grund.«

»Ist das alles, was du mir sagen willst?«

»Ich will sagen, dass kein Mensch den Tod verdient.« Da stehe ich, in meinem lächerlichen Kittel, mit dem übergestülpten Sack, den üblen Geschmack der Feigheit im Mund, und sage: »Ich will leben. Wie jeder Mensch leben will. Leben, leben, leben. Um jeden Preis.«

»Das reicht nicht.« Er läßt meinen Arm los. Ich schwanke auf meiner zehnten Sprosse, das Seil hilft mir, das Gleichgewicht zu halten. »Verstehst du?«, sagt er. Er steigt die Leiter hinunter und lässt mich allein.

Kein Schweiß mehr, sondern Tränen.

Dicht bei mir rauscht es im Laub. Die Stimme eines Kindes: »Kannst du was sehen, Onkel?«

»Nein.«

»He, ihr Affen, kommt runter!«, schreit einer von unten herauf. Durch das straffe Seil spüre ich die von ihrem Herumturnen in den Ästen ausgelösten Schwingungen.

So stehe ich eine lange Zeit und balanciere vorsichtig auf der Sprosse, spüre den Trost des Holzes in der Wölbung der Fußsohlen, versuche nicht zu schwanken, halte die Spannung des Seils so gleichmäßig wie möglich.

Wie lange wird eine Meute von Faulenzern sich damit zufrieden geben, einen Mann auf einer Leiter stehen zu sehen? Ich würde hier stehen, bis mir das Fleisch von den Knochen fiele, in Sturm und Hagel und Sturzflut, um zu leben.

Doch nun strafft sich das Seil noch mehr, ich höre sogar das schabende Geräusch, als es über die Rinde gleitet, bis ich mich recken muss, damit es mich nicht erdrosselt.

Das ist also doch kein Geduldswettbewerb – wenn die Meute unzufrieden ist, werden die Regeln geändert. Aber was macht es für einen Sinn, der zuschauenden Menge die Schuld zu geben? Ein Sündenbock ist auserkoren, ein Fest angesagt, die Gesetze sind außer Kraft gesetzt – wer würde da nicht herbeiströmen, um das Spektakel zu erleben? Was habe ich denn gegen diese Schauspiele der Erniedrigung, des Quälens und Tötens, die unser neues Regime inszeniert, einzuwenden, als dass sie den Anstand verletzen? Woran wird man sich im Zusammenhang mit meiner Amtszeit erinnern, als dass ich vor zwanzig Jahren das Schlachthaus im Interesse der Schicklichkeit vom Marktplatz an den Stadtrand verlegt habe? Ich versuche, etwas auszustoßen, ein Wort der blinden Furcht, einen schrillen Schrei, aber das Seil ist jetzt so eng, dass es mich drosselt und sprachlos macht. Das Blut dröhnt mir in den Ohren. Ich spüre, wie meine Zehen den Halt verlieren. Ich schwinge leicht in der Luft, bumse gegen die Leiter, strampele mit den Füßen. Das Dröhnen in den Ohren wird langsamer und lauter, bis ich nichts anderes mehr hören kann.

Ich stehe vor dem alten Mann, kneife die Augen zusammen, weil mir der Wind ins Gesicht bläst, und warte darauf, dass er spricht. Die altertümliche Feuerwaffe ruht noch immer zwischen den Ohren seines Pferdes, aber sie ist nicht auf mich gerichtet. Ich nehme die ungeheure Weite des Himmels und der Wüste um uns wahr.

Ich beobachte seine Lippen. Gleich wird er sprechen: ich muss gut zuhören, um jede Silbe mitzubekommen, so dass ich später, wenn ich sie mir wiederhole und über sie nachdenke, die Antwort auf eine Frage entdecke, die momentan wie ein Vogel aus meinem Gedächtnis entflogen ist.

Ich kann jedes einzelne Haar in der Pferdemähne sehen, jede Runzel im Gesicht des Alten, jeden Stein und jede Vertiefung am Hang.

Das Mädchen, dessen schwarzes Haar als Zopf über ihrer Schulter liegt, wie es bei den Barbaren Sitte ist, sitzt hinter ihm auf ihrem Pferd. Sie hat den Kopf gesenkt, auch sie wartet darauf, dass er spricht.

Ich seufze. »Wie schade«, denke ich. »Jetzt ist es zu spät.«

Ich schwinge frei im Raum. Die Brise hebt meinen Kittel und spielt mit meinem nackten Körper. Ich bin entspannt, ich schwebe. In Frauenkleidern.

Meine Füße, es müssen meine Füße sein, obwohl sie völlig taub sind, berühren den Boden. Ich strecke mich vorsichtig der Länge nach aus, leicht wie ein Blatt. Was meinen Kopf so eng umklammert hielt, löst den Griff. Aus meinem Inneren dringt ein mühsames Raspeln. Ich atme. Alles ist in Ordnung.

Dann wird die Kapuze abgenommen, die Sonne blendet mich, ich werde hochgezerrt, alles verschwimmt vor meinen Augen, ich werde ohnmächtig.

Das Wort *fliegen* erklingt leise am Rand meines Bewusstseins. Ja, es stimmt, ich bin geflogen.

Ich blicke in die blauen Augen von Mandel. Seine Lippen bewegen sich, aber ich höre keine Worte. Ich schüttele den Kopf und merke, dass ich nicht mehr aufhören kann damit.

»Ich habe gesagt«, sagt er, »*jetzt werden wir dir eine andere Art zu fliegen zeigen.*«

»Er hört nichts«, sagt jemand. »Er hört schon«, sagt Mandel. Er streift mir das Seil vom Hals und knotet es an den Strick, mit dem meine Handgelenke gefesselt sind. »Zieht ihn hoch.«

Wenn ich die Arme steif halten kann, wenn ich so gelenkig bin, dass ich einen Fuß nach oben schwingen und um das Seil wickeln kann, dann kann ich mit dem Kopf nach unten hängen und nicht verletzt werden – das ist mein letzter Gedanke, ehe sie mich hochziehen. Aber ich bin so schwach wie ein Baby, die Arme hinter dem Rücken werden hochgezerrt, und als ich den Boden unter den Füßen verliere, spüre ich ein entsetzliches Reißen in den Schultern, als würden sich ganze Muskelgruppen ablösen. Aus meiner Kehle dringt das erste klagende rauhe Brüllen, als würde Kies ausgeschüttet. Zwei kleine Jungen lassen sich aus dem Baum fallen, laufen Hand in Hand davon und schauen sich nicht um. Ich stoße ein Gebrüll nach dem anderen aus, ich kann nichts tun, um es zu unterdrücken, der Laut kommt aus einem Körper, der weiß, dass ihm vielleicht nicht wieder gutzumachender Schaden zugefügt wird, und sein Entsetzen hinausschreit. Auch wenn alle Kinder der Stadt mich hören würden, könnte ich nicht aufhören; wir wollen nur inständig hoffen, dass sie nicht die Spiele der Erwachsenen nachahmen, sonst hängen morgen wie eine Plage kleine Körper an den Bäumen. Jemand versetzt mir einen Stoß, und ich fange an, in einem Bogen einen Fußbreit über dem Boden hin- und herzuschweben wie eine große alte Motte, deren Flügel zusammengeklammert sind, brüllend, schreiend. »Er ruft seine Barbarenfreunde«, bemerkt einer. »Das ist die Sprache der Barbaren.« Gelächter.

V

Die Barbaren schwärmen in der Nacht aus. Ehe es dunkel wird, muss die letzte Ziege hereingeholt, müssen die Tore verrammelt und jeder Wachtturm mit einem Posten besetzt werden, der die Stunden ausruft. Die ganze Nacht, erzählt man sich, schleichen die Barbaren herum und sinnen auf Mord und Plünderung. Kinder erleben in ihren Träumen, dass die Fensterläden aufgestoßen werden und grimmige Barbarengesichter hereinschauen. »Die Barbaren sind da!«, schreien die Kinder und sind nicht zu beruhigen. Wäsche verschwindet von der Leine, Lebensmittel aus der Speisekammer, wie sorgfältig sie auch verschlossen war. Die Barbaren haben einen Tunnel unter den Stadtmauern durch gegraben, sagen die Leute; sie kommen und gehen nach Belieben und nehmen, was ihnen gefällt; keiner ist mehr sicher. Die Bauern bestellen die Felder noch, aber sie gehen in Gruppen, nie allein. Sie sind nicht mit dem Herzen bei der Arbeit: die Barbaren warten nur darauf, dass die Saat aufgeht, sagen sie, um dann die Felder erneut unter Wasser zu setzen.

Warum legt die Armee den Barbaren nicht das Handwerk? klagen die Leute. Das Leben in der Grenzregion ist allzu schwer geworden. Sie reden davon, dass sie ins Mutterland zurückkehren wollen, aber dann fällt ihnen ein, dass die Straßen wegen der Barbaren nicht mehr sicher sind. Tee und Zucker können nicht mehr einfach im Laden gekauft werden, weil die Besitzer Vorräte horten. Die gut essen, tun das hinter verschlossenen Türen, weil sie nicht den Neid des Nachbarn erregen wollen.

Vor drei Wochen ist ein kleines Mädchen vergewaltigt worden. Seine Freundinnen hatten in den Bewässerungsgräben gespielt und es nicht vermisst, bis es zu ihnen zurückkam, blutend, stumm. Tagelang hat es in seinem Elternhaus gelegen und an die Decke gestarrt. Nichts konnte das Mädchen dazu bringen, seine Geschichte zu erzählen. Wenn die Lampe gelöscht wurde, fing es an zu wimmern. Seine Freundinnen behaupten, dass es ein Barbar gewesen ist. Sie haben ihn im Schilf verschwinden sehen. An seiner Häßlichkeit haben sie ihn als Barbaren erkannt. Jetzt ist es allen Kindern verboten, vor den Stadttoren zu spielen, und die Bauern nehmen Keulen und Speere mit, wenn sie auf die Felder gehen.

Je mehr die barbarenfeindliche Stimmung wächst, desto ängstlicher kauere ich in meiner Ecke und hoffe, dass man nicht an mich denkt.

Es ist lange her, dass das zweite Expeditionskorps mit seinen Fahnen und Trompeten und den glänzenden Rüstungen und tänzelnden Pferden so kühn ausgezogen ist, um die Barbaren aus dem Tal zu vertreiben und ihnen eine Lektion zu erteilen, die sie und ihre Kinder und Enkel nie vergessen würden. Seitdem gab es keine

Kriegsberichte, keine Kommuniqués. Das Hochgefühl der Zeiten, als auf dem Platz täglich Militärparaden stattfanden, Vorführungen von Reitkünsten, Waffenschauen, hat sich längst verflüchtigt. Stattdessen schwirren angstvolle Gerüchte durch die Luft. Einige behaupten, an der gesamten tausend Meilen langen Grenze seien bewaffnete Konflikte ausgebrochen, die nördlichen Barbaren hätten sich mit den westlichen Barbaren verbündet, die Reichsarmee sei zu weit auseinander gezogen, und demnächst werde sie gezwungen sein, die Verteidigung solcher abgelegenen Außenposten wie diesem hier einzustellen, um ihre Kräfte auf die Verteidigung des Mutterlandes zu konzentrieren. Andere sagen, wir erhielten nur keine Nachrichten vom Kriegsgeschehen, weil die Soldaten tief in Feindesland vorgedrungen seien und viel zu beschäftigt damit, den Barbaren schwere Verluste zuzufügen, um Berichte zu schicken. Bald, so sagen sie, wenn wir es am wenigsten erwarten, würden unsere Männer erschöpft, aber siegreich heimkehren, und wir würden Frieden zu unseren Lebzeiten haben.

Unter den Soldaten der kleinen Garnison, die zurückgeblieben ist, herrscht mehr Trunksucht, als ich jemals erlebt habe, mehr Arroganz gegenüber den Bürgern der Stadt. Es ist vorgekommen, dass Soldaten in Läden gegangen sind und sich dann genommen haben, was sie wollten, und sich ohne zu bezahlen davongemacht haben. Was nützt es dem Ladenbesitzer, Alarm zu schlagen, wenn die Verbrecher mit den Polizisten identisch sind? Die Ladenbesitzer beschweren sich bei Mandel, der unter den Notstandsgesetzen hier die Befehlsgewalt hat, solange Joll mit der Armee fort ist. Mandel macht Versprechungen, tut aber nichts. Wieso auch? Ihn kümmert nur, dass er weiterhin beliebt bei seinen Männern ist. Trotz der demonstrativen Wachsamkeit auf den Stadtmauern und der wöchentlichen Razzia, bei der man das Seeufer nach versteckten Barbaren durchkämmt (obwohl man nie einen gefangen hat), ist die Disziplin lax.

Inzwischen bin ich, der alte Clown, der den letzten Rest an Autorität an dem Tag verloren hat, als er im Unterrock einer Frau an einem Baum hing und um Hilfe schrie, die dreckige Kreatur, die eine Woche lang das Essen wie ein Hund von den Fliesen leckte, weil die Hände den Dienst versagten, nicht mehr eingesperrt. Ich schlafe in einem Kasernenhofwinkel; ich krauche in meinem schmutzigen Kittel herum; wenn einer mir mit der Faust droht, ducke ich mich. Ich lebe wie ein halb verhungertes Tier an der Hintertür, man lässt mich nur am Leben als Beweis für das Tier, das in jedem Barbarenfreund lauert. Ich weiß, dass ich nicht sicher bin. Manchmal spüre ich einen hasserfüllten Blick schwer auf mir ruhen; ich blicke nicht auf; ich weiß, dass die Verlockung für einige stark sein muss, den Hof zu säubern, indem man mir von einem der oberen Fenster aus eine Kugel durch den Kopf jagt.

Flüchtlinge sind in die Stadt geströmt, Fischersleute aus den winzigen Siedlungen, die am Fluss und nördlichen Seeufer verstreut sind. Sie sprechen eine Sprache, die keiner versteht, und bringen ihren Besitz auf dem

Rücken mit, ihre hageren Köter und rachitischen Kinder haben sie im Schlepptau. Als die Ersten kamen, bildete sich eine Menschentraube um sie. »Haben euch die Barbaren vertrieben?«, fragten sie, indem sie wilde Grimassen zogen und zum Schein Bogen spannten. Keiner erkundigte sich nach den Soldaten des Reichs oder den Buschfeuern, die sie gelegt hatten.

Zunächst gab es Mitgefühl für diese Wilden, und die Leute brachten ihnen Nahrung und Kleidung, bis sie dann ihre mit Ried gedeckten Hütten auf der Seite des Platzes, wo die Walnussbäume stehen, an die Mauer bauten und ihre Kinder frech genug wurden, um sich in Küchen zu schleichen und zu stehlen, und eines Nachts eine Meute ihrer Hunde in eine Schafhürde eindrang und ein Dutzend Mutterschafe riss. Da schlugen die Gefühle um. Die Soldaten griffen ein, erschossen die Hunde, wenn sie sich blicken ließen, und eines Morgens, als die Männer noch unten am See waren, rissen die Soldaten die ganze Hüttenreihe ein. Tagelang versteckten sich die Fischersleute im Schilf. Dann tauchten ihre kleinen riedgedeckten Hütten eine nach der anderen wieder auf, diesmal vor der Stadt im Schatten der Nordmauer. Man ließ ihre Hütten stehen, doch die Posten am Tor bekamen den Befehl, sie nicht hereinzulassen. Jetzt hat man dieses Verbot gelockert, und man kann sie früh am Morgen von Tür zu Tür gehen und Fische verhökern sehen. Sie kennen sich mit Geld nicht aus, sie werden unverschämt betrogen, sie geben alles für einen Fingerhut voll Rum her.

Es ist ein knochiger, hühnerbrüstiger Menschenschlag. Ihre Frauen sind offenbar permanent schwanger; ihre Kinder sind verkümmert; bei einigen der jungen Mädchen finden sich Ansätze einer zarten, kläräugigen Schönheit; bei dem Rest sehe ich nur Dummheit, Verschlagenheit, Schlampigkeit. Aber was sehen sie in mir, wenn sie mich überhaupt sehen? Ein Tier, das hinter einem Gitter hervorstiert – die schmutzige Kehrseite dieser schönen Oase, wo sie eine prekäre Zuflucht gefunden haben.

Eines Tages fällt ein Schatten auf mich, wo ich im Hof sitze und döse, ein Fuß stößt mich an, und ich blicke hoch in Mandels blaue Augen.

»Füttern wir dich gut?«, sagt er. »Wirst du wieder fett?«

Ich sitze zu seinen Füßen und nicke.

»Wir können dich aber nicht ewig durchfüttern.«

Eine lange Pause, in der wir uns mustern.

»Wann fängst du an, für deinen Unterhalt zu arbeiten?«

»Ich bin ein Gefangener in Untersuchungshaft. Gefangene in Untersuchungshaft brauchen für ihren Unterhalt nicht zu arbeiten. Das ist Gesetz. Sie werden auf Staatskosten versorgt.«

»Aber du bist kein Gefangener. Du kannst dich frei bewegen.« Er wartet darauf, dass ich den umständlich dargebotenen Köder annehme. Ich sage nichts. Er fährt fort: »Wie kannst du Gefangener sein, wenn es keine Gerichtsakte über dich gibt? Glaubst du etwa, wir führten keine Akten? Wir haben keine Akte über dich. Deshalb mußt du ein freier Mann sein.«

Ich stehe auf und folge ihm über den Hof zum Tor. Die Wache gibt ihm den Schlüssel, und er schließt das Tor auf. »Siehst du? Das Tor ist offen.«

Ich zögere, ehe ich hindurchgehe. Eins würde ich gern wissen. Ich schaue Mandel ins Gesicht, in die klaren Augen, Fenster seiner Seele, auf den Mund, aus dem sein Geist sich artikuliert. »Haben Sie einen Moment Zeit?«, frage ich. Wir stehen im Tor, und die Wache hinter uns tut, als höre sie nicht hin. Ich sage: »Ich bin nicht mehr jung, und die Zukunft, die ich einmal hier gehabt habe, ist ruiniert.« Ich deute mit ausladender Geste auf den Platz, auf den Staub, den der heiße Spätsommerwind, Bringer von Missernten und Seuchen, vor sich her treibt. »Ich bin auch schon einen Tod gestorben, an diesem Baum, aber Sie haben entschieden, mich zu verschonen. Bevor ich gehe, möchte ich etwas erfahren. Wenn es nicht zu spät ist, mit den Barbaren vor den Toren.« Wider Willen spüre ich den Anflug eines höhnischen Grinsens auf meinen Lippen. Ich schaue in den leeren Himmel hinauf. »Verzeihen Sie, wenn die Frage ungehörig wirkt, aber ich möchte gern wissen: Wie ist es Ihnen möglich zu essen, nachdem Sie ... die Menschen bearbeitet haben? Diese Frage hat mich stets im Zusammenhang mit Henkern und ähnlichen Berufen beschäftigt. Warten Sie! Hören Sie mich noch eine Weile an, mir ist es Ernst, es hat mich viel Überwindung gekostet, damit rauszurücken, weil ich Angst vor Ihnen habe, das brauche ich Ihnen nicht zu sagen, bestimmt merken Sie das. Fällt es Ihnen leicht, danach Nahrung zu sich zu nehmen? Ich habe mir vorgestellt, dass man sich danach bestimmt gern die Hände waschen möchte. Aber kein gewöhnliches Händewaschen wäre ausreichend, man brauchte die Hilfe eines Priesters, eine zeremonielle Reinigung, finden Sie nicht auch? Auch eine Läuterung der Seele – so habe ich mir das vorgestellt. Wie könnte man sonst zum normalen Alltagsleben zurückkehren – sich zum Beispiel an einen Tisch setzen und mit seiner Familie oder seinen Kameraden Brot brechen?«

Er wendet sich ab, aber mit einer langsamen, klauenähnlichen Hand gelingt es mir, ihn beim Arm zu packen. »Nein, hören Sie zu!«, sage ich. »Verstehen Sie mich nicht falsch, ich gebe Ihnen keine Schuld und klage sie nicht an, darüber bin ich längst hinaus. Denken Sie daran, auch ich habe mich ein Leben lang mit dem Gesetz beschäftigt, ich kenne die Prozesse, ich weiß, dass die juristischen Vorgänge oft undurchschaubar sind. Ich versuche nur zu verstehen. Ich versuche die Zone zu verstehen, in der Sie leben. Ich versuche mir vorzustellen, wie Sie Tag für Tag atmen und essen und leben. Aber es gelingt mir nicht! Das beunruhigt mich! Wenn ich an seiner Stelle wäre, sage ich mir, würden mir meine Hände so schmutzig vorkommen, dass es mich umbringen würde –«

Er reißt sich los und boxt mich so kräftig vor die Brust, dass ich nach Luft ringe und zurücktaumele. »Du Hundsfott!«, brüllt er. »Du verrückter alter Scheißer! Verschwinde! Verdufte und verrecke irgendwo!«

»Wann werdet ihr mir den Prozess machen?«, schreie ich ihm hinterher. Er beachtet mich nicht.

Ich kann mich nirgends verstecken. Und warum sollte ich auch? Vom Morgengrauen bis zur Abenddämmerung bin ich auf dem Platz zu sehen, wandere um die Marktstände herum oder sitze im Schatten der Bäume. Und als es sich herumspricht, dass der alte Magistrat seinen Teil abgekriegt hat und es durchgestanden hat, hören die Leute allmählich auf, zu verstummen oder mir den Rücken zu kehren, wenn ich mich nähere. Ich entdecke, dass ich nicht ohne Freunde bin, besonders bei den Frauen, die kaum ihre Neugier darauf verbergen können, meine Version der Geschichte zu hören. Als ich so durch die Straßen wandere, komme ich an der drallen Frau des Quartiermeisters vorbei, die gerade die Wäsche aufhängt. Wir grüßen uns. »Und wie geht es Ihnen, Herr?«, fragt sie. »Wir haben gehört, dass Sie so viel durchgemacht haben.« Ihre Augen funkeln, begierig und doch vorsichtig. »Möchten Sie nicht auf eine Tasse Tee hereinkommen?« Wir sitzen also zusammen am Küchentisch, und sie schickt die Kinder zum Spielen hinaus, und während ich Tee trinke und einen nach dem anderen von den köstlichen Haferkeksen, die sie bäckt, kaue, spielt sie die erste Karte in diesem umständlichen Frage- und Antwortspiel aus: »Sie waren so lange fort, dass wir uns gefragt haben, ob Sie überhaupt zurückkommen würden ... Und der ganze Ärger, den Sie hatten! Wie sehr sich alles geändert hat! Als Sie zu bestimmen hatten, hat es das ganze Theater nicht gegeben. Die vielen Fremden aus der Hauptstadt, die alles durcheinander bringen!« Ich nehme mein Stichwort auf, seufze: »Ja, sie verstehen nicht, wie wir hier in der

Provinz die Dinge anpacken. Soviel Ärger wegen eines Mädchens ...« Ich schlinge noch einen Keks hinunter. Über einen verliebten Trottel lacht man, aber man verzeiht ihm schließlich immer. »Für mich war es nur vernünftig, sie zu ihrer Familie zurückzubringen, aber wie konnte man ihnen das verständlich machen?« Ich schwafele weiter; sie hört sich diese Halbwahrheiten an, nickt, beobachtet mich wie ein Habicht; wir tun so, als gehörte die Stimme, die sie hört, nicht dem Mann, der am Baum hing und laut genug um Gnade schrie, um die Toten aufzuwecken. »... Wie dem auch sei, wir wollen hoffen, dass alles vorbei ist. Ich habe noch immer Schmerzen« – ich fasse mich an die Schulter – »der Körper heilt so langsam, wenn man älter wird ...«

Ich singe also für meinen Unterhalt. Und wenn ich am Abend noch Hunger habe, wenn ich am Kasernentor auf die Pfeife warte, die die Hunde ruft, und unauffällig genug hineinschlüpfe, kann ich meist den Küchenmädchen die Reste vom Abendessen der Soldaten abschwatzen, einen Teller kalte Bohnen oder das Dicke unten aus dem Suppentopf oder einen halben Laib Brot.

Oder morgens kann ich zur Gastwirtschaft schlendern, mich auf die untere Klappe der Küchentür stützen, die guten Gerüche einatmen, Majoran und Hefe und frisch gehackte Zwiebeln und rauchendes Hammelfett. Die Köchin Mai fettet die Pfannen ein; ich sehe zu, wie ihre flinken Finger in den Fetttopf tauchen und die Pfanne mit drei schnellen Kreisen einfetten. Ich denke an ihre Pasteten, die berühmte Schinken-Spinat-

Käse-Pastete, die sie macht, und fühle, wie mir das Wasser im Mund zusammenläuft.

»So viele sind fort«, sagt sie und wendet sich dem großen Teigklumpen zu, »ich kann Ihnen gar nicht alle aufzählen. Eine ziemlich große Gruppe ist erst vor ein paar Tagen abgereist. Eins der Mädchen von hier – die Kleine mit dem langen glatten Haar, vielleicht erinnern Sie sich an sie –, sie war dabei, sie ist mit ihrem Burschen abgereist.« Ihre Stimme klingt beiläufig, als sie mir das mitteilt, und ich bin ihr dankbar für ihre Rücksichtnahme. »Natürlich kann man das verstehen«, fährt sie fort, »wenn man fort will, muss man sich jetzt auf den Weg machen, er ist lang und auch gefährlich, und die Nächte werden kälter.« Sie redet vom Wetter, vom vergangenen Sommer und von Vorboten des nahenden Winters, als ob ich dort, wo ich gewesen bin, in meiner Zelle, keine dreihundert Schritt von unserem jetzigen Standort, von Hitze und Kälte, Trockenheit und Nässe abgeschottet gewesen wäre. Für sie bin ich verschwunden und dann wieder aufgetaucht, begreife ich, und dazwischen war ich nicht von dieser Welt.

Ich habe zugehört und genickt und geträumt, während sie redet. Jetzt spreche ich. »Weißt du«, sage ich, »als ich im Gefängnis war – in der Kaserne, nicht im neuen Gefängnis, in einem kleinen Raum, wo ich eingesperrt war –, hatte ich solchen Hunger, dass ich überhaupt nicht an Frauen gedacht habe, nur an Essen. Ich habe von einer Mahlzeit zur nächsten gelebt. Es war nie genug für mich. Ich habe mein Essen hinuntergeschlungen wie ein Hund und wollte mehr. Ich hatte auch viele Schmerzen, zu verschiedenen Zeiten: meine Hand, meine Arme, und auch das« – ich berühre die geschwollene Nase, die hässliche Narbe unter meinem Auge, die die Leute, wie ich allmählich mitbekomme, insgeheim fasziniert. »Wenn ich von einer Frau geträumt habe, dann von einer, die in der Nacht kommt und meinen Schmerz stillt. Ein Kindertraum. Ich wusste aber nicht, dass sich die Sehnsucht tief im Innern anstauen und dann eines Tages ohne Vorwarnung hervorbrechen kann. Was du eben gesagt hast, zum Beispiel – das Mädchen, das du erwähnt hast – ich habe sie sehr gern gehabt, ich glaube, du weißt das, obwohl du aus Taktgefühl ... Ich gestehe, als du gesagt hast, dass sie fort ist, war es, als hätte mich etwas getroffen, hier tief drinnen.«

Ihre Hände bewegen sich flink, stanzen mit dem Rand einer Schüssel Kreise aus der Teigplatte, sammeln die Reste ein und rollen sie zu einem Klumpen. Sie weicht meinem Blick aus.

»Letzte Nacht bin ich zu ihrem Zimmer hochgestiegen, aber die Tür war abgeschlossen. Ich habe mir nichts dabei gedacht. Sie hat viele Freunde, ich habe nie geglaubt, dass ich der einzige bin ... Aber was habe ich gewollt? Einen Platz zum Schlafen, gewiss; aber noch mehr. Warum darum herumreden? Wir wissen doch, dass es der Wunsch aller alten Männer ist, in den Armen junger Frauen ihre Jugend wiederzuerlangen.« Sie bearbeitet den Teig, knetet ihn, rollt ihn aus – selbst eine junge Frau mit eigenen Kindern, die bei einer strengen Mutter lebt – wozu will ich sie denn überreden, als ich mich weiter über Schmerzen und Einsamkeit auslasse? Verwirrt höre ich an, was ich so von mir gebe. ›Alles soll heraus!‹, habe ich mir vorgenommen, als ich mich zum ersten Mal mit meinen Peinigern konfrontiert sah. ›Warum die Lippen töricht aufeinander pressen? Du hast keine Geheimnisse. Lass sie wissen, dass sie es mit Fleisch und Blut zu tun haben! Zeige dein Entsetzen, schreie, wenn der Schmerz kommt! Störrisches Schweigen bringt sie erst in Fahrt: es bestätigt ihnen, dass jede Seele ein Schloss ist, das sie geduldig aufbrechen müssen. Entblöße dich! Öffne dein Herz!‹ Also schrie ich und brüllte und sagte, was mir gerade einfiel. Heimtückische Logik! Denn wenn ich jetzt meiner Zunge freien Lauf lasse, höre ich das raffinierte Gewinsel eines Bettlers. »Weißt du, wo ich letzte Nacht geschlafen habe?« höre ich mich sagen. »Kennst du den kleinen Verschlag hinter dem Kornspeicher? ...«

Aber vor allem verlange ich nach Nahrung, mit jeder Woche gieriger. Ich will wieder fett sein. Tag und Nacht spüre ich Hunger. Wenn ich aufwache, ist mein Magen ein leeres Loch, ich kann es nicht erwarten, meine Runden zu drehen, am Kasernentor herumzulungern, um das wässrige Aroma von Hafergrütze zu erschnuppern und auf den angebrannten Bodensatz zu warten, auf herumtollende Kinder, dass sie mir Maulbeeren von den Bäumen herabwerfen; ich strecke den Arm so weit ich kann über einen Gartenzaun, um den einen oder anderen Pfirsich zu stehlen, ich gehe von Tür zu Tür, ein Mann, der Pech gehabt hat, das Opfer einer blinden Leidenschaft, jetzt aber davon geheilt, bereit, mit einem Lächeln zu nehmen, was ihm angeboten wird – eine Scheibe Marmeladenbrot, eine Tasse Tee, mittags vielleicht einen Teller Eintopf oder Zwiebeln mit Bohnen, und immer Obst, Aprikosen, Pfirsiche, Granatäpfel, die Fülle eines ertragreichen Sommers. Ich esse wie ein Bettler, schlinge mein Essen mit solchen Appetit hinunter, wische meinen Teller so sauber, dass es das Herz erfreut. Kein Wunder, dass ich mich täglich mehr bei meinen Landsleuten einschmeichele.

Und wie ich schmeicheln, wie ich sie umwerben kann! Mehr als einmal hat man extra für mich einen Leckerbissen zubereitet: ein mit Paprikaschoten und Schnittlauch gebratenes Hammelkotelett oder ein Schinken-Tomatenbrot mit einer Ecke Ziegenkäse. Wenn ich mich damit revanchieren kann, Wasser oder Feuerholz zu holen, tue ich das sehr gern, als Zeichen guten Willens, obwohl ich nicht mehr so stark bin wie früher. Und wenn ich einmal meine Quellen in der Stadt ausgeschöpft habe – denn ich muss mich hüten, meinen Wohltätern zur Last zu fallen – , kann ich jederzeit zum Lager der Fischersleute schlendern und ihnen beim Säubern der Fische helfen. Ich habe mir ein paar Worte ihrer Sprache angeeignet, man begegnet mir ohne Misstrauen, sie wissen, was es heißt, Bettler zu sein, sie teilen ihr Essen mit mir.

Ich will wieder fett sein, fetter als je zuvor. Ich will einen Bauch, in dem es zufrieden gurgelt, wenn ich darüber die Hände falte, ich will spüren, wie mein Kinn in den gut gepolsterten Hals sinkt und wie meine

Brüste beim Gehen wabbeln. Ich will ein Leben der schlichten Freuden. Ich will (vergebliche Hoffnung!) nie wieder Hunger leiden.

Fast drei Monate sind nun schon vergangen, seit das Expeditionskorps aufgebrochen ist, und man hat immer noch nichts von ihm gehört. Stattdessen breiten sich schreckliche Gerüchte aus: man hätte das Korps in die Wüste gelockt und dort aufgerieben; es wäre zur Verteidigung des Mutterlands zurückbeordert worden, ohne dass wir etwas davon erfahren hätten, und die Grenzstädte könnten nun von den Barbaren wie reife Äpfel gepflückt werden, wann immer sie wollten. Jede Woche verlässt ein Konvoi der Umsichtigen die Stadt und zieht gen Osten. Zehn oder zwölf Familien reisen zusammen, »um Verwandte zu besuchen«, wie es beschönigend heißt, »bis sich die Lage stabilisiert hat«. Sie reisen ab, führen Kolonnen von Packtieren mit sich, ziehen Handwagen, tragen Lasten auf dem Rücken, sogar ihre Kinder sind wie die Esel beladen. Ich habe sogar einen langen niedrigen Karren gesehen, vor den Schafe gespannt waren. Man kann keine Packtiere mehr kaufen. Die Abreisenden sind die Vernünftigen, die Eheleute, die wach in den Betten liegen und miteinander flüstern, die planen und das kleinere Übel wählen. Sie lassen ihre bequemen Häuser zurück und verschließen sie »bis zu unserer Rückkehr«, nehmen die Schlüssel als Andenken mit. Schon am nächsten Tag sind Banden von Soldaten in die Häuser eingebrochen und haben sie geplündert, die Möbel zertrümmert, die Fußböden verunreinigt. Die Stimmung gegen die, die man bei Vorbereitungen zur Abreise erwischt, wird immer gereizter. Sie werden öffentlich beleidigt, angegriffen oder ungestraft beraubt. Jetzt kommt es vor, dass Familien einfach in tiefer Nacht verschwinden, wobei sie die Wachsoldaten bestechen, damit sie ihnen die Tore öffnen. Sie nehmen dann die östliche Straße und warten am ersten oder zweiten Rastplatz, bis sich eine Gruppe angesammelt hat, die groß genug ist, um sicher zu reisen.

Das Militär tyrannisiert die Stadt. Sie haben eine Fackelkundgebung auf dem Platz organisiert, um »Feiglinge und Verräter« anzuprangern und das kollektive Verbundensein mit dem Reich zu bekräftigen. WIR BLEIBEN HIER ist zur Losung der Getreuen geworden; die Worte kann man allerorten an die Wände gepinselt sehen. Ich habe in jener Nacht am Rand der riesigen Menge gestanden (keiner traute sich zu Hause zu bleiben) und gehört, wie Tausende Kehlen diese Worte schwerfällig und drohend skandierten. Mir lief ein Schauer den Rücken hinunter. Nach der Kundgebung veranstalteten die Soldaten einen Umzug durch die Straßen. Türen wurden eingetreten, Fenster gingen zu Bruch, ein Haus wurde angezündet. Bis spät in die Nacht gab es Zechgelage auf dem Platz. Ich blickte mich nach Mandel um, konnte ihn aber nirgends entdecken. Möglich, dass er die Kontrolle über die Garnison verloren hat, wenn die Soldaten jemals bereit gewesen waren, sich von einem Polizisten kommandieren zu lassen.

Als sie in unserer Stadt einquartiert wurden, empfing man diese Soldaten, die mit unserer Lebensart nicht vertraut waren, Wehrpflichtige aus dem ganzen Reich, kühl. »Wir brauchen sie hier nicht«, sagten die Leute, »je eher sie ausziehen, um gegen die Barbaren zu kämpfen, desto besser.« In den Läden bekamen sie keinen Kredit, Mütter sperrten ihre Töchter vor ihnen weg. Aber nachdem die Barbaren vor unserer Tür aufgetaucht waren, änderte sich diese Haltung. Nun stehen scheinbar nur noch diese fremden Soldaten zwischen uns und der Vernichtung, und man hofiert sie eifrig. Ein Bürgerkomitee erhebt eine wöchentliche Taxe, um ein Fest für sie auszurichten, man brät ganze Schafe am Spieß und spendiert literweise Rum. Die Mädchen der Stadt stehen ihnen zur Verfügung. Man erfüllt ihnen jeden Wunsch, solange sie nur bleiben und unser Leben schützen. Und je mehr man vor ihnen katzbuckelt, desto arroganter werden sie. Wir wissen, dass wir uns nicht auf sie verlassen können. Inzwischen ist der Kornspeicher fast leer und die Hauptstreitmacht hat sich aufgelöst wie Rauch – womit kann man sie da halten, wenn die Gelage aufhören? Wir können nur hoffen, dass die Unbilden des Reisens im Winter sie davon abhalten, uns im Stich zu lassen.

Denn Vorzeichen des Winters sind allgegenwärtig. In den frühen Morgenstunden kommt eine frostige Brise im Norden auf – die Fensterläden klappern, Schläfer drängen sich enger aneinander, die Wachen wickeln sich fester in ihre Mäntel und drehen dem Wind den Rücken zu. In mancher Nacht wache ich fröstelnd auf meinem Lager aus Säcken auf und kann nicht wieder einschlafen. Wenn die Sonne hochsteigt, wirkt sie jeden Tag ferner; die Erde kühlt schon vor Sonnenuntergang aus. Meine Gedanken wandern zu den Reisegrüppchen, die sich auf Hunderte von Straßenmeilen verteilen und einem Vaterland zustreben, das die meisten nie gesehen haben; sie ziehen ihre Handwagen, führen ihre Pferde, tragen ihre Kinder, bewachen ihre Vorräte, lassen jeden Tag am Straßenrand Werkzeuge zurück, Küchenutensilien, Porträts, Uhren, Spielzeug, alles Mögliche, was sie von ihrem ruinierten Besitz zu retten gehofft hatten, ehe sie einsehen mussten, dass sie im besten Fall mit dem Leben davonkommen würden. Noch ein oder zwei Wochen, und das Wetter wird so tückisch, dass sich nur noch die Robustesten auf den Weg machen können. Den ganzen Tag wird der rauhe Nordwind heulen, alles pflanzliche Leben erstarren lassen, ein Staubmeer über die weite Hochebene heranführen, plötzliche Hagel- und Schneeschauer mitbringen. Ich kann mir nicht vorstellen, dass ich in meinen Lumpen und geschenkten Sandalen, mit dem Stock in der Hand und einem Rucksack, den langen Marsch überleben würde. Mein Herz wäre nicht dabei. Auf welches Leben kann ich fern von dieser Oase hoffen? Auf das Leben eines armen Buchhalters in der Hauptstadt, der jeden Abend nach Sonnenuntergang in ein gemietetes Zimmer in einer Seitenstraße zurückkehrt, während mir die Zähne langsam ausfallen und die Wirtin an der Tür herumschnüffelt. Wenn ich mich dem Exodus anschließen würde, dann als einer von den unauffälligen Alten, die sich eines Tages aus der Marschkolonne lösen, sich im Windschatten eines Felsbrockens niederlassen und darauf warten, dass ihnen die letzte große Kälte die Beine hochkriecht.

Ich wandere die breite Straße zum Seeufer hinunter. Der Horizont vor mir ist schon grau und verschmilzt mit dem grauen Wasser des Sees. Hinter mir geht die Sonne in goldenen und purpurroten Streifen unter. Aus den Gräben kommt der erste Gesang der Grillen. Das ist eine Welt, die ich kenne und liebe und nicht verlassen will. Diese Straße bin ich nachts seit meiner Jugend gegangen, und nie ist mir etwas zugestoßen. Wie kann ich glauben, dass die Nacht voller huschender Schatten von Barbaren ist. Wenn es hier Fremde gäbe, würde ich es in den Knochen spüren. Die Barbaren haben sich mit ihren Herden in die tiefsten Bergtäler zurückgezogen und warten darauf, dass die Soldaten aufgeben und abziehen. Wenn das geschieht, werden die Barbaren wieder auftauchen. Sie werden ihre Schafe weiden und uns in Ruhe lassen, wir werden unsere Felder bestellen und sie in Ruhe lassen, und in ein paar Jahren wird es wieder Frieden an der Grenze geben.

Ich komme an den vernichteten Feldern vorbei, die jetzt abgeräumt und frisch umgepflügt sind, steige über die Bewässerungsgräben und die Ufermauer. Der Boden unter meinen Füßen wird weich; bald laufe ich auf feuchtem Sumpfgras, bahne mir den Weg durch dichtes Schilf, wate im letzten violetten Licht der Abenddämmerung knöcheltief im Wasser. Vor mir platschen Frösche ins Wasser; ganz nah höre ich das leise Rascheln eines Federkleids, als sich ein Sumpfvogel duckt und zum Auffliegen bereitmacht.

Ich wate tiefer hinein, teile das Schilf mit den Händen, fühle den kühlen Schlamm zwischen den Zehen; das Wasser, das die Wärme der Sonne länger speichert als die Luft, leistet Widerstand bei jedem Schritt und gibt dann nach. In den frühen Morgenstunden staken die Fischersleute ihre flachen Kähne über diese ruhige Fläche auf den See hinaus und werfen ihre Netze aus. Was für eine friedliche Art, seinen Lebensunterhalt zu verdienen! Vielleicht sollte ich mich von meinem Bettlerdasein lossagen und mich ihnen in ihrem Lager vor der Mauer anschließen, mir eine Hütte aus Lehm und Schilf bauen, eine ihrer hübschen Töchter heiraten, schlemmen, wenn der Fang reichlich ist, den Gürtel enger schnallen, wenn er mager ausfällt.

Bis zu den Waden im wohltuenden Wasser stehend versenke ich mich in diese sehnsuchtsvolle Vision. Mir ist nicht entgangen, was solche Tagträumereien andeuten: Träume davon, wie ich zum Wilden werde und in den Tag hineinlebe, wie ich mich auf die kalte Straße begebe und auf den Weg in die Hauptstadt mache, wie ich hinaus zu den Ruinen in der Wüste tappe, wie ich zurückkehre in meine Zelle und in die Haft, wie ich die Barbaren aufspüre und mich ihnen darbiete, damit sie mit mir tun, was sie wollen. Das sind ausnahmslos Träume vom Ende: keine Träume vom Leben, sondern Träume vom Sterben. Und ich weiß, alle in der von

Mauern umgebenen Stadt, die nun in der Dunkelheit versinkt (ich höre die zwei dünnen Hornsignale, die das Schließen der Tore ankündigen), sind mit Ähnlichem beschäftigt. Alle außer den Kindern! Die Kinder zweifeln nie daran, dass die großen alten Bäume, in deren Schatten sie spielen, ewig stehen werden, dass sie eines Tages so stark wie ihre Väter sein werden, fruchtbar wie ihre Mütter, dass sie leben und gedeihen und eigene Kinder großziehen werden und an dem Ort, wo sie geboren wurden, auch ihr Alter erleben. Wieso ist es für uns unmöglich geworden, in der Zeit zu leben wie die Fische im Wasser, wie die Vögel in der Luft, wie die Kinder? Das Reich ist schuld! Das Reich hat die historische Zeit geschaffen. Das Reich hat seine Existenz nicht im ruhigen, wiederkehrenden Kreislauf der Jahreszeiten verankert, sondern in der zerklüfteten Zeit von Aufstieg und Niedergang, von Anfang und Ende, von geschichtlichen Katastrophen. Das Reich verdammt sich selbst dazu, in der Geschichte zu leben und ein Komplott gegen die Geschichte zu schmieden. Einzig ein Gedanke beherrscht das Unterbewusstsein des Reichs: wie ist es möglich, nicht zu enden, nicht unterzugehen, seine Ära zu verlängern. Bei Tag verfolgt es seine Feinde. Es ist schlau und rücksichtslos, es schickt seine Bluthunde in jeden Winkel. Nachts nährt es sich von Katastrophenbildern: Plünderung von Städten, Vergewaltigung der Bevölkerung, Pyramiden von Knochen, Verwüstung weit und breit. Eine krankhafte Vision, doch eine ansteckende: ich, der ich hier im Schlick wate, bin nicht weniger angesteckt davon als der treu ergebene Oberst Joll, der die Feinde des Reichs durch die grenzenlose Wüste verfolgt, mit gezogenem Schwert, um Barbar auf Barbar niederzustrecken, bis er zuletzt denjenigen findet und tötet, dessen Schicksal es eigentlich sein sollte (oder wenn nicht seins, dann das seines Sohnes oder noch ungeborenen Enkels), das Bronzetor zum Sommerpalast zu erklimmen und den Globus mit dem aufgerichteten Tiger herunterzuwerfen, der ewige Vorherrschaft symbolisiert, während seine Kameraden unten jubeln und mit ihren Musketen in die Luft feuern.

Der Mond ist nicht zu sehen. In der Dunkelheit taste ich mich zurück aufs Trockene und schlafe in meinen Mantel gehüllt auf einem Bett aus Gras ein. Steif und kalt erwache ich aus unruhigen, verworrenen Träumen. Der rote Stern ist am Himmel kaum gewandert.

Als ich mich auf der Straße dem Lager der Fischersleute nähere, fängt ein Hund zu bellen an; kurz darauf fällt ein zweiter ein, und die Nacht explodiert in Lärm – Gebell, Warnrufe, Schreie. Bestürzt rufe ich, so laut ich kann: »Es ist nichts!« Aber keiner hört mich. Ich stehe hilflos mitten auf der Straße. Jemand rennt an mir vorbei zum See; dann prallt ein anderer Körper gegen mich, eine Frau, wie ich sofort weiß, die in meinen Armen in panischer Angst keucht, bevor sie sich losreißt und verschwindet. Hunde sind auch da, sie umknurren mich – ich fahre herum und schreie auf, als einer nach meinen Beinen schnappt, mir die Haut zerfetzt, sich zurückzieht. Das wütende Kläffen kommt von allen Seiten. Hinter den Mauern antworten die

Stadthunde. Ich kauere mich und drehe mich im Kreise, auf den nächsten Angriff gefasst. Das blecherne Jammern von Trompeten dringt durch die Luft. Die Hunde bellen lauter denn je. Langsam schlurfe ich auf das Lager zu, bis sich plötzlich eine der Hütten vor dem Himmel abzeichnet. Ich schiebe die Matte vor der Tür beiseite und begebe mich in die nach Schweiß riechende Wärme, in der bis vor kurzem noch Menschen geschlafen haben.

Der Lärm draußen verebbt, aber es kommt keiner zurück. Die Luft ist abgestanden, einschläfernd. Ich würde gern schlafen, doch der Zusammenprall mit einem weichen Körper auf der Straße klingt noch nach und beunruhigt mich. Wie einen blauen Fleck behält mein Fleisch noch den Abdruck des Körpers, der für wenige Sekunden an meinem ruhte. Ich fürchte mich vor dem, wozu ich fähig bin: morgen bei Tageslicht zurückzukommen, wenn die Erinnerung noch schmerzt, und herumzufragen, bis ich herausfinde, wer im Finstern gegen mich geprallt ist, um ihr, Mädchen oder Frau, ein noch lächerlicheres erotisches Abenteuer aufzudrängen. Die Torheit von Männern meines Alters kennt keine Grenzen. Wir werden nur dadurch entschuldigt, dass wir kein eigenes Zeichen auf den Mädchen hinterlassen, die durch unsere Hände gehen: unsere verdrehten Begierden, unser ritualisierter Liebesakt, unsere schwerfälligen Ekstasen sind bald vergessen, sie schütteln unseren ungeschickten Tanz ab, während sie pfeilgerade in die Arme der Männer streben, deren Kinder sie gebären werden, der jungen, leidenschaftlichen und offenen Männer. Unsere Liebe hinterlässt kein Zeichen. An wen wird sich das andere Mädchen mit dem blinden Gesicht erinnern: an mich, mit meinem seidenen Morgenmantel, dem gedämpften Licht, meinen Parfüms und Ölen und verquälten Freuden, oder an den anderen kalten Mann mit den maskierten Augen, der die Befehle gab und ihre intimen Schmerzenslaute begutachtete? Welches Gesicht hat sie denn als letztes deutlich auf dieser Erde gesehen als das Gesicht hinter dem glühenden Eisen? Obwohl ich mich hier und jetzt vor Scham winde, muss ich mir die Frage stellen, ob ich nicht, als ich mit meinem Kopf an ihren Füßen ruhte und ihre gebrochenen Knöchel streichelte und küsste, im tiefsten Herzen bedauerte, dass ich mich ihr nicht ebenso stark aufprägen konnte. Wie freundlich sie auch von ihren Leuten behandelt werden mag, man wird nie in der üblichen Art um sie werben und sie heiraten – sie ist fürs Leben gezeichnet als Eigentum eines Fremden, und keiner wird sich ihr nähern außer in dem Geist düster-lustvollen Mitleids, den sie bei mir bemerkte und ablehnte. Kein Wunder, dass sie so oft einschlief, kein Wunder, dass sie glücklicher beim Gemüseschälen war als in meinem Bett! Von dem Moment an, als ich vor ihr am Kasernentor stehen blieb, musste sie den üblen Dunst der Täuschung gespürt haben: Neid, Mitleid, Grausamkeit – sie alle gaben sich als Verlangen aus. Und meine Liebkosungen folgten keinem Impuls, sondern verweigerten mühsam alles Impulsive. Mir fällt ihr ernstes Lächeln ein. Gleich von Anfang an hatte sie in mir den falschen Verführer erkannt. Sie hörte mir zu, dann hörte sie auf ihr Herz, und sie folgte zu Recht ihrem Herzen. Wenn sie nur Worte gefunden hätte, mir das zu sagen! »So macht man das nicht«, hätte sie sagen und mich mitten im Akt stoppen sollen. »Wenn du lernen willst, wie man es macht, frage deinen Freund mit den schwarzen Augen.« Dann hätte sie fortfahren sollen, um mir nicht jede Hoffnung zu nehmen: »Aber wenn du mich lieben willst, musst du dich von ihm abwenden und anderswo lernen.« Wenn sie mir das damals gesagt hätte, wenn ich sie verstanden hätte, wenn ich dazu in der Lage gewesen wäre, wenn ich ihr geglaubt hätte, wenn ich dazu in der Lage gewesen wäre, hätte ich mir ein Jahr mit verwirrten und sinnlosen Gesten der Sühne ersparen können.

Denn ich war nicht, wie ich glauben wollte, der nachsichtige, lustbetonte Gegenpol zum kalten, starren Oberst. Ich war die Lüge, die sich das Reich erzählt, wenn die Zeiten ruhig sind, er die Wahrheit, die das Reich sagt, wenn raue Winde wehen. Zwei Seiten der Herrschaftsausübung, nicht mehr, nicht weniger. Aber ich bin Kompromisse eingegangen, ich habe mich umgeschaut in diesem abgelegenen Grenzgebiet, dieser kleinen Provinz mit ihren staubigen Sommern und den Wagenladungen von Aprikosen, mit ihren langen Siestas, ihrer trägen Garnison und den Wasservögeln, die Jahr um Jahr kamen und gingen, die über dem leuchtenden, ruhigen Spiegel des Sees hin und her flogen, und ich habe mir gesagt: »Hab Geduld, bald wird er weggehen, bald wird es wieder ruhig hier – dann werden unsere Siestas noch länger und unsere Schwerter noch rostiger, der Nachtwächter wird von seinem Turm herunterschleichen, um die Nacht bei seiner Frau zu liegen, der Mörtel wird bröckeln, bis Eidechsen in den Ritzen zwischen den Ziegeln hausen und Eulen aus dem Kirchturm fliegen, und die Linie, die auf den Reichskarten die Grenze markiert, wird verblassen und verschwimmen, bis wir selig vergessen sind.« So habe ich mich selbst betrogen und wieder eine der vielen falschen Richtungen auf einer Straße eingeschlagen, die wie die richtige wirkt, mich aber ins Innere eines Labyrinths geführt hat.

Im Traum nähere ich mich ihr über den schneebedeckten Platz. Zuerst laufe ich. Als dann der Wind an Stärke zunimmt, werde ich in einer wirbelnden Schneewolke vorwärts getrieben, die Arme habe ich ausgebreitet, und der Wind bläht meinen Mantel wie ein Segel. Ich gewinne an Fahrt, meine Füße schweben dicht über dem Boden, dann stoße ich auf die einsame Gestalt in der Mitte des Platzes herab. »Sie wird sich nicht rechtzeitig umdrehen und mich sehen!«, denke ich. Ich öffne den Mund, um einen Warnschrei auszustoßen. An meine Ohren dringt ein dünnes Winseln, vom Wind davongetragen, wie ein Papierfetzen in den Himmel hinaufgetragen. Ich bin fast über ihr, ich spanne schon in Erwartung des Zusammenpralls die Muskeln an, da dreht sie sich um und sieht mich. Einen Moment lang habe ich eine Vision von ihrem Gesicht, einem Kindergesicht, glühend, gesund, das mich ohne Furcht anlächelt, bevor wir aufeinander prallen. Ihr Kopf stößt in meinen Bauch; dann bin ich fort, vom

Wind davongetragen. Der Stoß ist so leicht wie die Kollision mit einer Motte. Erleichterung durchströmt mich. »Dann hätte ich ja gar keine Angst zu haben brauchen!«, denke ich. Ich versuche, mich umzublicken, aber in der Weiße des Schnees kann das Auge nichts entdecken.

Mein Mund wird mit nassen Küssen bedeckt. Ich spucke aus, schüttele den Kopf, öffne die Augen. Der Hund, der mir das Gesicht abgeleckt hat, weicht zurück und wedelt mit dem Schwanz. Licht sickert durch die Öffnung der Hütte. Ich krieche in die Morgendämmerung hinaus. Himmel und Wasser haben die gleiche rosige Färbung. Der See, auf dem mir der allmorgendliche Anblick von Fischerbooten mit stumpfem Bug schon vertraut geworden war, ist leer. Das Lager, wo ich mich befinde, ist auch leer.

Ich wickele mich fester in meinen Mantel und marschiere auf der Straße am Haupttor vorbei, das noch geschlossen ist, bis zum nordwestlichen Wachtturm, der nicht bemannt zu sein scheint, dann die Straße wieder zurück und, die Abkürzung durch die Felder nehmend, über den Damm auf das Seeufer zu.

Vor meinen Füßen springt ein Hase auf und läuft im Zickzack davon. Ich verfolge ihn mit den Blicken, bis er einen Kreis geschlagen hat und im reifen Weizen auf den fernen Feldern untergetaucht ist.

Fünfzig Schritt vor mir steht ein kleiner Junge auf dem Weg und pinkelt. Er beobachtet den Bogen seiner Pisse, und er beobachtet auch mich aus den Augenwinkeln, lehnt sich zurück, damit der letzte Strahl weiter reicht. Sein goldener Bogen hängt noch in der Luft, da ist er plötzlich verschwunden, fortgerissen von einem dunklen Arm, der aus dem Schilf kommt.

Ich stehe auf dem Fleck, wo er gestanden hat. Weit und breit nichts als schwankende Schilfrispen, durch die man die gleißende Halbkugel der Sonne blitzen sieht.

»Ihr könnt rauskommen«, sage ich mit kaum erhobener Stimme. »Ihr habt nichts zu befürchten.« Die Finken meiden diesen Schilffleck, merke ich. Ich bin sicher, dass mich dreißig Paar Ohren hören.

Ich gehe zurück zur Stadt.

Die Tore sind offen. Soldaten, schwer bewaffnet, stöbern bei den Hütten der Fischersleute herum. Der Hund, der mich geweckt hat, trottet mit ihnen von Hütte zu Hütte, mit hoch erhobenem Schwanz, hängender Zunge, aufgestellten Ohren.

Einer der Soldaten rüttelt am Gestell, wo die ausgenommenen und gesalzenen Fische zum Trocknen hängen. Es kracht zusammen.

»Macht das nicht!«, rufe ich und gehe schneller. Einige dieser Männer kenne ich von den langen Tagen der Qual im Kasernenhof. »Macht das nicht, sie konnten doch nichts dafür!«

Mit gewollter Lässigkeit stolziert derselbe Soldat jetzt zur größten Hütte hinüber, stemmt sich gegen zwei der vorragenden Dachstreben und versucht, das riedgedeckte Dach auszuhebeln. Obwohl er sich anstrengt, gelingt es ihm nicht. Ich habe beim Bau dieser zerbrechlich wirkenden Hütten zugesehen. Sie sind so gebaut, dass sie dem Zerren von Winden, in denen kein

Vogel fliegen kann, widerstehen. Der Dachrahmen ist an den Pfosten mit Riemen befestigt, die durch keilförmige Kerben geführt sind. Man kann ihn nicht ausheben, ohne die Riemen zu durchschneiden.

Ich versuche, den Mann umzustimmen. »Ich will erzählen, was letzte Nacht geschehen ist. Ich bin im Dunkeln vorübergegangen, da haben die Hunde angefangen zu bellen. Die Leute hier haben es mit der Angst bekommen, sie haben den Kopf verloren, ihr wisst ja, wie sie sind. Sie haben wahrscheinlich geglaubt, die Barbaren sind da. Sie sind zum Seeufer hinuntergelaufen. Sie verstecken sich im Schilf – ich habe sie vor kurzem gesehen. Ihr könnt sie nicht wegen eines so lächerlichen Vorfalls bestrafen.«

Er beachtet mich nicht. Ein Kamerad hilft ihm, aufs Dach zu klettern. Auf zwei Streben balancierend beginnt er mit seinem Stiefelabsatz Löcher ins Dach zu hacken. Ich höre es drinnen plumpsen, als Gras und Lehmputz herunterfallen.

»Hör auf!«, schreie ich. Das Blut pocht wild in den Schläfen. »Was haben sie euch getan?« Ich angele nach seinem Knöchel, doch er ist zu weit weg. In dieser Stimmung könnte ich ihm an die Gurgel fahren.

Einer baut sich vor mir auf – der Freund, der ihm hinaufgeholfen hat. »Warum verpisst du dich nicht«, knurrt er. »Warum verpisst du dich nicht einfach. Warum verreckst du nicht irgendwo.«

Ich höre, wie unter dem Schilf und Lehm eine Dachstrebe bricht. Der Mann auf dem Dach reißt die Hand hoch und fällt durch. Eben noch ist er da, die

Augen verwundert aufgerissen, dann hängt nur noch eine Staubwolke in der Luft.

Die Matte vor der Tür wird beiseite gestoßen, und er kommt herausgetorkelt, umklammert mit der einen Hand die andere, und ist von Kopf bis Fuß mit Lehmstaub bepudert. »Scheiße!«, sagt er. »Scheiße, Scheiße, Scheiße!« Seine Freunde brüllen vor Lachen. »Das ist nicht lustig!«, schreit er. »Ich hab mir den verdammten Daumen verstaucht!« Er steckt seine Hand zwischen die Knie. »Er tut verdammt weh!« Er versetzt der Wand der Hütte einen Fußtritt, und wieder höre ich drinnen den Putz fallen. »Verdammte Wilde!«, sagt er. »Wir hätten sie schon längst an die Mauer stellen und erschießen sollen – mit ihren Freunden!«

Er schaut an mir vorbei, durch mich hindurch und ignoriert mich auf jede Weise, dann stolziert er davon. Als er an der letzten Hütte vorbeikommt, zerrt er die Matte an der Tür herunter. Die Schnüre mit aufgefädelten Samen, die sie schmücken, reißen, rote und schwarze Beeren und getrocknete Melonenkerne regnen herab. Ich stehe auf der Straße und warte, bis das Zittern der Wut in mir nachlässt. Ich denke an einen jungen Bauern, der mir vorgeführt wurde, als ich noch für die Garnison zuständig war. Der Magistrat einer fernen Stadt hatte ihn zu drei Jahren Armee zwangsrekrutiert, weil er Hühner gestohlen hatte. Nach einem Monat hier versuchte er zu desertieren. Er wurde aufgegriffen und mir vorgeführt. Er hatte seine Mutter und seine Schwestern wiedersehen wollen, sagte er. »Wir können nicht einfach das tun, was wir wollen«, belehrte ich ihn. »Das Gesetz gilt für alle, es ist größer als jeder von uns. Der Magistrat, der dich hergeschickt hat, ich selbst, du – für uns alle gilt das Gesetz.« Er blickte mich mit stumpfen Augen an und wartete auf die Verkündung seiner Strafe, hinter ihm standen seine beiden sturen Bewacher, die Hände waren ihm auf dem Rücken gefesselt. »Ich weiß, du meinst, es wäre ungerecht, dass du bestraft werden sollst, weil du die Gefühle eines guten Sohnes hast. Du glaubst, du weißt, was gerecht und was ungerecht ist. Ich verstehe das. Wir alle glauben, es zu wissen.« Damals hatte ich keinen Zweifel daran, dass jeder von uns – Mann, Frau, Kind, vielleicht auch das arme alte Pferd, das man zum Drehen des Wasserschöpfrads benutzte – jederzeit wusste, was gerecht war: alle Kreaturen bringen, wenn sie auf die Welt kommen, die Erinnerung an Gerechtigkeit mit. »Aber wir leben in einer Welt der Gesetze«, sagte ich zu meinem armen Gefangenen, »diese Welt ist nur zweite Wahl. Daran können wir nichts ändern. Wir sind alle Sünder. Wir können nur gemeinsam die Gesetze achten und ehren und dafür sorgen, dass die Erinnerung an die Gerechtigkeit nicht verblasst.« Nachdem ich ihm diesen Vortrag gehalten hatte, teilte ich ihm seine Strafe mit. Er nahm die Strafe ohne Murren an, und seine Bewacher führten ihn ab. Ich weiß noch, wie unwohl ich mich an solchen Tagen fühlte. Ich ging aus dem Gerichtssaal und kehrte in meine Wohnung zurück, saß da den ganzen Abend im Dunkeln in meinem Schaukelstuhl, ohne Appetit, bis es Schlafenszeit war. »Wenn Menschen ungerecht leiden«, sagte ich mir, »ist es das

Schicksal derer, die Zeuge ihres Leidens werden, sich dafür zu schämen. Aber das nur scheinbar Tröstliche dieser Überlegung konnte mich nicht beruhigen. Ich habe mehr als einmal mit dem Gedanken gespielt, von meinem Amt zurückzutreten, mich aus dem öffentlichen Leben zurückzuziehen, eine kleine Gärtnerei zu kaufen. Doch dann wird ein anderer ernannt, sagte ich mir, der sich von Amts wegen schämen muss, und nichts ändert sich. Deshalb blieb ich weiter in der Pflicht, bis mich eines Tages die Ereignisse überrollten.

Die beiden Reiter sind keine Meile mehr entfernt und schon dabei, die kahlen Felder zu überqueren, als man sie entdeckt. Ich bin in der Menge, die zur Begrüßung hinauseilt, als die Rufe von der Mauer ertönen; denn wir alle erkennen die grüngoldene Bataillonsstandarte, die sie mitführen. Mitten unter aufgeregt durcheinander wuselnden Kindern gehe ich mit großen Schritten über die frisch umgepflügten Schollen.

Der linke Reiter, der dicht neben seinem Kameraden geritten ist, biegt ab und trabt hinüber zum Uferweg.

Der andere kommt im Passgang weiter auf uns zu. Er sitzt kerzengerade im Sattel und hat die Arme ausgebreitet, als wolle er uns umarmen oder in den Himmel fliegen.

Ich fange an zu laufen, so schnell ich kann, meine Sandalen bleiben an der Erde kleben, mein Herz hämmert.

Hundert Meter hinter ihm hört man Hufgetrappel, und drei Soldaten in Rüstung kommen vorbeigaloppiert und sprengen nun auf das Schilfdickicht zu, in dem der andere Reiter verschwunden ist.

Ich stelle mich mit in den Kreis um den Mann (ich erkenne ihn wieder, trotz der Veränderung), der mit leerem Blick auf die Stadt starrt, während die Standarte kühn über seinem Kopf weht. Er ist an einen kräftigen Holzrahmen gebunden, der ihn aufrecht im Sattel hält. Im Kreuz stützt ihn eine Stange, und die Arme sind an einer Querlatte festgezurrt. Fliegen umsummen sein Gesicht. Der Unterkiefer ist hochgebunden, sein Fleisch ist aufgedunsen, er strömt einen ekelhaften Geruch aus, er ist schon seit etlichen Tagen tot.

Ein kleiner Junge zieht an meiner Hand. »Ist das ein Barbar, Onkel?«, flüstert er. »Nein«, flüstere ich zurück. Er wendet sich an den Jungen neben ihm. »Siehst du, ich hab's dir gesagt«, flüstert er.

Da offenbar kein anderer bereit dazu ist, wird mir die Aufgabe zuteil, die schleifenden Zügel aufzunehmen und diese Botschaft von den Barbaren zurück durchs große Tor zu führen, an schweigenden Zuschauern vorbei in den Kasernenhof, um dort den Standartenträger loszuschneiden und aufzubahren.

Die Soldaten, die seinem einsamen Gefährten hinterhergeritten sind, kommen bald zurück. Im leichten Galopp reiten sie über den Platz auf das Gerichtsgebäude zu, von dem aus Mandel sein Kommando führt, und verschwinden darin. Als sie wieder auftauchen, wollen sie mit keinem reden.

Jede Vorahnung von einer Katastrophe ist bestätigt, und zum ersten Mal wird die Stadt von echter Panik gepackt. Die Läden sind überfüllt mit Kunden, die einander überbieten, um Lebensmittelvorräte anzulegen. Einige Familien verbarrikadieren sich in ihren Häusern und nehmen die Hühner und sogar die Schweine mit hinein. Die Schule wird geschlossen. Das Gerücht, dass eine Horde Barbaren wenige Meilen vor der Stadt am verkohlten Flussufer lagert, dass ein Sturmangriff auf die Stadt kurz bevorsteht, verbreitet sich in Windeseile von einer Straßenecke zur anderen. Das Unvorstellbare ist eingetreten: die Armee, die vor drei Monaten so munter aus der Stadt marschiert ist, wird nie mehr zurückkehren.

Die großen Tore werden geschlossen und verriegelt. Ich versuche den Feldwebel der Wache zu überreden, dass er die Fischersleute hereinlässt. »Sie sind in Todesangst«, sage ich. Wortlos dreht er mir den Rücken zu. Über unseren Köpfen stehen die Soldaten auf den Stadtmauern, die vierzig Männer, die zwischen uns und der Vernichtung postiert sind, und starren hinaus über den See und in die Wüste.

Als die Nacht kommt und ich mich auf den Weg zum Schuppen am Kornspeicher mache, wo ich immer noch schlafe, ist mir der Weg versperrt. Eine Reihe zweirädriger Pferdewagen der Heeresverwaltung fährt durch die Gasse, der erste beladen mit Säcken voll Saatgetreide aus dem Kornspeicher, stelle ich fest, die anderen leer. Ihnen folgen eine Reihe Pferde, mit Satteln und Decken, aus den Garnisonsställen: jedes Pferd, das in den letzten Wochen gestohlen oder requiriert wurde, wie ich vermute. Von dem Lärm angelockt, kommen die Leute aus ihren Häusern und beobachten still dieses offenbar lange geplante Rückzugsmanöver.

Ich bemühe mich um ein Gespräch mit Mandel, aber der Wachsoldat am Gerichtsgebäude ist so hölzern wie alle seine Kameraden.

Doch Mandel ist gar nicht im Gerichtsgebäude. Ich erreiche den Platz gerade noch rechtzeitig, um das Ende einer Erklärung zu hören, die er »im Namen des Reichsheereskommandos« öffentlich verliest. Der Rückzug, sagt er, ist eine »zeitweilige Maßnahme«. Eine »Interimstruppe« wird zurückbleiben. Erwartet wird »eine allgemeine Einstellung der Kampfhandlungen an der Front während des Winters«. Er selbst hoffe, im Frühjahr zurückzukommen, wenn die Armee »eine neue Offensive startet«. Er möchte allen für die »unvergessliche Gastfreundschaft« danken, die ihm erwiesen wurde.

Während er, flankiert von Soldaten mit Fackeln, auf einem der leeren Pferdewagen steht und spricht, kommen seine Männer mit den Früchten ihres Beutezugs zurück. Zwei rackern sich ab, um einen schönen gusseisernen Ofen, den sie in einem leer stehenden Haus erbeutet haben, aufzuladen. Ein anderer kehrt mit einem Hahn und einer Henne zurück und grinst triumphierend. Der Hahn ist ein schwarzgoldenes Prachtexemplar. Die Beine der Tiere sind zusammengebunden, er hat sie bei den Flügeln gepackt, ihre wilden Vogelaugen funkeln. Einer hält die Ofentür auf, und er stopft die Tiere hinein. Der Wagen ist hochbepackt mit Säcken und Fässern aus einem geplünderten Laden, selbst ein kleiner Tisch und zwei Stühle sind dabei. Sie entrollen einen schweren roten Teppich, breiten ihn über die Ladung und zurren ihn fest. Von den Menschen, die dabeistehen und diesen methodischen Akt des Verrats beobachten, kommt kein Protest, doch ich spüre, wie sich hilfloser Zorn um mich herum ausbreitet.

Der letzte Wagen ist beladen. Die Tore werden aufgesperrt, die Soldaten sitzen auf. An der Spitze der Kolonne verhandelt jemand mit Mandel, wie ich höre. »Bloß eine Stunde, mehr nicht«, sagt er, »in einer Stunde können sie fertig sein.« »Kommt nicht in Frage«, erwidert Mandel, der Wind trägt den Rest seiner Worte davon. Ein Soldat stößt mich beiseite und führt drei Frauen mit schweren Bündeln zum letzten Wagen. Sie klettern hinauf und lassen sich nieder, dabei halten sie ihre Schleier vors Gesicht. Eine davon trägt ein kleines Mädchen, das sie ganz oben auf die Ladung setzt. Peitschen knallen, die Kolonne setzt sich in Bewegung, die Pferde legen sich in die Sielen, die Räder knarren. Am Ende der Kolonne kommen zwei Männer mit Stöcken, die eine Herde von einem Dutzend Schafen vor sich her treiben. Als die Schafe vorüberkommen, schwillt das Murren in der Menschenmenge an. Ein junger Mann kommt hervorgeschossen, wedelt mit den Armen und schreit: die Schafe rennen hierhin und dahin in die Dunkelheit, und mit Gebrüll rückt die Menge nach. Fast sofort krachen die ersten Schüsse. So schnell ich kann, laufe ich, umgeben von Massen schreiender, laufender Leute, und erhasche nur ein einziges Bild von diesem vergeblichen Angriff: ein Mann rangelt mit einer der Frauen im letzten Wagen und zerrt an ihren Kleidern, während das Kind mit aufgerissenen Augen und dem Daumen im Mund zusieht. Dann ist der Platz wieder leer und dunkel, der letzte Wagen rollt durchs Tor, die Garnison ist fort.

Für den Rest der Nacht stehen die Tore offen, und kleine Familienverbände, die meisten zu Fuß und schwer beladen, eilen den Soldaten hinterher. Und vor der Morgendämmerung schleichen sich die Fischersleute wieder in die Stadt, ohne auf Widerstand zu treffen, sie haben ihre kränklichen Kinder und kläglichen Besitztümer und ihre Bündel von Stangen und Ried dabei, mit denen sie sich von neuem an die Aufgabe des Hüttenbaus machen.

Meine alte Wohnung steht offen. Drinnen ist die Luft muffig. Staub ist schon lange nicht mehr gewischt worden. Die Schaukästen mit den Steinen, Eiern und den Fundstücken aus den Ruinen in der Wüste sind fort. Die Möbel im vorderen Zimmer sind an die Wände gerückt und der Teppich ist entfernt worden. Das kleine Wohnzimmer scheint unberührt, aber in allen Vorhängen steckt ein säuerlich-dumpfer Geruch.

Im Schlafzimmer ist die Bettdecke mit der gleichen Bewegung beiseite geschleudert worden, die auch ich mache, als hätte ich selbst hier geschlafen. Der Geruch der ungewaschenen Bettwäsche ist fremd.

Der Nachttopf unter dem Bett ist halbvoll. Im Schrank liegt ein zerknittertes Hemd mit einem braunen Rand im Kragen und gelben Flecken unter den Achseln. Meine Kleider sind alle fort.

Ich ziehe das Bett ab, lege mich auf die nackte Matratze und warte darauf, dass mich ein ungemütliches Gefühl beschleicht, das Gespenst eines anderen Mannes, der noch in seinen Gerüchen und in der von ihm verursachten Unordnung präsent ist. Das Gefühl kommt nicht; das Zimmer ist mir vertraut wie immer. Ich habe den Arm übers Gesicht gelegt und treibe langsam auf den Schlaf zu. Vielleicht stimmt es ja, dass die Welt, wie sie ist, keine Illusion ist, kein böser nächtlicher Traum. Vielleicht erkennen wir beim Erwachen unausweichlich, dass wir sie nicht vergessen oder auf sie verzichten können. Aber mir fällt es nach wie vor schwer zu glauben, dass das Ende nahe ist. Ich weiß, wenn die Barbaren jetzt über uns kommen sollten, würde ich so dumm und unwissend wie ein kleines Kind in meinem Bett sterben. Und noch passender wäre es, wenn man mich unten in der Speisekammer mit einem Löffel in der Hand und den Mund voller Feigenkonfitüre, aus dem letzten Glas im Regal stibitzt, erwischen würde: dann könnte man mir den Kopf abschlagen und ihn zu dem Haufen Köpfe auf dem Platz draußen werfen, und er zeigte noch einen Ausdruck des Beleidigtseins und der schuldbewussten Überraschung bei diesem Einbruch der Geschichte in die stillstehende Zeit der Oase. Jedem das passende Ende. Einige wird man in Unterständen unter ihren Kellern erwischen, wie sie ihre Wertsachen an die Brust pressen und die Augen zukneifen. Einige werden auf der Straße sterben, übermannt von den ersten Schneefällen des Winters. Einige wenige sterben vielleicht sogar, sich mit Mistgabeln verteidigend. Danach werden die Barbaren sich den Hintern mit den Dokumenten aus dem Stadtarchiv abwischen. Bis zum Schluss werden wir nichts begriffen haben. Im tiefsten Inneren sind wir offenbar alle wie aus Granit und unbelehrbar. Trotz der Hysterie draußen auf den Straßen glaubt keiner wirklich, dass die Welt der stillen Gewissheiten, in die wir hineingeboren wurden, in Kürze vernichtet werden soll. Keiner kann akzeptieren, dass eine Reichsarmee vernichtet worden ist von Männern mit Pfeil und Bogen und rostigen alten Flinten, von Barbaren, die in Zelten leben und sich nie waschen und weder lesen noch schreiben können. Und wer bin ich denn, dass ich über lebensrettende Illusionen lachen sollte? Wie kann man diese letzten Tage besser verbringen, als von einem Retter mit einem Schwert träumend, der die feindlichen Heerscharen zerstreuen und uns unsere Fehler vergeben wird, die von anderen in unserem Namen begangen wurden, der uns eine zweite Chance gewähren wird, unser irdisches Paradies zu errichten? Ich liege auf der nackten Matratze und konzentriere mich darauf, das Bild von mir als Schwimmer zu beleben, einem Schwimmer, der mit gleichmäßigen, nie ermüdenden Zügen durch das

Medium der Zeit schwimmt, ein Medium, das träger ist als Wasser, ohne Wellen, alles durchdringend, farblos, geruchlos, trocken wie Papier.

VI

Manchmal gibt es morgens frische Hufabdrücke auf den Feldern. Zwischen den kümmerlichen Büschen, die die ferne Grenze des Ackerlandes markieren, sieht der Wächter einen Umriss, von dem er schwört, er wäre gestern noch nicht da gewesen, und der am nächsten Tag verschwunden ist. Die Fischersleute wagen sich nicht vor Sonnenaufgang hinaus. Ihre Fangquote ist so gesunken, dass sie kaum davon leben können.

Zwei Tage lang haben wir gemeinsam geschuftet und, unsere Waffen stets in Reichweite, die äußeren Felder abgeerntet und alles eingebracht, was die Überschwemmung übrig gelassen hat. Der Ernteertrag ist nicht einmal vier Becher pro Tag für jede Familie, aber das ist besser als nichts.

Obwohl das blinde Pferd weiter das Rad dreht, das den Wasserspeicher am Seeufer füllt, der das Wasser für die Gärten der Stadt liefert, wissen wir, dass die Leitung jederzeit unterbrochen werden kann, und haben schon damit begonnen, neue Brunnen innerhalb der Stadtmauern zu graben.

Ich habe meine Mitbürger angestachelt, ihre Gemüsegärten zu beackern, Wurzelgemüse anzubauen, das die Winterfröste übersteht. »Vor allem müssen wir Mittel und Wege finden, den Winter zu überleben«, sage ich ihnen. »Im Frühjahr schicken sie uns Hilfsgüter, daran gibt es keinen Zweifel. Nach dem ersten Tauwetter können wir Zweimonatshirse anbauen.«

Die Schule hat man geschlossen, und die Kinder sind damit beschäftigt, die salzigen Zungen im Süden des Sees mit dem Schleppnetz nach den winzigen roten Krebstieren abzufischen, die in den flachen Gewässern in Hülle und Fülle vorhanden sind. Wir räuchern sie und pressen sie zu Scheiben von einem Pfund Gewicht. Sie haben einen unangenehm öligen Geschmack; normalerweise essen sie nur die Fischersleute; doch ich befürchte, ehe der Winter um ist, werden wir alle noch froh sein, wenn wir Ratten und Insekten verschlingen können.

Auf der nördlichen Stadtmauer haben wir eine Reihe von Helmen platziert und Speere daneben aufgepflanzt. Alle halben Stunden geht ein Kind an der Reihe lang und wackelt an jedem Helm. So hoffen wir die scharfen Augen der Barbaren zu täuschen.

Die Garnison, die uns Mandel hinterlassen hat, besteht aus drei Männern. Sie stehen abwechselnd vor dem verschlossenen Tor des Gerichtsgebäudes Wache, vom Rest der Stadt nicht beachtet, halten sie sich abseits.

Bei allen Maßnahmen zu unserem Schutz habe ich die Führung übernommen. Keiner hat sie mir streitig gemacht. Mein Bart ist gestutzt, ich habe saubere Sachen an, ich habe praktisch die legale Verwaltung wieder übernommen, die vor einem Jahr beim Eintreffen der Staatspolizei unterbrochen wurde.

Wir sollten Feuerholz hacken und lagern; aber es findet sich keiner, der sich in die verkohlten Wälder am Fluss vorwagt, wo die Fischersleute frische Hinweise auf dort lagernde Barbaren entdeckt haben, wie sie beschwören.

Ich werde von einem lautem Klopfen an meiner Wohnungstür geweckt. Es ist ein Mann mit einer Laterne, wettergegerbt, hager, außer Atem, in einem Soldatenmantel, der viel zu groß für ihn ist. Er glotzt mich verwirrt an.

»Wer sind Sie?«, frage ich.

»Wo ist der Leutnant?«, fragt er keuchend und versucht, mir über die Schulter zu schauen.

Es ist zwei Uhr früh. Die Tore wurden aufgemacht, um Oberst Jolls Kutsche hereinzulassen, die mitten auf dem Platz steht, die Deichsel auf dem Boden. Etliche Männer suchen in ihrem Schatten Schutz vor dem schneidenden Wind. Von der Mauer blicken die Männer der Wache herunter.

»Wir brauchen Proviant, frische Pferde, Futter«, sagt mein Besucher. Er trottet vor mir her, macht die Wagentür auf und sagt: »Der Leutnant ist nicht hier, Herr Oberst, er ist abgereist.« Am Fenster, im Mondlicht, erhasche ich einen Blick auf Joll höchstpersönlich. Auch er sieht mich: die Tür wird zugeworfen, ich höre, wie drinnen klickend der Riegel vorgeschoben wird. Als ich durch die Scheibe spähe, kann ich ihn in der dunklen hinteren Ecke sitzen sehen, stur das Gesicht abwendend. Ich poche an die Scheibe, doch er reagiert nicht. Dann schieben mich seine Kreaturen weg.

Aus der Dunkelheit heraus kommt ein Stein geflogen und landet auf dem Wagendach.

Ein anderer von Jolls Begleitmannschaft kommt angelaufen. »Keins mehr da«, keucht er. »Die Ställe sind leer, sie haben kein einziges dagelassen.« Der Mann, der die schweißbedeckten Pferde ausgespannt hat, fängt zu fluchen an. Ein zweiter Stein verfehlt den Wagen und trifft beinahe mich. Sie werden von den Mauern herabgeworfen.

»Hört zu«, sage ich. »Ihr friert und seid müde. Stellt die Pferde in den Stall, kommt rein, esst was und erzählt uns eure Geschichte. Wir haben seit eurem Aufbruch nichts erfahren. Wenn der Verrückte da die ganze Nacht in seinem Wagen sitzen will, lasst ihn ruhig sitzen.«

Sie hören mir kaum zu; ausgehungerte, erschöpfte Männer, die mehr als ihre Pflicht getan haben, indem sie diesen Geheimpolizisten aus den Klauen der Barbaren gerettet und in Sicherheit gebracht haben. Nun flüstern sie miteinander und spannen schon wieder ein Paar ihrer müden Pferde ein.

Ich starre durchs Fenster ins finstere Kutscheninnere und auf den verschwommenen Umriss, der Oberst Joll ist. Mein Mantel weht im Wind, ich fröstele vor Kälte, aber auch vor mühsam unterdrücktem Zorn. Ich spüre den unwiderstehlichen Drang, das Fenster zu zerschmettern und den Mann durch die gezackte Öffnung herauszuzerren, zu fühlen, wie sein Fleisch an den scharfen Kanten hängen bleibt und aufgerissen wird, ihn auf den Boden zu schleudern und seinen Körper zu zerstampfen.

Als ob ihn dieser mörderische Impuls erreichte, wendet er mir zögernd sein Gesicht zu. Dann rutscht er auf seinem Sitz heran, bis er mich durch die Scheibe ansieht. Sein Gesicht ist nackt, reingewaschen, vielleicht vom fahlen Mondlicht, vielleicht durch körperliche Erschöpfung. Ich starre seine blasse hohe Stirn an. Dieser Bienenkorb beherbergt Erinnerungen an die weiche Brust seiner Mutter, an das leichte Zerren seines ersten Drachens, den er am Strick hielt und steigen ließ, genauso wie an die intimen Grausamkeiten, für die ich ihn verabscheue.

Er schaut heraus auf mich, seine Augen mustern mein Gesicht. Die dunklen Gläser sind fort. Muss auch er ein Verlangen unterdrücken, den Arm aus der Kutsche zu strecken und mich zu packen, mich mit Glassplittern zu blenden?

Ich habe eine Lehre für ihn, über die ich lange nachgedacht habe. Ich forme die Worte mit den Lippen und beobachte, wie er sie mir vom Mund abliest: »Das Verbrechen, das wir in uns tragen, muss sich gegen uns selbst richten«, sage ich. Ich nicke und nicke, um ihm die Botschaft einzubläuen. »Nicht gegen andere«, sage ich; ich wiederhole die Worte, zeige auf meine Brust, dann auf seine. Er beobachtet meine Lippen, seine dünnen Lippen bewegen sich nachahmend, oder vielleicht höhnend, ich weiß es nicht. Noch ein Stein, schwerer, vielleicht ein Ziegelstein, trifft den Wagen mit donnerndem Getöse. Joll fährt hoch, die Pferde bäumen sich im Geschirr.

Es kommt einer angerannt. »Weg da!«, brüllt er. Er drängt sich an mir vorbei, schlägt an die Wagentür. In den Armen hält er lauter Brote. »Wir müssen los!«, schreit er. Oberst Joll zieht den Riegel zurück, und der andere lässt die Brote hineinfallen. Die Tür wird zugeknallt. »Schnell!«, schreit er. Die Kutsche ruckt an, ihre Federn ächzen.

Ich packe den Mann beim Arm. »Warte!«, rufe ich. »Ich lass dich erst fort, wenn ich weiß, was geschehen ist!«

»Ist das nicht klar?«, schreit er und wehrt sich gegen meinen Griff. Meine Hände sind noch schwach; um ihn festzuhalten, muss ich ihn mit beiden Armen umklammern. »Erzähle, und du kannst gehen!«, keuche ich.

Die Kutsche nähert sich dem Tor. Die zwei Berittenen sind schon durch; die anderen laufen hinterher. Aus der Dunkelheit heraus prasseln Steine gegen den Wagen, Schreie und Flüche regnen herab.

»Was willst du wissen?«, sagt er, vergeblich kämpfend.

»Wo sind die anderen alle?«

»Verschwunden. Verirrt. In alle Winde zerstreut. Ich weiß nicht, wo sie stecken. Wir mussten selber unseren Weg finden. Es war unmöglich zusammenzubleiben.« Als seine Kameraden in der Nacht verschwinden, ringt er heftiger mit mir. »Lass mich gehen!« schluchzt er. Er ist nicht stärker als ein Kind.

»Gleich. Wie konnte es geschehen, dass die Barbaren euch das angetan haben?«

»In den Bergen sind wir erfroren! In der Wüste verhungert! Warum hat uns keiner gesagt, dass es so sein wird? Wir sind nicht geschlagen worden – sie haben uns in die Wüste geführt und sind dann verschwunden!«

»Wer hat euch geführt?«

»Sie – die Barbaren! Sie haben uns immer weiter gelockt, wir konnten sie nie einholen. Sie haben die Nachzügler erledigt, sie haben nachts unsere Pferde losgebunden, sie haben sich uns nicht zum Kampf gestellt!«

»Da habt ihr aufgegeben und seid heimgekehrt?«

»Ja!«

»Erwartest du, dass ich das glaube?«

Er starrt mich verzweifelt an. »Warum sollte ich lügen?«, schreit er. »Ich will nicht zurückbleiben, das ist alles!« Er reißt sich los. Den Kopf mit den Händen schützend rennt er durchs Tor und in die Dunkelheit hinein.

Das Graben am dritten Brunnenloch ist eingestellt worden. Einige der Arbeiter sind schon heimgegangen, andere stehen herum und warten auf Anordnungen.

»Was ist das Problem?«, frage ich.

Sie zeigen auf die Knochen, die auf einem frischen Erdhaufen liegen – die Knochen eines Kindes.

»Hier muss ein Grab gewesen sein«, sage ich. »Ein

seltsamer Ort für ein Grab.« Wir befinden uns auf dem unbebauten Gelände hinter der Kaserne, zwischen der Kaserne und der südlichen Mauer. Die Knochen sind alt, sie haben die Farbe des roten Lehms angenommen. »Was schlagen Sie vor? Wir können dichter an der Mauer noch einmal zu graben anfangen, wenn Sie möchten.«

Sie helfen mir in die Grube hinein. Brusttief im Loch, kratze ich die Erde von einem Kiefernknochen, der in der Seitenwand steckt. »Hier ist der Schädel«, sage ich. Doch nein, der Schädel ist schon ausgegraben worden, sie zeigen ihn mir.

»Schauen Sie mal nach, worauf Sie stehen«, sagt der Vorarbeiter.

Es ist so dunkel, dass man nichts sehen kann, aber als ich den Boden leicht mit der Hacke bearbeite, treffe ich auf etwas Hartes; meine Finger sagen mir, dass es Knochen sind.

»Die sind nicht ordentlich begraben«, sagt er. Er hockt am Grubenrand. »Sie liegen einfach so herum, übereinander.«

»Ja«, sage ich. »Hier können wir nicht graben, wie?«

»Nein«, sagt er.

»Wir müssen es zuschütten und dichter an der Mauer noch einmal anfangen.«

Er schweigt. Er streckt mir die Hand hin und hilft mir heraus. Die Herumstehenden sagen auch nichts. Ich muss die Knochen wieder hineinlegen und die erste Erde darauf werfen, ehe sie ihre Spaten wieder zur Hand nehmen.

Im Traum stehe ich wieder in der Grube. Die Erde ist feucht, dunkles Wasser quillt hoch, es quatscht unter meinen Füßen, nur mit Mühe kann ich sie heben.

Ich taste im Schlamm und suche nach Knochen. Meine Hand fördert den Zipfel eines Jutesacks zutage, schwarz, verfault, der mir zwischen den Fingern zerbröselt. Ich tauche die Hand wieder in den Schlick. Eine Mistgabel, verbogen und stumpf. Ein toter Vogel, ein Papagei: ich halte ihn beim Schwanz, seine schmutzigen Federn, seine durchweichten Flügel hängen schlaff herab, seine Augenhöhlen sind leer. Als ich ihn loslasse, fällt er ohne einen Spritzer ins angesammelte Wasser zurück. »Vergiftetes Wasser«, denke ich. »hier darf ich auf keinen Fall trinken. Ich darf mit meiner rechten Hand den Mund nicht berühren.«

Seit meiner Rückkehr aus der Wüste habe ich mit keiner Frau geschlafen. Jetzt, zu dieser außerordentlich unpassenden Zeit, beginnt sich mein Sexualtrieb wieder zu regen. Ich schlafe schlecht und wache morgens mit einer eigensinnigen Erektion auf, die wie ein Ast aus meiner Lende wächst. In meinem zerwühlten Bett warte ich vergeblich darauf, dass sie verschwindet. Ich versuche, Bilder des Mädchens, das hier Nacht für Nacht geschlafen hat, heraufzubeschwören. Ich sehe sie mit bloßen Beinen in ihrem Hemd da stehen, einen Fuß in der Waschschüssel, und darauf warten, dass ich sie wasche, mit der Hand stützt sie sich auf meine Schulter. Ich seife die stramme Wade ein. Sie streift das Hemd über den Kopf. Ich seife ihre Schenkel ein; dann lege ich die Seife beiseite, umfange ihre Hüften, reibe mein Gesicht an ihrem Bauch. Ich kann die Seife riechen, die Wärme des Wassers spüren, den Druck ihrer Hände. Aus den Tiefen dieser Erinnerung strecke ich die Hand nach mir aus. Nichts rührt sich und antwortet mir. Als würde ich mein Handgelenk umfassen – ein Teil von mir, aber hart, taub, ein Glied ohne eigenes Leben. Ich versuche, mich zu befriedigen – vergeblich, denn da ist kein Gefühl. »Ich bin erschöpft«, sage ich mir.

Eine Stunde lang sitze ich in einem Sessel und warte darauf, dass diese blutgefüllte Stange schrumpft. Zu ihrer Zeit tut sie es auch. Dann ziehe ich mich an und verlasse die Wohnung.

In der Nacht passiert es wieder: ein Pfeil wächst aus mir heraus und zeigt ins Nirgendwo. Wieder versuche ich ihn mit Bildern zu füttern, kann aber kein antwortendes Leben entdecken.

»Versuchen Sie Brotschimmel und Milchwurz«, sagt der Kräuterhändler. »Vielleicht hilft es. Wenn nicht, dann kommen Sie wieder her. Hier ist etwas Milchwurz. Zerreiben Sie es und mischen Sie es mit dem Schimmel und ein paar Tropfen warmen Wassers zu einer Paste. Nehmen Sie davon zwei Löffel nach jeder Mahlzeit. Es schmeckt sehr unangenehm, sehr bitter, aber seien Sie unbesorgt, es wird Ihnen nicht schaden.«

Ich bezahle ihn mit Silber. Keiner nimmt mehr Kupfermünzen außer Kindern.

»Aber verraten Sie mir doch«, sagt er, »warum ein kerngesunder Mann wie Sie seine Lust abtöten will?«

»Es hat nichts mit Lust zu tun, Vater. Es ist nur eine Reizung. Eine Versteifung. Wie Rheuma.«

Er lächelt. Ich erwidere das Lächeln.

»Das muss der einzige Laden in der Stadt sein, den man nicht geplündert hat«, sage ich. Es ist kein Laden, bloß ein kleiner Raum mit einem Fenster und einer Markise davor. In den Regalen stehen staubige Gläser, und an der Wand hängen Wurzeln und getrocknete Blätterbündel – das sind die Arzneimittel, mit denen er die Stadt fünfzig Jahre lang versorgt hat.

»Ja, man hat mich nicht belästigt. Sie haben mir den guten Rat gegeben abzureisen. ›Die Barbaren werden deine Eier kochen und sie essen‹ – das haben sie gesagt, das waren ihre Worte. Ich habe gesagt: ›Ich wurde hier geboren, ich werde hier sterben, ich gehe nicht.‹ Jetzt sind sie fort, und es ist besser ohne sie, meine ich.«

»Ja.«

»Versuchen Sie es mit der Milchwurz. Wenn das nicht hilft, dann kommen Sie wieder.«

Ich trinke das bittere Gebräu und esse so viel Kopfsalat, wie ich kann, weil die Leute sagen, Kopfsalat mache impotent. Aber ich tue das alles halbherzig, weil ich weiß, dass ich die Zeichen falsch deute.

Ich rufe auch Mai zu Hilfe. Die Gastwirtschaft hat geschlossen, weil zu wenige Gäste kommen; jetzt hilft sie ihrer Mutter in der Kasernenküche aus. Ich treffe sie in der Küche an, wo sie ihr Baby in sein Bettchen nah beim Herd schlafen legt. »Ich liebe den großen alten Herd, den ihr hier habt«, sagt sie. »Er hält die Wärme stundenlang.« Sie kocht Tee; wir sitzen am Tisch und schauen durch das Gitter auf die glühenden Kohlen. »Ich würde dir gern was Schönes anbieten«, sagt sie, »aber die Soldaten haben die Vorratskammer ausgeräumt, es ist kaum noch was da.«

»Ich möchte, dass du mit mir nach oben kommst«, sage ich. »Kannst du das Kind hier lassen?«

Wir sind alte Freunde. Vor Jahren, ehe sie zum zweiten Mal geheiratet hat, ist sie nachmittags öfter in meine Wohnung gekommen.

»Ich möchte es lieber nicht allein lassen«, sagt sie, »falls es mal aufwacht.« Ich warte also, während sie das Kind einwickelt, und folge ihr dann die Treppe hoch; sie ist eine noch junge Frau, mit einem schweren Körper und unförmig dicken Schenkeln. Ich versuche mich daran zu erinnern, wie es mit ihr gewesen ist, es gelingt mir aber nicht. Damals waren mir alle Frauen recht.

Sie bettet das Kind auf Kissen in eine Ecke und spricht leise mit ihm, bis es wieder einschläft.

»Es ist nur für ein oder zwei Nächte«, sage ich. »Alles geht aufs Ende zu. Wir müssen leben, wie wir können.« Sie lässt ihre Schlüpfer fallen, trampelt wie ein Pferd auf ihnen herum und kommt im Unterrock zu mir. Ich lösche die Lampe. Meine Worte haben mich entmutigt.

Als ich in sie eindringe, seufzt sie. Ich reibe meine Wange an ihrer. Meine Hand findet ihre Brust; ihre eigene Hand legt sich darüber, streichelt sie, stößt sie beiseite. »Ich bin etwas wund«, flüstert sie. »Durch das Baby.«

Ich suche noch nach etwas, was ich sagen will, als ich den Höhepunkt kommen fühle, schwach, wie ein Erdbeben in einem anderen Teil der Welt.

»Das ist dein viertes Kind, nicht wahr?« Wir liegen nebeneinander unter der Decke.

»Ja, das vierte. Eins ist gestorben.«

»Und der Vater? Hilft er?«

»Er hat etwas Geld dagelassen. Er war bei der Armee.«

»Bestimmt kommt er zurück.«

Ich spüre ihr ruhiges Gewicht an meiner Seite. »Ich habe deinen Ältesten sehr liebgewonnen«, sage ich. »Er hat mir immer das Essen gebracht, als ich eingesperrt war.« Wir liegen eine Weile schweigend da. Dann dreht sich mir der Kopf. Als ich aus dem Schlaf auftauche, höre ich gerade noch das Rasseln aus meiner Kehle nachhallen, das Schnarchen eines alten Mannes.

Sie setzt sich auf. »Ich muss gehen«, sagt sie. »Ich kann in solchen kahlen Räumen nicht schlafen, ich höre es die ganze Nacht knarren.« Ich sehe zu, wie sich ihre dunkle Gestalt bewegt, während sie sich anzieht und das Kind hochnimmt. »Kann ich die Lampe anmachen?«, fragt sie. »Ich habe Angst, dass ich die Treppe runterfalle. Schlaf wieder. Ich bringe dir Frühstück am Morgen, wenn du nichts gegen Hafergrütze hast.«

»Ich habe sie sehr gemocht«, sagt sie. »Wir alle mochten sie. Sie hat nie geklagt, sie hat immer getan, worum man sie bat, obwohl sie Schmerzen in den Füßen hatte, das weiß ich. Sie war freundlich. Mit ihr gab es immer was zu lachen.«

Ich bin wieder gefühllos wie Holz. Sie müht sich mit mir ab: ihre großen Hände streicheln meinen Rücken, packen meinen Hintern. Der Höhepunkt kommt: wie ein Funken, der weit draußen auf dem Meer aufblitzt und sofort wieder verschwindet.

Das Baby fängt an zu wimmern. Sie löst sich behutsam von mir und steht auf. Groß und nackt wandert sie mit dem Baby über der Schulter durch den Flecken Mondlicht hin und her, dabei tätschelt sie das Kind und singt leise. »Es wird gleich wieder schlafen«, flüstert sie. Ich bin selber halb eingeschlafen, als ich ihren ausgekühlten Körper wieder neben mir spüre und ihre Lippen meinen Arm berühren.

»Ich will nicht an die Barbaren denken«, sagt sie. »Das Leben ist zu kurz, um sich mit Zukunftsängsten zu belasten.«

Ich habe nichts zu sagen.

»Ich mache dich nicht glücklich«, sagt sie. »Ich weiß, dass du keinen Spaß mit mir hast. Du bist mit den Gedanken immer woanders.«

Ich warte auf ihre nächsten Worte.

»Sie hat mir dasselbe gesagt. Sie hat gesagt, du bist immer woanders gewesen. Sie hat dich nicht verstanden. Sie hat nicht gewusst, was du von ihr gewollt hast.«

»Ich hatte keine Ahnung, dass ihr befreundet wart.«

»Ich bin oft hier gewesen, unten in der Küche. Wir haben über das geredet, was uns beschäftigt hat. Manchmal hat sie geweint und geweint. Du hast sie sehr unglücklich gemacht. War dir das klar?«

Sie öffnet eine Tür, durch die ein Wind der völligen Verzweiflung mich anweht.

»Das verstehst du nicht«, sage ich heiser. Sie zuckt mit den Schultern. Ich rede weiter: »Es gibt eine andere Seite zu der Geschichte, die du nicht kennst, die sie dir nicht erzählen konnte, weil sie selbst nichts davon wusste. Über die ich im Moment nicht reden möchte.«

»Es geht mich nichts an.«

Wir schweigen und hängen unseren Gedanken über das Mädchen nach, das heute Nacht weit weg unter den Sternen schläft.

»Wenn die Barbaren hier einreiten«, sage ich, »vielleicht kommt sie dann mit ihnen.« Ich stelle sie mir vor, wie sie an der Spitze eines Reitertrupps durchs offene Tor geritten kommt, aufrecht im Sattel sitzend, mit leuchtenden Augen, eine Vorbotin, eine Führerin, die ihren Kameraden die Anlage dieser fremden Stadt, wo sie einst gelebt hat, zeigt.

»Dann wird die Begegnung auf einer neuen Basis stattfinden.«

Wir liegen im Dunkeln und denken nach.

»Ich habe Angst«, sagt sie. »Ich habe große Angst, wenn ich daran denke, was aus uns werden soll. Ich versuche, mir keine Sorgen zu machen und von einem Tag zum anderen zu leben. Doch manchmal ertappe ich mich, wie ich mir vorstelle, was geschehen könnte, und ich bin vor Furcht wie gelähmt. Ich weiß nicht mehr, was ich tun soll. Ich kann nur noch an die Kinder denken. Was wird aus den Kindern?« Sie setzt sich im Bett auf. »*Was wird bloß aus den Kindern?*«, fragt sie leidenschaftlich.

»Den Kindern werden sie nichts tun«, sage ich ihr. »Sie werden niemand was zuleide tun.« Ich streichle ihr übers Haar, beruhige sie, halte sie eng umschlungen, bis es wieder Zeit wird, das Baby zu stillen.

Sie schläft unten in der Küche besser, sagt sie. Sie fühlt sich sicherer, wenn sie aufwacht und die Glut auf dem Rost sehen kann. Sie möchte auch gern das Kind bei sich im Bett haben. Und es ist auch besser, wenn ihre Mutter nicht mitbekommt, wo sie die Nächte verbringt.

Ich empfinde auch, dass es ein Fehler war, und besuche sie nicht wieder. Allein schlafend vermisse ich den Geruch von Thymian und Zwiebel an ihren Fingerspitzen. Ein oder zwei Abende lang spüre ich eine stille, schnell verfliegende Traurigkeit, ehe ich anfange zu vergessen.

Ich stehe unter freiem Himmel und beobachte das Heraufziehen des Sturms. Der Himmel hat immer mehr an Farbe verloren, und nun zeigt er sich knochenweiß mit rosigen Kräuselwölkchen im Norden. Die ockergelben Dachschindeln glänzen, die Luft fängt an zu leuchten, die Stadt erscheint schattenlos, in diesen letzten Augenblicken geheimnisvoll schön.

Ich steige auf die Mauer. Zwischen den bewaffneten Attrappen stehen Menschen, die zum Horizont blicken, wo sich schon eine Riesenwolke Staub und Sand zusammenbraut. Keiner sagt ein Wort.

Die Sonne bekommt einen Kupferton. Die Boote sind alle vom See verschwunden, die Vögel schweigen. Einen Moment lang herrscht völlige Stille. Dann bricht der Sturm los.

Wir sitzen im Schutz unserer Häuser, die Fenster sind verriegelt und die Türen abgedichtet, feiner grauer Staub dringt schon durch Dach und Decke, um sich auf jeder ungeschützten Oberfläche niederzulassen, er liegt als dünne Schicht auf dem Trinkwasser und knirscht auf unseren Zähnen, und wir denken an unsere Mitmenschen draußen, die keine Zuflucht haben, denen in solchen Zeiten nichts übrig bleibt, als sich mit dem Rücken gegen den Sturm zu stemmen und auszuharren.

Abends, in den ein oder zwei Stunden, die ich mir am Kamin leisten kann, ehe meine Feuerholzration verbrannt ist und ich ins Bett kriechen muss, gehe ich meinen alten Hobbys nach und repariere, so gut ich vermag, die Kästen mit den Steinen, die ich zerschlagen und weggeworfen im Garten des Gerichtsgebäudes gefunden habe, versuche mich wieder spielerisch an der Entzifferung der uralten Schrift auf den Pappelholztäfelchen.

Es erscheint angemessen, dass wir als Geste gegenüber dem Volk, das einst die Ruinen in der Wüste bewohnte, auch einen Bericht über die Siedlung verfassen und für die Nachwelt unter den Mauern unserer Stadt begraben; und keiner ist wohl geeigneter, einen solchen historischen Abriss zu schreiben als unser letzter Magistrat. Aber als ich mich an meinen Schreibtisch setze, in meinen großen alten Bärenfellmantel gehüllt, um der Kälte zu trotzen, mit einer einsamen Kerze (denn auch Talg ist rationiert) und einem Stapel vergilbter Dokumente neben mir, stelle ich fest: das, was ich schreibe, sind nicht etwa die Annalen eines Reichsvorpostens, es ist auch kein Bericht, wie die Bewohner dieses Vorpostens ihr letztes Jahr verbrachten, um Fassung bemüht, während sie auf die Barbaren warteten.

»Keiner, der dieser Oase einen Besuch abstattete«, schreibe ich, »blieb vom Charme des Lebens hier unbeeindruckt. Wir lebten mit dem Zyklus der Jahreszeiten, der Ernten, der Vogelzüge. Nichts trennte uns hier von den Sternen. Wir hätten jedes Zugeständnis gemacht, um hier bleiben zu können, hätten wir nur gewusst, welches. Hier war das Paradies auf Erden.«

Lange starre ich auf das Plädoyer, das ich niedergeschrieben habe. Es wäre enttäuschend, wenn die Pappelholztäfelchen, an die ich soviel Zeit verwendet habe, eine Botschaft enthielten, die genauso gewunden, unklar, tadelnswert wie diese hier wäre.

»Vielleicht gegen Ende des Winters«, denke ich, »wenn der Hunger richtig zubeißt, wenn wir frieren und Mangel leiden oder wenn der Barbar wirklich vor dem Tor steht, vielleicht werde ich dann die Ausdrucksweise eines Beamten mit literarischen Ambitionen aufgeben und anfangen, die Wahrheit zu erzählen.«

Ich denke: »Ich wollte außerhalb der Geschichte leben. Ich wollte außerhalb der Geschichte leben, die das Reich seinen Untertanen aufdrängt, sogar seinen verlorenen Untertanen. Ich habe nie gewollt, dass über die Barbaren die Geschichte des Reichs verhängt wird. Wie soll ich glauben, dass ich mich dafür schämen muss?«

Ich denke: »Ich habe ein ereignisreiches Jahr erlebt, doch ich begreife davon nicht mehr als ein unmündiges Kind. Von allen Menschen dieser Stadt bin ich am ungeeignetsten, eine Denkschrift zu verfassen. Besser geeignet wäre der Hufschmied mit seinen Zornes- und Schmerzensschreien.«

Ich denke: »Aber wenn die Barbaren Brot probieren, frisches Brot mit Maulbeermarmelade, Brot mit Stachelbeermarmelade, werden wir sie für unsere Lebensweise gewinnen. Sie werden merken, dass sie nicht ohne die Fähigkeiten der Männer leben können, die wissen, wie man das friedvolle Getreide anbaut, ohne die Kunst der Frauen, die wissen, wie man die wohltuenden Früchte verwendet.«

Ich denke: »Wenn eines Tages Menschen in den Ruinen graben, werden sie sich mehr für die Relikte aus der Wüste interessieren als für alles, was ich zurücklassen mag. Und mit Recht.« (Also verbringe ich einen Abend damit, die Täfelchen eins nach dem anderen mit Leinöl zu bestreichen und sie in ein Wachstuch zu wickeln. Wenn der Sturm nachlässt, werde ich hinausgehen und sie vergraben, wo ich sie gefunden habe, verspreche ich mir.)

Ich denke: »Etwas ist mir förmlich in die Augen gesprungen, und doch kann ich es nicht sehen.«

Der Wind hat nachgelassen, und jetzt kommen die Schneeflocken herabgeschwebt, der erste Schnee des Jahres, der die Dächer mit Weiß sprenkelt. Den ganzen Vormittag stehe ich an meinem Fenster und sehe zu, wie der Schnee fällt. Als ich über den Kasernenhof gehe, liegt er schon zentimeterhoch, unter meinen Füßen knirscht es, und ich empfinde eine unheimliche Leichtigkeit.

Mitten auf dem Platz spielen Kinder und bauen einen Schneemann. Ich gehe über den Schnee auf sie zu, darauf bedacht, sie nicht zu erschrecken, doch auch unerklärlich froh gestimmt.

Sie erschrecken nicht, sie sind zu beschäftigt, um mich eines Blickes zu würdigen. Sie haben den großen runden Körper fertig, jetzt rollen sie einen Ball für den Kopf.

»Einer muss was holen für den Mund und die Nase und die Augen«, sagt das Kind, das ihr Anführer ist.

Mir fällt ein, dass der Schneemann auch Arme brauchen wird, aber ich will mich nicht einmischen.

Sie setzen den Kopf auf die Schultern und setzen Kiesel ein für Augen, Ohren, Nase und Mund. Eins der Kinder setzt seine eigene Mütze obendrauf.

Kein schlechter Schneemann.

Das ist nicht die Szene aus meinem Traum. Ich lasse sie wie so vieles dieser Tage hinter mir und komme mir dumm vor, wie ein Mann, der sich schon vor geraumer Zeit verirrt hat, aber immer weitergeht auf einer Straße, die vielleicht nirgendwohin führt.